"襟江书舍"系列丛书

迁徙的人生

——杭州知青往事

杭州图书馆 编

国家圖書館出版社

图书在版编目（CIP）数据

迁徙的人生——杭州知青往事／杭州图书馆编.--北京：国家图书馆出版社，
2013.12
（"襟江书舍"系列丛书）
ISBN 978 - 7 - 5013 - 5222 - 7

Ⅰ.①迁… Ⅱ.①杭… Ⅲ.①回忆录—作品集—中国—当代 Ⅳ.①I251

中国版本图书馆 CIP 数据核字（2013）第 263152 号

书 名 迁徙的人生——杭州知青往事
著 者 杭州图书馆 编
丛 书 名 "襟江书舍"系列丛书
责任编辑 金丽萍 高爽 王炳乾

出 版 国家图书馆出版社（100034 北京市西城区文津街 7 号）
 （原书目文献出版社 北京图书馆出版社）
发 行 010 - 66114536 66126153 66151313 66175620
 66121706（传真）,66126156（门市部）
E - mail btsfxb@ nlc. gov. cn（邮购）
Website www. nlcpress. com→投稿中心
经 销 新华书店
印 装 北京科信印刷有限公司
版 次 2013 年 12 月第 1 版 2013 年 12 月第 1 次印刷

开 本 787×1092（毫米） 1/16
印 张 15.25
字 数 250 千字

书 号 ISBN 978 - 7 - 5013 - 5222 - 7
定 价 36.00 元

序

　　上山下乡，作为一个名词，它可能凝固或记录的是一个时代，是一代人的记忆。几十年过去了，人们依然不能忘记，或是因为理想，或是迫于无奈，或是追随大流，或是出于逃避现实。总之，一个特定的年代创造了一个特定的故事。它注定要不停地被人们回忆、总结、思索、记录。本书所写的文字源出于此。

　　在我的孩提时代，周遭有很多的支边青年，他们的喜怒哀乐往往成为我们上学路上的谈资。记得比邻而居的大哥因为要好的同学都已被安排赴大兴安岭插队，在多次向母亲要求随同学一起赴边疆无果后，义无返顾地偷了家中的户口本，如愿报名，登上了北去的列车。那时的他是多么的风华正茂，多么的风流倜傥，是很多女孩心仪的男生。听说，缘于他，很多女生也随车北上了。

　　他们在边疆的生活一定是家乡的亲友牵挂的内容。每当他们回杭探亲的时候，我们总有问不完的问题，他们也有说不完的故事。这故事本身充满了艰辛和坎坷，比如，如何在冰天雪地里劳动，如何在陌生的环境下生存，如何让青春的情愫在革命意志中飞扬，如何在一文不名的情况下以狡黠的智慧攀火车回到故乡。然而，因为换了场景，内容似乎已不那么辛酸，反而充满了人生的阅历和骄傲。那时，懵懂的我辈也知道上山下乡不是最好的选择，但他们的工作和生活在我们心目中还是蛮"牛"的。

　　那一代人，在戏剧性的社会变化中，他们的生命历程注定是波澜起伏、令人感叹的。虽然，他们中的一小部分人在后来的人生中取得了事业的成功，但大多数人承载了太多共和国发展中的不幸。这是一段不该被忘却的历史，这是一个不应被忽视的群体。

　　上山下乡是一个特殊年代里，一群受特殊教育的青年人所经历的一段特殊人生，用现在的眼光和观念还很难去评判，只有忠实地记录，留待后来的人们去沉思。事实上，忠实地记录这一段不同寻常的历史也不是一件容易的事，本书所记录的也只是一些片段和个案，虽微不足道，但希望"微"能"道"之。

杨书青

2013 年 11 月 26 日晚于浙江舟山

目录

杭州知青回望　周祖德　／　1

壹　一个人的史诗

岁月如歌——我的知青生活　殷辛龙　／　21
成长的跨越　皇甫坚　／　30
浙江兵团知青岁月散记　桑士达　／　39
磨难是财富　顾岁荣口述　邬佩孚执笔　诸勇整理　／　45
海宁下乡记　周祖德　／　53

贰　大天地 小乐章

1　劳动最光荣　／　69

种蒿子　由之　／　69
第一次伐木　邹毅　／　70
在银川掏大粪　坐看云起　／　74
当马倌　独木舟　／　76
窖鹿记　海鹰　／　77
串排　箩北太平沟　／　81
忆兴安,最忆是劈山　戴望天　／　83
摇船历险记　快快乐乐　／　84
在我当卫生员的日子里　牛行万里　／　86
工分工分,社员的命根　天目山　／　88
捕大鳇鱼　乌苏里江渔人　／　89

第一次薅秧草　柳明　/　92

学编筐　苏江　/　93

啊！遥远的猪们　东河小猪倌　/　95

2　生活在此处　/　97

我的山间小屋　峥嵘岁月　/　97

我的自留地趣事　阿蓓　/　98

那块羊卵子大的自留地　由之　/　99

我们的"家"　虞哲杰　/　103

闲话在北大荒时吃猪肉　中兴大队　/　104

婆婆丁　熊涤非　/　106

我终于落下了眼泪　应宜逊　/　108

番薯风波　秋雨轩　/　110

当家汤　春风　/　111

火烧泡中的美味　明察暗访　/　112

苦苦菜——让我又爱又恨的菜　阿米　/　113

森林捕鱼　皇甫坚　/　116

诱捕草狐狸　国泰民安　/　118

歌的记忆　木之音　/　120

西北原野还回荡着你美妙的歌声　凤箫吟　/　122

电影的回忆　李子　/　124

九死一生风雪夜　李子　/　126

大兴安岭知青生活二三事　莫凡　/　128

回眸　李若虎　/　131

小东西　yuxj　/　133

矿工的澡堂　古朱　/　135

理发　吴江林　/　137

3　那一片热土　/　139

崔翰利沟　抓吉东河　/　139

生命中的一缕阳光——印象独木河　徐宗明　/　141

北大荒的冬天　蓝色大卫　/　145

北大荒——我恨你！　野稗子　/　146

大兴安岭随笔　刘华　/　148

任老汉　立强往事　/　149

东北人　游子　/　154

土月饼　吴桑梓　/　156

断指　ZJ　/　157

母爱　凡人　/　158

瓦其卡河上的历险　寒葱沟小草　/　159

寄食　姜勤功　/　161

黑猫祭　宁夏小屋　/　162

无言的战友　邹毅　/　164

4　此情可待　/　166

西和村的玫瑰　荒漠孤驼　/　166

写在桦树皮上的情书　文如其人　/　168

静静的栀子花　白蓝　/　170

锄草抒情曲　弓长秀夫　/　172

知青时代的爱情　陈建国　/　174

叁　迁徙的人生

1　再回首　/　179

黄河滩上　古朱　/　179

那一年我十八岁　情系虎林　/　181

难忘知青岁月　吴桑梓　/　186

下乡:梦飞草原跑牛羊　凤箫吟　/　191

纪念杭州第一批知青插队黑龙江　魏 lina　/　194

北去　白蓝　/　196

叫我一声知青吧　张允武　/　198

护园记　苦乐年华　/　201

我的知青情结　钱文俊　/　202

在黑龙江的春夏秋冬　hudsh　/　204

知青时代的两次告别　莲子藕粉　/　206

我们都是过客,匆匆的过客　哲思者　/　207

走……留……　宋幼章　/　209

记二十年前美国记者柯达德对我的采访　通桥老乡　／　210

2　千里之外　／　214

回家的故事　二妹子　／　214
从北走到南,只花二十元　相宜　／　215
邮票　冲锋号　／　220
永远的书信　桥工一片松柏　／　221

3　又见青山　／　223

没有狗吠的谢屯　曹晓波　／　223
山茶花　劲秋儿　／　224
我从北大荒带回了稻穗　饶力河　／　226
万水泉,我青春的记忆　沙漠隐泉　／　228

后记　／　231

杭州知青回望

周祖德

所谓"知识青年"（简称"知青"），是在特定时期产生的历史名词，最初是指在1963—1964年期间，从北京、天津到山西贫困农村落户的一批品学兼优的中学生。"文化大革命"后，"知识青年"这一称呼就定型了，即指从20世纪50年代开始到20世纪70年代末，自愿或被迫从城市到农村做农民，或从农村到城市后再返回农村去的年轻人，这些人中有很多只获得初中或高中教育。

知青下乡从20世纪50年代开始，其整个发展过程经历了以下四个阶段：一是1950年至1962年，从最早的一批"知青"典型出现，毛泽东提出"农村是一个广阔的天地，在那里是可以大有作为的"口号，到1962年，在"大跃进"运动失败的背景下，中央要求精减城市人口，城市安排不了那么多应届毕业生就业，开始在全国范围内有组织有计划地动员知识青年上山下乡。二是1963年至1966年"文革"前，这个阶段大张旗鼓地树立了一系列先进知青的典型，大部分所谓家庭出身"不好"的青年（主要指地主分子、富农分子、历史反革命分子、坏分子、右派分子以及城市资本家子女）都被下放到农村，知青运动兴起。三是1966年"文革"开始至1975年，这个阶段的上山下乡运动带有更明显的强制性质，许多地方对中学毕业生采取强迫做法，完全不顾青年本身及家庭的情况和困难，不仅触动几乎每一户城市居民，而且波及广大农村。四是1975年以后，知青运动接近尾声，知识青年大举返城。

一

新中国成立后，面临着政治、经济和社会等方面积重难返的问题，解决城市平民就业就成为首要任务。新中国成立之初，国家优先发展重工业，无力顾及教育事业发展，一大批青少年面临失学的威胁，于是号召来自农村的青少年学生返乡务农。在"镇反"、"三反"、"五反"、"肃反"、"反右"和"反右倾"等运动后,对一些社会背景复杂、有历史问题的人,进行了甄别,并有计划地将他们移居到农村,其中必然涉及他们的子女。到1959—1961年三年困难时期,实施"调整、巩固、充实、提高"的八字方针,精减城镇人口和职工高达4400万之多。此时,全国各地陆续有知识青年走向农村的广阔天地接受锻炼,并被树为典型宣传。

1954年,《人民日报》发表《徐建春——农村知识青年的好榜样》一文,1951年回到山东掖县后吕村务农的徐建春成为中国知青典型第一人。吕根泽,延边自治州延吉县海兰村朝鲜族人,积极推广先进的生产技术,使水稻每垧增产两千斤,为此,1953年12月25日的《中国青年报》发表团中央给吕根泽的信和王石采写的文章:《站在建设前列的年青人——记初中毕业生吕根泽参加农业劳动的事迹》。

1954—1955年,广阔天地乡(原大李庄乡)组织32名回乡知青参加农业合作化工作,开启了全国知青下乡的先河。对此,毛泽东同志亲批:"农村是一个广阔的天地,在那里是可以大有作为的。"这个位于河南省平顶山市郏县县城西南1.5公里的广阔天地乡,被誉为"中国知青运动的发源地"。这期间,广州、福建、辽宁、吉林、浙江、江苏向省内农村安置移民29万多人。

1955年4月,团中央代表团访苏,了解到苏联城市青年移民垦荒运动,回来汇报:"从城市中动员年轻力壮、有文化的青年去参加垦荒工作是有好处的,也是今后解决城市中不能升学和无职业青年就业问题的一个办法。"这个意见得到毛泽东同志的首肯。1955年8月9日,由扬华、李秉衡等5名共产党员发起带领67名北京郊区青年组成第一支青年志愿垦荒队奔赴北大荒萝北县,用马拉大车、肩挑背扛的方式,开垦出一片片耕地,并建起一个集体农庄:北京庄。在他们之后,10万转业官兵、54万知识青年陆续从祖国的四面八方来到北大荒,拉开了中国垦荒史上的壮丽一幕。

1955年10月15日,一支由98名热血青年组成的"上海市志愿垦荒队"来到江西省德安县九仙岭,他们住简易草棚,吃稀饭萝卜干,每天只有三分钱的菜金,日后在此建成共青城。随后,以胡耀邦为首的共青团中央,于1956年在十多个省市组织了远征垦荒队,从山东、河南、北京、天津和上海向黑龙江、甘肃、青海、江西、内蒙古、新疆移民43万多人。

在此期间,小学毕业的河北省临西县的吕玉兰回乡建立了第一个合作社,十五岁就当了社长,是全国最年轻的合作社社长。接着,1958年高小毕业后没有回父母所在的天津市,而是回到家乡宝坻县大中庄乡司家庄村务农的邢燕子,1961 年 5 月放弃读北京大学,选择回乡务农的董加耕,1962 年放弃高考,只身从北京到天津宝坻县窦家村安家落户的侯隽等,被当年的《中国青年》《中国青年报》大加宣传,成为知青的榜样。1960 年 10 月 17 日,《延边日报》上还刊登了吕根泽和邢燕子互下战表,开展劳动竞赛的讯息。

1955 年下半年,浙江省副省长杨思一在调查的基础上,决定动员城镇知识青年和社会闲散人员去开发山区和海涂。杭州则将部分城市闲散劳动力(含知识青年)安置到金华、嘉兴专区的三十多个县,其中金华专区磐安县安置了 185 人,嘉兴专区安置 398 户 1460 人到各县农业社务农。这些人下放后,因生活困苦和受到歧视,随即纷纷逃离农村。

杭州一中 57 届高中毕业生陈寅原本要去报考新闻系,想当一名红色记者。此时,党发出了"知识青年到农村去"的号召,当农民还是当记者?他展开了激烈的思想斗争。这让他回忆起 1952 年向中国人民志愿军王福才献红领巾时,王福才说的一句话:"希望你听党的话,为人民服务。"于是,1957 年 9 月初的一天,杭州一中响起一阵紧急集合的铃声,大家迅速到田径场集合,由金亮校长亲自主持欢送陈寅下乡的仪式,并号召有志气的同学向陈寅学习,到农村去接受锻炼。9 月 10 日,陈寅和另八名初中毕业生作为浙江省第一批下乡知识青年,到杭州郊区石桥乡先锋农业社安家落户。

1958 年初,杭州各区和街道除继续动员返杭的下乡人员回到农村去以外,受到"反右"的影响,还令一些家庭出身不好的知识青年同行。同时,派出所对好吃懒做、犯有刑事或者民事纠纷的返杭人员做出劳动教养的决定。这样双管齐下,这些返杭人员中的大部分人,又被迫返回农村。

1958 年 3 月初,杭州下城区组织了五六辆客车运送闲散人员(含个别高中毕业生)去三门县吞口乡、小雄乡等地种植棉花、水稻。由于农村把下乡人员似同地主、富农对待,让不少人只待了两个月,就丢弃行李,趁夜走到临海乘车回杭。

1958 年 8 月 30 日,杭州一中召开高中毕业生"动员"大会,校领导请毕业班里的工农子女上台,"奉劝"家庭出身不好的同学到农村去"脱胎换骨",这让近百名成绩优良而家庭出身不好的高中毕业生带着自卑心理到笕桥公社丁桥管理区(乡)去"脱胎换骨"。

大观山古树参天,竹茂林密,狼豸出没,生态良好,在日军侵华时期成了一座坟茔遍野的冷落荒山。1955年9月,杭县168位失业工人到大观山开荒,成立了高级农业社。1958年1月18日,省粮食厅将其接收后成立"浙江省粮食厅饲养试验场"。同年2月,试验场接受杭州十二中、杭州四中等四校的20多名初、高中毕业生。1959年4月1日,省粮食厅、商业厅、农业厅和浙江农学院"三厅一院"在这里联合办场,场部设在东莲寺,定名为"浙江省大观山畜牧饲养试验场"。1959年9月,试验场接收了18所学校的231名初、高中应届毕业生。

1960年9月,杭州下城区人民公社农场宣告成立,人员来自下城区各街道及所属工厂,共3600余人。1961年12月—1962年2月,杭州各区街道、学校动员社会待业青年(含少数学校流生)到农场守土建业。1963年1月,杭州江干、下城两农场合并,改名"杭州平山农场"。

1960年9月,杭州财贸系统961名支农人员(含少数学校流生)协力创建"杭州市丁桥农业企业公司",当年农场有耕地6436亩。1961年5月12日,改名"杭州市大溪河农场"(全民性质);1964年3月10日,改称"杭州牛奶公司大溪河分场";1965年1月1日,定名为"杭州市南湖农场";1966年,改称"余杭县南湖农场"。

在国家三年困难时期的1960年,已经调到团市委机关当干部的陈寅,为响应"大办农业、大办粮食"的号召,再一次重返农村,到余杭县双桥公社五星大队担任公社团委副书记和大队党支部副书记,1963年调到知青相对集中的萧山钱江农场任专长、团委书记和党支部书记,带领知青筑江堤、挡咸水、种棉花、植花生,艰苦奋斗。

1962年6月,全国职工人数要求在1961年年末的4170万人基础上,再减少1056万人,精简至1072万人。全国城镇人口应当在1961年年末12 000万人的基础上,再减少2000万人(包括从城镇减到农村去的职工在内),同时相应地减少吃商品粮的人口。就这样,从1955年开始,杭州市前后有六批闲散人员共5万余人奔赴农村。

二

1964年1月,中共中央、国务院发布《关于动员和组织城市知识青年参加农村社会主义建设的决定(草案)》,这是知青下乡的一个纲领性文件,中央为此成立了

"知识青年下乡指导小组"和安置办。中共中央、国务院和各级相关部门在周恩来总理的"国家关心,负责到底"的方针指引下,政策适当,步子稳妥,工作顺利,在1962年至1966年五年内,全国共有129万知青下乡。

1963年杭州市第五届人代会工作报告指出:应当继续动员城市需要就业的知识青年和其他社会劳动力下乡,参加社会主义新农村建设。1964年5月,杭州市委、市政府成立城镇人口上山下乡动员安置领导小组,开始有计划、有组织地动员13 000余名城市知青和闲散社会青年到嘉善、桐乡、衢县、宁海,以及杭州七县农村和部分国营农、林场插队、插场,参加农业生产。1965年10月后,对下乡知青的安置补助费分别提高到230元和160元,到山区或海涂新建队的人均400元,规定口粮由国家给予差额补贴,人均补助建房木材0.3立方米。入冬以后,国家又发放了大量的布票、针织品和棉花,基本上解决了下乡知青的棉衣、棉被等需求。

1963年9月3日下午,许多知青集中在杭女中(现十四中)大操场里,乘车奔赴东海前哨——温岭县东浦农场。1964年8月31日清晨六点,在南星桥客运码头上,400多名来自浙大附中、杭大附中等校的知青在此集合,乘上去桐庐的四只桅船。这批知青被分配到桐庐县泽州公社的十多个大队,开始长达八年的农耕生活。1964年9月2日后,又有杭州九中、求是初中等千余名知青赴桐庐泽洲、九岭公社插队落户。1965年9月10日,300多杭州知青从南星桥码头乘船,奔赴桐庐县凤山公社等农村插队。同日,杭八中24名同学赴桐庐县凤川公社梅山大队插队落户。

1964年8月31日,杭州一中、十四中、求是初中等校150多位知青赴临安县天目山区的绍鲁公社上尤、田干、敖干等十个村,印尼归国华侨钟玉昌带着一把外国锄头在插队大军之列,到上尤村落户。1965年4月26日,人们在杭州人民大会堂集合,欢送知青赴临安。1965年8月,30名二十岁左右的年轻人告别父母,前往临安东天目公社插队当"农民"。1965年9月,杭州孩儿巷中学等近百名初、高中毕业生到临安县潜阳镇凌口公社插队落户。

1964年,一批杭州知青到杭州西湖区三墩镇双桥(原属余杭县三墩区双桥公社)插队。1964年9月17日,求是初中和其他学校上百名知青赴余杭崇贤公社插队。1964年10月13日和1965年9月22日,分别有知青赴余杭长命公社、蒋村公社插队落户。

1965年4月26日,杭州市各界群众欢送社会知青赴富阳参加农村建设。次日,陈礼节副市长亲自到南星桥码头欢送。1966 年 7 月 17 日,有 50 名知青下放到富阳县环山公社中埠、陈家坂、柏树下、浦西四个大队,最大的二十三岁,最小的十七岁,有应届的初、高中毕业生,也有赋闲在家的社会青年,其中包括杭州一中毕业的郁达夫之长孙女郁嘉玲。

1964 年 10 月 26 日,萧山临浦镇 50 名知青赴桃源公社插队落户。1964 年 11 月 3 日,临浦镇有 50 人前往浦南茅潭大队插队。这批知青中,有几位才十五六岁。后来,有的知青当了生产队会计、赤脚医生,个别知青在茅潭当农民十五年后才告别知青生涯。

1965 年,杭州知青 634 人到了千里之外的宁夏永宁县农村、农场插队落户,他们大多是家庭出身欠佳的学生,这也开启了中国知青远距离插队落户的先河。9 月 7 日,杭州知青奔赴宁夏永宁县插队落户,9 月 11 日抵达银川,受到自治区领导和各界人民的热烈欢迎。112 名杭二中、杭四中的应届初、高中毕业生到离银川不远的黄河滩上的永宁县农场开荒平田,进行农业生产。1966 年 8 月 18 日,第二批 308 名杭州知青赴永宁县。1965 年 11 月 24 日,杭州知青 90 余人奔赴新疆支边。此阶段,杭州市下乡支农共达 16 818 人。

三

据新华社报道:"文革"中,全国知青下乡总人数达到 1600 多万人,十分之一的城市人口去到乡村,这是人类现代历史上罕见的、从城市到乡村的人口大迁徙。全国城市居民家庭中,几乎没有一家不和"知青"、"下乡"联系在一起。

1966 年到 1968 年,在"文化大革命"的影响下,高考停止,许多中学毕业生既无法进大学,又无法去工作,且正值动乱时期,使得党和国家领导意识到急需寻找办法将这批年轻人安置下来,以免失控。1968 年 7 月 4 日《人民日报》发表通讯《杜家山上的新社员——记北京知识青年蔡立坚到农村落户》,这篇通讯讲述一位十七岁的城市女红卫兵于 1968 年 3 月到山西省榆次县黄采公社杜家山山区插队落户,立志当一辈子农民的事迹,她就是被称为"文革"中"上山下乡的先驱者"蔡立坚。

1968 年 12 月 22 日,《人民日报》发表了《我们也有两只手,不在城里吃闲饭》的文章,引用了毛泽东同志的指示:"知识青年到农村去,接受贫下中农的再教育,很有必要……"1969 年就有 267.38 万人（其中 220.44 万人插队）支农，1969 年也以知青下乡人数最多而载入史册。

1969 年 2 月，天津湾兜中学的郝光杰老师带领 30 名知青徒步一千多公里，到山西平陆毛家山插队落户。许多老三届和新两届学生纷纷报名奔赴遥远的边疆，1969 年 9 月，聂卫平坐了三天三夜火车到达嫩江，再转车到山河农场。

上海知青金训华在黑龙江省逊克县插队落户，于 1969 年 8 月 15 日因抢救国家物资牺牲，永远长眠在逊克县逊河公社双河大队，1969 年 12 期《红旗》杂志刊出金训华的日记摘抄，并配发了评论员文章《革命青年的榜样》。

从 1971 年开始，知青的许多问题暴露，知青深有政治危机感。

"九一三"事件的发生，在客观上对人们的思想产生了巨大的冲击。《五七一工程纪要》中关于上山下乡是变相劳改的话，引起知青的反思。

1972 年，被划为右派的李庆霖冒险"告御状"，反映儿子李良模当知识青年"口粮不够吃，日常生活需用的购物看病没钱支付"的问题。毛泽东阅后亲笔回信："李庆霖同志，寄上三百元，聊补无米之炊，全国此类事甚多，容统筹解决。"然而，知青下乡的苦难历程，也不时通过一些会议渠道散布，知青文学《少女之心》则在暗地里迅速扩散。

1973 年 6 月 22 日至 8 月 8 日，国务院在北京召开全国知青下乡工作会议，形成了《关于全国知识青年上山下乡工作会议的报告》，并拟定了《关于知识青年上山下乡若干问题的试行规定草案》《1973 年—1980 年知识青年上山下乡初步草案》。《报告》在充分肯定知青下乡的基础上，指出了工作中的一些问题，提出了"统筹解决"的六条办法。中央以 30 号文件的形式将《报告》下发到全国公社、街道以上各级党组织，传达给城乡广大群众和知青。

1974 年 1 月 5 日，《人民日报》刊发了知青柴春泽致父亲的一封回信和调查附记，并以《敢于同旧传统观念决裂的好青年》为题加了按语。柴春泽反对父亲对自己的"拔根教育"（指招工选调），要"扎根农村争取奋斗六十年"。此后，柴春泽成为在农村扎根的知青典型。

毛泽东同志在 1974 年 2 月 15 日给叶剑英回复："剑英同志：开后门来的也有好人，从前门来的也有坏人。"这个指示出现后，绝大多数官、军二代都千方百计地寻求升学、参军、回城的门路，还有些人设法逃避"改造"。黑龙江兵团独立二团 1969 年接收北京军队子女 240 名，1970 年走掉 204 名，其中 104 名免任何手续。

广州兵团外逃港澳28人,未遂284人。知青打架斗殴、偷鸡摸狗的案例时有发生,有的甚至走上违法犯罪道路。仅云南兵团第三师,直接或间接参与过走私活动的知青就超过万人,约占总人数三分之一,有的营、团超过半数以上参与。

20世纪70年代中期,随着下乡知青年龄的增长,婚姻家庭问题渐渐浮上水面。知青的婚恋生活充满苦涩。云南兵团某农场有知青9000余人,到1978年10月,登记结婚只有415人,非婚同居达7000多人,非婚生子200多个,1979年2月至5月,离婚300余人,弃子女无数。勐腊农场知青离婚1000多对,弃(送)子女达数百个。上海作家叶辛的《孽债》一书直面了这些令人心酸的知青往事。

英国思想史学家阿克顿勋爵(1834—1902)有一句名言:"权力导致腐败,绝对的权力导致绝对的腐败。""文革"时代,在绝对集权的政治环境下,某些兵团干部以"改造知青"为己任,大肆捆绑毒打男知青,迫害强奸女知青。国务院《知青办简报》第11期公布了部分触目惊心的数据。拷打批斗的事件多有发生,据不完全统计,云南兵团吊打知青事件69起,仅一师批斗知青727人,有的知青被吊起来活活打死。据中共党史出版社2006年出版的《尘劫·知青畅想曲》一书记载:黑龙江兵团奸污女知青事件365起,内蒙古兵团奸污女知青事件247起,云南兵团奸污女知青事件139起,广州兵团奸污女知青事件193起。其中涉案的师级干部2人,团级干部38人。对强奸女知青的云南兵团的蒋小山、张国良和黑龙江兵团的黄觇田、李耀东均召开公审大会,宣判死刑立即执行。

1975年12月,国务院、中央军委同意撤销黑龙江生产建设兵团,改建制为国营农场管理总局。这一年,甘肃、青海、浙江、陕西、西藏、山东及安徽生产建设兵团相继撤销。

以上内容是对全国知青上山下乡的综述,以下内容则是对杭州知青上山下乡的描述。

1968年12月21日,"接受贫下中农再教育"的号召发出,杭州市决定不在"老三届"初、高中毕业生中招工,动员他们到边疆或农村。杭州许多高干子女红卫兵也与普通平民子女一样,积极响应号召,掀起了知青下乡新高潮。

杭州在"文化大革命"中有133 600余名城镇青年"上山下乡",主要去向包括两个大类、三个大项。两个大类是外省和省内。外省,主要是黑龙江、宁夏和内蒙古;省内,主要是杭州地区农村、农场和兵团。三个大项是指生产建设兵团、国营农场和农村插队,其中,单黑龙江而言,密山和辉崔就隶属于生产建设兵团,属于军垦;鹤立河隶属于国营农场,属于农垦;虎林,包括抚远、同江、宝清、富锦、依兰、饶河等县,多为农村插队。

对个别确实有特殊情况安排在城市的人员,经群众讨论,报市统一分配。半年多时间,全市有41 000余名知青下乡,其规模、声势之大史无前例。1970年,国家虽然恢复了企业招工政策,但知青下乡仍保持增长势头,当年达34 000名。

1970年11月25日,杭州市革委会曾召开杭州地区下乡知识青年活学活用毛泽东思想积极分子大会,其间总结交流了知青下乡经验。1973年12月22—26日,杭州地区知青积极分子代表大会召开,表彰先进,参观了"知青下乡先进事迹展览"。

在"走与工农相结合的道路,到广阔天地经风雨、见世面"的号召下,杭二中"红旗狂"的队伍像滚雪球一样,把志同道合的兄弟学校同学、老师都吸引过来了。1968年9月6日,以张硕年为队长、周艺强为政委、由"六十七个兄弟姐妹"(包括杭一中老师龙彼德、杭二中老师毛湘笙、张柏桢等六人)组成的红旗六盘山小分队,高擎红队旗,高唱《红旗狂战歌》,从杭州开拔,奔赴宁夏六盘山回族自治区固原县什字公社(现什字乡),杭州师生被分到三个大队、十七个小队插队落户。1970年冬,部分杭州知青被招工、提拔为公社干部、参军当兵,少数杭州知青被推荐上大学,成为"工农兵学员"。

1968年12月23日,首批杭州知青奔赴黑龙江抚远县海青公社支边。12月30日,又有130人登上北上火车来到这里。1969年3月6日、1970年3月27日分两批到黑龙江抚远县插队落户的杭州知青共1381名。这些知青,当时大多是十六七岁的初中学生,在当地学着种地、砍柴、打鱼、补渔网、收割小麦……多数知青在那儿一干就是数年,在那片黑土地上用热血和汗水谱写了一曲曲青春之歌。1969年3月6日,杭一中、杭女中等校1046名支边知识青年奔赴黑龙江抚远县县直有关单位和浓江、通江公社,分配到同江县三村公社三村大队的杭州知青有146人。

1969年3月8日,一辆满载着杭五中、杭九中、杭十一中、艮山中学、吴山初中、人民中学、之江工读和萧山中学等校1067名老三届杭州知青的火车,从杭州闸口站出发,驶向祖国边陲黑龙江虎林县。3月14日到达虎林县虎头区的许多杭州知青,第二天就争先恐后地为中苏边境珍宝岛自卫反击战的伤员们献血。

1969年3月9日,1018名来自杭一中、杭二中、杭十四中、杭大附中的知青赴黑龙江富锦市插队落户。1969年4月8日,杭州数百知青赴黑龙江省依兰县平原公社等处插队落户。1969 年 4 月 11 日,杭州知青赴黑龙江绥滨县忠仁公社插队落户。1969 年 4 月 14 日,来自杭十中、十二中、求是初中、钱江中学等中学的 1000 多位知青奔赴黑龙江汤原县香兰农场。

1969 年 4 月 20 日,杭州知青赴黑龙江铁力兵团独立二团、黑龙江兵团二师十七团及独立二团;1969 年 4 月 26 日,杭六中等校学生赴黑龙江兵团嘉荫独立一团;1969 年 5 月 14 日,杭州求是中学等上百名知青赴黑龙江饶河插队;1969 年 5 月 24 日,杭州知青赴黑龙江鹤立河农场三分场、九分场等地支农;1969 年 5 月 30 日杭州知青再到黑龙江嘉荫独立一团;1969 年 6 月 18 日,杭州知青去黑龙江省集贤县二九一农场(三师二十八团);同日,有 170 多名杭州知青到黑龙江饶河兵团三师(后改为六师二十四团)。杭州求是初中等校则去了宝清兵团,在闸口白塔岭,因驻校工宣队支左时曾迫害过部分教师,从而发生了支边知青拳打杭州供电局驻校工宣队负责人的事件,虽经市教育局革委会调查,但最后因缺乏证据,且负责人受伤不重而不了了之。1969 年 6 月 27 日,杭州知青赴黑龙江鹤立河农场。

1969 年 7 月 1 日,杭州市笕桥中学的 13 名 69 届、70 届初中生赴黑龙江生产建设兵团十九团。1969 年 10 月 17 日,杭州又一批知青赴黑龙江鹤立河农场。

1970 年 3 月 27 日,杭州知青 1050 多人乘坐知青专列赴黑龙江抚远县。3 月 30 日下午,火车到达福利屯,再坐十多个小时汽车,才到达抚远县海清公社别拉洪队。1970 年 4 月 29 日,杭州知青赴黑龙江省依兰县(又称"三江口")团山子、太平等公社插队落户。1970 年 5 月 20 日,杭州知青赴黑龙江兵团四师三十九团(五九七农场——现在三十九团已改为虎林市云山农场),当时的杭州市委书记三平夷、市长王子达到临平车站送行。

1970 年 6 月 9 日,来自杭州湖滨、横河、清泰、小塔街道等处的知青四五百人奔赴黑龙江,主要到宝清、七星泡、密山、虎林等地插队。其中杭四中和外语学校几位女知青到虎林县虎头区黄泥河村插队落户。当时村里只有 8 户人家,47 口人,加上知青户 7 个女生,全队劳力还不到 20 人。村里有耕地七百亩,没有任何农业机械,全靠人耕、马犁、牛拉车。1970 年 10 月 14 日,杭州吴山中学、先锋中学、杭二中、杭六中、反修中学、杭钢五七学校六所学校的知青赴大兴安岭新林区的碧洲、塔尔根、大乌苏、塔源、新林、前进林场。1970 年 10 月 25 日,1962 人(含萧山知青 99 人)赴黑龙江大兴安岭新林区塔源林场。

1970 年 11 月 22 日早 8 点,在人民广场,一个盛大的欢送会在这里举行,主席台上"知青上山下乡欢送会"的巨大横幅分外醒目,杭州市委、市政府以及各部门的领导依次就座,拱宸中学、杭三中、长征中学、延安中学、浙麻子弟小学初中班和桐庐的1000多名知青胸戴红花,整装待发。这批杭州知青被分配到大兴安岭地区苍山农场、桥梁大队和大兴安岭苍山林场、塔源林场。老知青富永祖回忆:"我们怀着保卫边疆、建设边疆的雄心壮志,手挥语录本、戴大红花,高唱语录歌,乘上北上火车离开了家乡杭州,当年我才十六岁。六天六夜后,列车到达大兴安岭呼中火车站。整个车站中有一间平房,这是呼中区唯一的砖瓦结构的房子。当天气温是零下三十多度。"1970年12月25日,杭州知青到大兴安岭呼中区林场筑路一处、二处,其中,拱墅区加郊区135名知青分到呼中区筑路二处四连。此时,萧山的第三批知青奔赴大兴安岭呼中区呼源林场。

1971年10月16日,杭一中、人民中学、浙麻中学、杭棉中学、学军中学总共有400名知青赴黑龙江笔架山农场(原公安部五七干校)。1971年10月17日,483名杭州知青赴黑龙江鹤立河农场,杭州知青分在一分场,萧山99名知青在五分场。1971年11月5日,50名杭州知青赴黑龙江呼中区碧水林场,同日又有杭州知青到黑龙江大兴安岭呼中林业局苍山林场。1972年6月5日数百杭州知青赴黑龙江牡丹江地区绥芬河、东宁、绥阳、海林等林业局。

内蒙古生产建设兵团正式成立于1969年5月7日,隶属北京军区,兵团总部设在内蒙古呼和浩特市,1969—1971年共接收浙江知青9127人。1971年9月7日,杭州知青赴内蒙古兵团印刷厂,1971年9月12日,杭州一批71届初中生奔赴内蒙古河套平原,三天三夜后到达目的地——二顺,分到内蒙古兵团二师十二团四连的"杭州兵"有59人。1971年9月22日,来自杭州上城区各校69、70两届的628名初中毕业生赴内蒙古兵团二师十二、十三、十六团,屯垦戍边,开始走上社会,历练人生。在这茫茫的内蒙古盐碱地,他们体验了人生的艰难困苦,尝到了生活的辛酸苦辣,感受了人间的真善美和假恶丑。1971年9月27日,杭州69、70两届知青赴内蒙古兵团二师十二、十三、十六团。

1975年6月24日,国务院、中央军委批准撤销内蒙古生产建设兵团,七万知青转交地方。

1970年5月7日,经国务院、中央军委批准,中国人民解放军南京军区浙江生产建设兵团在杭州正式成立(简称"浙江兵团")。受浙江省革委会和省军区双重领导,浙江兵团下辖第一、第二、第三师和直辖第十三、第十七团,以及工业第一、第

二、第三团。兵团部先驻杭州华家池,后驻萧山。1970 年 9 月 1 日,萧山红垦农场、钱江农场、红旗农场、五七农场、棉麻试验场、乔司农场和新安江开发公司划归浙江兵团管辖。

1970 年 8 月,浙江兵团征兵办公室在杭州城站红楼饭店成立。10 月 1 日,杭城举行了庆祝中华人民共和国成立二十一周年的盛大游行,刚刚成立不久的浙江生产建设兵团参加了游行庆典。一支穿着军装,不戴领章、不戴帽徽的"军人们",扛着浙江生产建设兵团的大牌,缓缓走出红太阳广场(武林广场),途经延安路、解放路、城站,向人们昭示"浙江生产建设兵团"的成立。两个月后,兵团迎来了浩浩荡荡的"战士"队伍。

浙江兵团一师一团、三团在乔司农场,二团在乔司、头蓬,四团在余杭;二师五团在红垦农场,六团在红山农场,七团在钱江农场,八团在新湾;三师九团在安吉林场,十团在长兴李家巷镇,十一团在嘉兴运河农场,十二团在长兴和平镇;工业一团在余杭闲林埠消防设备厂、钱江水泥厂,工业二团在余杭临平镇的省武林机械厂,工业三团在余杭临平镇的省建新工具厂,兵团编制的十三团在淳安、十七团在温岭。连队及以上干部均为现役军人。

1968 年 12 月,杭州江滨中学三届生首批知青落户平山农场。1969 年 1 至 3 月,杭八中、红旗中学 185 人落户平山农场。1970 年 4 月,平山农场易名为浙江兵团一师四团一营。1970 年 9 至 12 月,杭州两届生知青 368 人前往落户,同年 10 月 16 日,杭四中一批两届初中生赴浙江兵团一师四团一营。

1969 年 1 月,杭四中、铁中、开元中学等三届知青 311 人来到南湖农场。1970 年 5 月,改编为浙江兵团一师四团四营、五营,下设十一个连队,以安置杭州、温州知青和退伍军人为主。1970 年 9 月、10 月,安置杭州知青 879 人,富阳知青 53 人。1973 年 12 月,从一师一团(原乔司农场)调入兵团战士 300 人,大多数系杭州知识青年。

1970 年 5 月 15 日至 11 月 5 日,杭州有十批知青到达浙江兵团三师十一团(嘉兴运河农场)。具体日期分别为 5 月 15 日、5 月 26 日、6 月 10 日、6 月 20 日、7 月 2 日、7 月 29 日、9 月 17 日、9 月 28 日、10 月 26 日和 11 月 5 日。1970 年 5 月 16 日,杭州知青赴浙江兵团一师一团(乔司农场);6 月 1 日,杭州知青赴浙江兵团一师一团;9 月 23 日,杭州知青赴浙江兵团三师九团(安吉林场)。

1970 年 10 月 12 日,杭州灯塔中学初中毕业生数百人赴本省长兴三矿(浙江兵团三师十二团二营);10 月 27 日,杭州知青赴浙江兵团三师十团二营八连;10 月 28 日,杭州知青赴浙江兵团三师十一团(嘉兴运河农场),另一批知青赴浙江兵团三师十团一营(长兴县李家巷)。

1970 年 11 月 5 日,杭八中初中生数百人分赴湖州基山(三师十团一营)、长兴县和平镇(十团二营)和长兴县李家巷(十团团部、直属连等)支农;11 月 20 日,杭五中初中生赴浙江兵团三师十团;12 月 3 日,杭州五七中学(原杭女中)知青赴安吉浙江兵团三师九团二十六连;12 月 5 日,杭州知青赴浙江兵团三师十一团(嘉兴运河农场);12 月 10 日,杭州江城中学知青赴浙北安吉县浙江兵团三师九团五营支农,开始长达七八年的兵团、农场艰苦岁月;12 月 18 日,杭州知青赴浙江兵团二师七团(钱江农场)支农;12 月 26 日,杭州知青赴浙江兵团三师九团(安吉林场)支农。12 月 26 日,杭州知青赴余杭县下沙棉麻场支农。1971 年 8 月 8 日、12 月 5 日,杭州两批知青到达三师十一团(嘉兴运河农场)。

这些十六七岁的少男少女们,积极投入到浙江兵团的生产建设、武装训练之中。他们参加抢险队,修治水利工程;参加海塘建设,在围垦中不怕艰辛,磨炼自己。一位当年的知青撰文回顾了当时的场景:"天寒地冻的,兵团主要是负责大坝的加固(灌浆)工作,即在大坝上深挖一条沟,用水注入再用泥填进去,然后用人在上面踩,直到踏出水来成为泥浆。一边挖、一边浇、一边填、一边踩,搞了个浑身稀湿,冻入心扉。另外有的人帮着农民朝大坝外抛大片(石头),而我们则在大坝内侧挖土装入草袋背上大坝,填入被江水卷走泥土的大坝缺口,惊心动魄紧张不已,又饿又累疲惫不堪。"他们在田间地头耕地,在钻研技术修理电机,她们在棉花田里劳动,笑逐颜开喜迎丰收;他们刻苦学习射击和格斗技术,站岗放哨准备保卫祖国。

这些十六七岁的少男少女们,还以个人特长投入到浙江兵团的文娱体育活动中,参加文宣队,为兵团战士和农村群众演出;要求进步,积极到革命圣地南湖参加党团活动、聆听重要广播新闻。这些十六七岁的少男少女们是有心人,把在浙江兵团工作证、通行证、慰问信、发票、嘉奖证件、移交清单、生活物品等保留至今,留作纪念。

1973 年 9 月,十名地方干部联名上诉中央成功,浙江兵团三师十一团受到中央的严厉批评,李先念副主席批示:"这是一个烂掉的单位,速派工作组下去解决问题。"于是浙江省革委会铁瑛主任为组长的"中央联合调查组"来到了三师十一团维护知青的权益。中央联合调查组初步查明:在 1970 至 1973 年两年多时间里,十一团被非法关押知青达 56 人,被害女知青达 127 人。调查组惩治了犯罪、犯错误军干 42 人。原浙江兵团三师十一团三营十四连周梅芳说:"兵团武装连曾经关押着场员,宋新德、王相来受尽迫害和凌辱。这些往事今天想起来,仍是那样的不寒而栗!"但兵团知青祝晓乐却说:极少数违法、堕落、"烂掉了"的军队干部决不代表十一团军队干部的主流。不管历史将如何评说,十一团知青群体比兄弟师团战友多受一份青春之累、心灵之苦、精神创伤和政治(派性)折腾,是不争的事实!

1973 年 12 月 4 日《杭州日报》发表詹国遥提供的《青春闪光》一文,以四个小标题表彰了奋战在工业战线上的浙江兵团工业一团战士:《五下油池》抢救刀架,完成特殊任务的袁海苟、朱佐国;《一丝不苟》的仓库会计严惠兰;《勤俭节约》积极技术革新的高济凯;《敢于实践》的操作能手于小英、陆海瑞。上媒体,上报纸,曾激励过许多兵团战士。

1974 年 8 月 18 日深夜,十三号强台风夹着狂风暴雨肆虐着钱江大地,突然一阵紧急哨声把人们从睡梦中惊醒,只听浙江兵团二师七团九连连长大声喊着:"紧急集合,大家赶紧到仓库去抢运稻谷。"在连长的指挥下,经过近三四个小时的抢搬,终于将仓库里十几万斤稻谷全部搬到了安全地带,此时天已渐渐亮起来了,门外的潮水也暂时退了下去。同时,这也让人深思:声势浩大的围垦海涂、江涂,这是严重违反科学规律的"壮举"。连续的大雨带来钱江潮咆哮,这是大自然的报复。浙江兵团二师六团驻地和萧山县党湾地区,溃堤、农田被淹、房屋倒塌,数千兵团战士的安全受到严重威胁,于是兵团部党委下令,大部分知青回家待命,当年被知青称为"逃难"。

1974 年 8 月,工业一团发生两派武斗,致伤几人,全团停产几个月。有一军队干部在武斗中扔了一束雷管,把自己炸成重伤;还有一个被以前打架斗殴时结下的仇家挑断脚筋、砸碎骨头,真是毛骨悚然。这次武斗导致全团停工停产。

浙江兵团步履艰难,人心涣散。1975 年 6 月 5 日,国务院、中央军委下发关于撤销浙江兵团的指示。1975 年 9 月 2 日,中共浙江省委下发省交接领导小组制订的《南京军区浙江生产建设兵团移交地方的交接工作方案》,至此,浙江兵团的历史宣告结束。

地方国营乔司农场原系劳改单位。1966 年"文革"开始之际,劳改人员迁往浙西山区,留下第五、六、七、八大队两万亩左右棉田。省市领导决定把知青安排到乔司农场,为此专门成立"杭州青年建设社会主义农场"。1966 年 8 月,一批杭州知青入乔司农场,组建青建一、二两个分场。1966年11月25日,近1500名知青进入青建三、四两个分场。1967年春,每个连队进驻两名省军区的解放军,担任领导工作。1967年8—9月,因二十军进驻杭州,乔司农场原省军区派驻的军队干部换成二十军的军队干部。1968年,杭州市革委会派出大批干部到青建农场,陈寅在列,筹建杭州市"五七"农场。1969年6月1日,农场召开成立大会,宣布"青建农场"正式更名为"杭州五七农场"。1969年12月19日,农场迎来第一批"老三届"知青。1970年4月,农场开始组建浙江兵团一师。兵团接管了原农场行政和生产指挥的全部权力,每个连队配备连长、指导员两名现役军人,营部也配备营长和教导员两名现役军人。团部机关全部由现役军人组成,连部和营部其他人员基本上由地方干部、复员退伍军人或知青担任。连队管理按部队的《内务条例》执行。1970年5月16日和6月1日,杭州知青赴浙江兵团一师一团。1970年年底,兵团新来一批两届生。1971年11月17日,萧山知青赴浙江兵团二师七团。1973年,兵团将一部分土地还给乔司农场,恢复劳改农场建制。1975年下半年,兵团现役军人干部陆续撤离农场,"浙江省五七农垦场"开始筹建(纳入省农垦局系统管理)。

1968年10月20日,杭州知青赴建德县邓家公社插队。1968年12月29日,杭州知青赴临安县昌化镇新溪公社插队。1969年1月,杭女中数十名女生来到杭州郊县临安的藻溪公社插队。1969年1月8日,杭州知青赴淳安县夏峰公社红光大队插队。1969年1月12日,杭州知青赴桐庐县至南公社插队。1969年1月13日,杭一中首批357名初、高中老三届毕业生赴桐庐县插队落户,学生们被分到岭源、合村、怡合三个公社。1969年1月15日,杭州知青赴西湖区袁浦公社小江大队插队。1969年1月30日,杭州吴山初中90余名老三届初中毕业生奔赴建德县大同区上马、劳村、溪口等四个公社插队。1969年2月1日,杭十一中知青前往富阳县东园公社和环山公社插队落户。1969年2月5日,杭州知青赴萧山县宁围公社插队落户。1970年2月20日,杭州知青赴富阳大源公社插队落户。1970年3月18日,360多名知青赴武义县插队,杭州市中学生文宣队和杭二中篮球队先期到达。1970年4月6日,杭州知青赴缙云县壶镇左库插队落户。

四

到1976年,毛泽东同志已经感觉到知青上山下乡有问题了。毛泽东同志逝世时,知青问题被暂时搁置。12月10日至27日,第二次农业学大寨会议在北京召开。28日,华国锋等国家领导人接见了出席会议的全体知青代表。1977年1月1日,出席会议的208名知青代表给华国锋和党中央写了一封致敬信,表示"一定要坚持走知识青年与工农相结合的金光大道"。

1977年高考恢复,有不少在农村的知青刻苦复习功课,通过高考被大学录取。1978年7月3日,胡耀邦在和国务院知青办负责人谈话时说:上山下乡这条路走不通了,要逐步减少。

1978年11月12日21点45分,云南橄榄坝农场七分场的上海知青瞿林仙在生育过程中意外死亡。一个女知青不幸猝死的偶然事件,成为引发知青大返城导火索,云南知青以请愿和罢工的形式表达出来,他们在《请愿书》中明确提出:"我们请求,不求金,不求银,只求让我们回到父母的身边吧!"

1978年11月23日的《中国青年报》出人意料地发表了题为《正确认识知识青年上山下乡问题》的评论员文章,意思是:全国各地知青问题积压甚多,已到了非认真对待、解决不可的地步。有些农场的知青就拿着这份报纸找干部们辩论,写联名信活动如火如荼。下乡知青的返城大潮波及南京、天津、沈阳、哈尔滨、杭州、重庆、南昌等大中城市。上海市一些下乡青年回到市人民广场、中山公园和火车站贴出"拥护评论员文章"的标语,说"文章讲出了知青、家长的心里话"。这篇文章的作者、担任《中国青年报》总编辑的徐祝庆那时才三十五岁,他后来回忆说:"那时我在评论部工作。这是报社主动写的,不是上边要求的,应该是写出了知青和家长的心里话。"

如果说1978年《光明日报》特约评论员的文章《实践是检验真理的唯一标准》吹响了思想解放号角的话,那么《中国青年报》发表的文章,则是官方媒体第一次对知青下乡作出一个公正的评论,赢得了广大知青的拥护。

胡耀邦对《中国青年报》的《正确认识知识青年上山下乡问题》的评论员文章的评价是比较客观公正的。在1979年2月23日的共青团省、市、自治区书记会议上,他说:"国务院召开知青工作会议没有完的时候,团报写了这么一篇文章。这篇文章可能有某些缺点,心是好的,但没有好好鼓舞大家一下。知青上山下乡对祖国作了很大贡献,我们国家现在还很困难,还要坚持下去,这方面的话说得太少。有些地方的知青就拿着这篇文章质问知青办,说《中国青年报》关心我们,你们不关心,给做具体工作的人增加了困难,我看,心是好的,基本观点也还是可以的。但是,我觉得至少鼓励绝大多数青年继续干下去,好好干,这个话讲得不够,这当然是个缺点,要引以为戒。"

欠账总是要还的,谁也逃脱不了历史的公正判决!到了1978年的时候,胡耀邦同志说:凡是不实之词,凡是不正确的结论和处理,不管是什么时候,什么情况下搞的,不管是哪一级组织、什么人定的和批的,都要实事求是地改正过来。例如《南京知青之歌》一案,歌曲作者任毅(又名任安国)系南京八中1966届高中毕业生,1968年12月到江浦县永宁公社插队。1969年5月下旬,任毅在一首名叫《塔里木,我的第二故乡》的知青歌曲基础上,重新填词,并对原曲做了较大幅度的修改,创作出一首表达知青思乡情绪的新歌《我的家乡》。这年8月,苏联莫斯科广播电台的华语广播播放了这首歌,他们称之为《中国知识青年之歌》,就这样把任毅推入了绝境。一个月后,南京街头的大批判专栏开展对这首歌的口诛笔伐,定性其为"反动歌曲"。1970年5月20日,南京市公检法军管会判处任毅死刑,立即执行。所幸的是江苏省革委会主任许世友念其年轻,经历单纯,就转而批复:判处任毅十年徒刑。在那个草菅人命的年代,这可算大幸了。任毅在狱中备尝苦难,1979年才重见天日。

1978年12月10日,全国知青上山下乡工作会议结束。会议决定调整政策,在城市积极开辟新领域、新行业,为更多的城镇中学毕业生创造就业和升学条件,逐步缩小上山下乡的范围,有安置条件的城市不再动员下乡。至此,上山下乡运动宣告结束。1980年5月8日,当时的中共中央政治局常委、中共中央委员会总书记胡耀邦提出不再搞上山下乡。10月1日,中央基本上决定,过去下乡的知识青年可以回故乡城市。

1976年到1979年仍然有270万知识青年上山下乡。知识青年在落户地死亡有近两万人,其中一半多是非正常死亡。全国发生迫害上山下乡知识青年案件两万多件,其中处理数15 000多件。入党人数为32.6万人,入团人数为72.5万人。提干者1976年为32.6万人,占4%;1977年为24.7万人,占近3%;1978年为14.3万人,占2.2%;1979年为3.8万人,占1.5%。离开农村者,招生离开的有126万人,占8.5%;征兵离开的86万人,占5.8%;招工离开的912万人,约占61%;提干的有近6万人,占0.4%;转制的有6.5万人,占0.5%;其他的有353万人,约占23.7%。

1962—1979年,全国城镇知青上山下乡共1776万余人;至1979年12月20

日,陆续脱离农村的上山下乡知识青年共 1490 万余人。

1976 年粉碎"四人帮"后,中央确定了在新的历史条件下统筹解决知青问题的方针政策。1978 年 12 月,杭州市对凡只有两个子女的、父母双亡的、归侨学生、中国籍的外国人子女均不列为动员下乡对象;因病残不能参加农业生产劳动的和家庭确有特殊困难的,可以照顾留城。同时,对下乡知青的安置补助费提高到人均 580 元。即使这样,还是有杭州知青在 1977 年 4 月 9 日赴临安石瑞公社蒲村大队,9 月 15 日赴浙江建德县麻车公社,1978 年 4 月 10 日赴临安东天目公社农林场。

1978 年 12 月开始,以浙江兵团一师战友为代表的知青请愿队伍向浙江省"革委会"要求返城,持续十个月依然未果,终于爆发了 1979 年 9 月 8 日至 10 月 10 日历时三十三天的请愿,知青们上访、绝食要求返城的行动,最后取得了成功,为浙江兵团历史乃至整个知青运动画上了一个永远的句号。正如天津知青文学作家杜鸿林所说:当时全国各地的知青上访请愿发生了许多起,知青为什么能取得成功?主要是中国已经走上了以"经济建设为中心"的轨道,进入了"四个现代化"建设的道路,人才流动的大潮到来了,知青运动走向寿终正寝是一个必然。

1979 年 1 月,杭州市贯彻"调整政策、缩小范围、广开门路、妥善解决"的方针,明确今后城市中学毕业生的安排按照四个面向的原则,不再搞知青下乡了。同时,积极创造条件,加快知青就业安置进度。随后,杭州市停止动员知青上山下乡,并对下乡的城镇知青采取就地或回城镇安排工作,对支边插队的知青给予"病退"、"困退"、"特殊照顾"等方式处理。其中对 1972 年前下乡的老知青优先安排就业。同时,又对跨省、跨地区插队的未婚知青,采取"困退"方式回杭,对一户有三个子女支农支边的,在招工中以"三招一"办法安排回杭。1980 年,抓紧做好农婚知青的安置工作使其有固定的收入,并转为城镇居民户口,吃商品粮。大批知青按政策回城安置就业,促进了社会安定团结。

1955 年至 1960 年,杭州市共安排知青 5 万余人。1961 年至 1963 年,安置到本省各县的下乡、回乡人员 5 万余人。1964 年至 1966 年下乡回乡的城镇知青两万余人,插队农村的有 8700 余人,安置在国营农、林、渔、牧场的有 9000 余人。从 1964 年至 1978 年,杭州地区共有超过 13 万名城镇知青上山下乡。去向方面,到杭州七县农村插队的近 7 万人,到本省其他地区或回原籍插队的有 1.1 万人,到本省生产建设兵团或农场的 3 万多人,到宁夏和黑龙江省支边插队的有 8300 余人,到新疆、内蒙古、黑龙江、海南岛生产建设兵团的有近 1.7 万人。

壹 一个人的史诗

岁月如歌——我的知青生活

殷辛龙

报名

我六岁上学,八年后"文化大革命"开始,我们这些人就成了毛主席的红小兵。停课闹革命,横扫一切牛鬼蛇神,要怎么革命就怎么革命。但做梦也没想到两年后,也就是到了1968年年底,伟大领袖大手一挥,我们这些人转眼间改变了命运。

1968年12月22日《人民日报》发表了毛泽东的一段指示:"知识青年到农村去,接受贫下中农的再教育,很有必要。要说服城里干部和其他人,把自己初中、高中、大学毕业的子女,送到乡下去,来一个动员。各地农村的同志应该欢迎他们去。"毛泽东的指示拉开中国"文革"史上另一场规模巨大的运动——知青下乡运动的序幕。紧跟着报刊、学校、街道居民区纷纷发出号召:知识青年到农村去、到边疆去、到祖国需要的地方去;我们也有两只手、不在城里吃闲饭,等等,舆论铺天盖地。从小受毛泽东思想教育的一代人在这样的政治形势下又能有什么选择余地呢?

当时的我还不到十七岁,是一个实际上只读了一年多初中的女孩,面对着头上的政治压力、身后的大潮涌动、耳边工宣队的鼓动(说我们是到黑龙江中苏边境去当亦兵亦农的武装基干民兵)和自身脆弱的心灵,在一种别人无法理解的复杂心理下报了名去黑龙江农村。报完名后我就回家与我母亲说明我的志向,并极力拉拢我哥,让他把关系转到我校,与我一块去黑龙江虎林县。当时每个学校去的地方是不同的,兄妹在一起总要好些。我母亲经过反复权衡,决定让我哥去浙江境内的建设兵团。在那个年代谁也逃脱不了这样的命运,老三届的高、初中毕业生在社会和学校的统一安排下,纷纷走上了上山下乡之路。家家户户都有下乡的人,即使有一些人坚决不去,他们后来的日子也是够煎熬的,不是被居民区叫去办学习班,就是父母在单位或居民区挨批挨整。留在城市里只能天天夹着尾巴做人,居民区只要有个大事小情就会去找他们。我是个很情绪化的人,觉得要走就走得远些,好像这样更革命、更听毛主席的话,不仅如此,我还帮工宣队领路到同学家去做动员工作,甚至于把我最要好的同学都劝入去黑龙江的行列。以至于她的母亲在多少年后,每见到我母亲就说:"是你的女儿把我的女儿劝到黑龙江去的。"报完名后,经过上级批准,我们就开始迁户口,领服装被褥。记得当时发了一套颜色不正、做工也不地道的黄军棉衣和一条同样颜色的棉被。多么光荣啊,发的是军装,只是没有领章帽徽。基干民兵嘛,而且还是武装的,这样就心满意足了。能获得上级批准,我感到很庆幸,有的同学因为政审不合格还不让去呢!

多么天真的一代人哪!

离别

家里抓紧时间给我们准备远征的东西,一时间母亲既要送女儿到边疆,又要送儿子到农村,那心情会是怎样呢?我的家庭因为历史的原因,是个单亲家庭,我母亲一个人承担了全部的痛苦,如果不是处在那个年代肯定是承受不住的。

那时的黑龙江是个什么地方?是个自古以来犯人流放的地方。可当时我完全着了魔,执意要去,国家兴亡匹夫有责,接受贫下中农再教育理所当然嘛。

通知下来了,要我们一月份走。后来电台里传来黑龙江珍宝岛在打仗的消息。珍宝岛离我们要去的虎林县很近,它就属虎林县管辖。上面下来通知说等战争形势稳一稳再走。这样我们又在家待了一段时间。在等待出发的这些日子里,我也想象着黑龙江的情况,冷啊、苦啊、远啊、干什么活啊、扛枪是什么滋味啊,等等。终于通知下来了,可以走了。我们是杭州市第一批到东北的下乡知青,约有 4000 多人,分三天走,我们到虎林县的是第一天走。

1969 年 3 月 8 日出发那天,我们在杭四中门口集合,敲锣打鼓,一派壮士出征的气概。当时有的家长问在哪个火车站上车,工宣队说保密,怕送行的人太多,不好维持秩序。汽车把我们一行人拉到的那个临时上车点好像是在南星桥的什么地方——一处连个站台都没有的铁路边。我们看到已有一辆列车停在那里,有许多解放军手拉着手挡在车厢的警戒线前,车上已有很多别的学校的知青。铁轨两边站满了人,有送行的,有告别的,有维持秩序的。我跟着别人上了车,列车两边的窗口上全都重重叠叠趴满了往外张望的人,他们双眼扫视站台上杂乱的人群,寻找着来给自己送行的亲人。我因为个头小根本没有可能挤到窗子边上，只是默默地淌着眼泪。忽然有同学看到了我的家人，家人在车下大声叫着我的名字，同学们赶紧把我叫到窗户边，让开一条缝隙让我挤进去，我看到了我的母亲、我的哥哥、我的姨妈姨父、表妹表弟，好像在杭州的所有亲戚都来了。我不知道他们是怎样打听到我们上车的地方的，又是怎样赶过来的。我大声地哭喊着，亲人们也都在流泪，不时地送过来几句关照的话。整个车上车下哭声连成一片，此时连老天爷也被感动得下起了绵绵细雨，车下的人都全然不顾被雨飘湿了头发衣服，他们和车上的人都共同地在经历着一场灾难，这点雨算什么。生离死别的感觉在那一刻体会得淋漓尽致。突然火车汽笛长鸣一声，轰隆一下徐徐地开动了，这一刹那，大家才意识到要与亲人分别，与自己诞生和成长的城市分别，又好像突然明白了怎么回事，大家都大声地哭喊起来，有几个胆大的欲跳窗逃下去，可是又怎么可能呢？车下送行的人们全都追随着列车往前走着跑着，好像这样能使列车开得慢一些。

在途中

列车飞快地开着，哭泣声伴随着列车的轰鸣声一直到了南京才慢慢地止住。列车开了整整一星期。八千里路啊！岳飞三十功名尘与土，八千里路云和月，而我们才十七八岁呀！

一路上总算平安无事。火车已进入牡丹江地区了，吃晚饭的时间，火车在牡丹江的某一个小站停了下来，知青们都下车去领盖浇饭吃。我们吃完了饭，等了很久火车还不开，大家觉得奇怪，有几个年纪较大些的其他学校的学生上来说，下面正在闹事，好像是某个护送的工宣队员说漏了嘴，说我们一行人到黑龙江虎林县不是去当什么武装基干民兵，不是亦兵亦农，而是到农村插队落户的，有人感觉是受骗了，不愿去了，于是就和护送的杭州市革委会领导发生了争执，据说还打伤了人。火车上的人都下来了，火车没法开了，怎么办呢？3月份的黑龙江还是冰天雪地的时节，天色已黑下来，冻坏了人怎么办？一群南方来的伢儿，从没经过这么冷的天。这时又是解放军起了作用，他们开来了一辆辆军用大卡车，把我们这批人一车车拉到一个什么党校。里面正在办学习班，有的是大通铺，学习班成员统统让铺位给我们。而我们也正好成了他们的教育对象。拉我们的列车在第二天下午，在停了整整二十二小时后，拉着我们的一车皮行李开到虎林县去了。火车不能再等我们了，因为当时据说列车如果停运超过二十四小时就要上报国务院,杭州市革委会担不起这个责任呀。我们这帮人在学习班成员的教育帮助开导疏通下,一批一批陆陆续续都到了虎林县。到此,负责护送的杭州市革委会成员和工宣队成员完成了使命,交了差回去了。县革委在县城的一个礼堂开欢迎会,记得一个好像是独眼龙的革委会领导把我们狠狠地批了一顿,然后各公社各大队的马车就把我们一车车地拉走了,拉到了白雪皑皑、人烟罕见的北大荒农村。到了此时我们这帮人完全像是一群任人宰割的羔羊了,喊天天不应,喊地地不灵。

接受贫下中农再教育

我校的48名知青被分配到新乐公社兴隆大队,我们四男四女八个人被安排在第五生产队。每个队都是男女均等的,既然是扎根,就得男女均等,多么人性化呀。

我们五队的八个人由队长领着,两人一伙到农户家吃饭,坐在炕上,趴在小炕桌上。农民倒是很热情,也很好奇,从没见过来自这么远的地方的城里人。屋里没有电灯,炕桌上点着煤油灯,桌上没有菜,只有一小碟豆瓣酱和一大盘黄灿灿的苞米面大饼子,房东端上来一碗碗玉米楂子粥。大饼子黄得像杭州的蛋糕,我们经过这么多日子的折腾已是又累又饿了,拿起大饼子就吃,因为心里想的是蛋糕,所以就专挑大的拿,可是一吃到嘴里就咽不下去了,粗粗拉拉的好像吃了一嘴泥沙,只好强咽了下去,倒是玉米楂子粥还好喝点。手上的大饼子攥在手中假装拿回去吃,到了没人的地方就扔掉了。因为是第一顿饭,所以印象很深。以后的许多日子,我们都只是喝粥,常常饿得眼发黑。吃完饭,我们回到队上给腾出的一座三间屋的房子里,四男四女分开各居一间屋,中间一间是烧饭用的。

从此,我们开始了漫长的插队落户生涯。

我们每天清晨四点来钟就要起床,饭都顾不上吃就匆匆跟着队员去地里干活,庄稼地离村庄有十几里路,扛着锄头走十几里路已是一身汗,肚子瘪瘪的,一干就是一上午,中午在地头吃饭,休息一会就又开始干,一直干到太阳快落山才回家,回去又是十几里路。黑龙江的地大,地垄长得一望无边,常常一天干不到头。我们因为从没干过农活,费的力气不少却干得又慢又差,别人已经在休息,在吃饭了,已下班往回走了,我们还在干,因为分到的活是一样多的,必须当天完成。起初是没有人来帮忙的。常常干完了回到家天已漆黑,还得挑水做饭。屋里冷冷的,炕凉凉的,人累累的,肚子空空的,心凄凄的,那个滋味呀!

　　农民的孩子和我们干的是一样的活,可他们有家,有父母的呵护,有热饭热炕头,他们土生土长,一切都是那么自然,而我们真正是在脱胎换骨,这个苦呀。

　　国家每年拨给每个知青六百斤玉米,粮食是够吃的,可是没有菜吃。在黑龙江只有到秋季收获时才能吃到菜,种类也就是土豆、芸豆几种,别的时间就是吃自己做的豆酱、酸菜、秋季晒干的芸豆干。起初我们在农民家吃饭还能吃到这些东西,后来我们自己做饭,连这些东西都吃不到了,只好在粥里放点粗盐和酱油,有时在粥里放点从杭州寄来的猪油,就很香了。偶尔也能吃到从杭州寄来的咸带鱼,那是农民们从没见过的东西,就更奢侈了。

　　每天日出而作日落而息,我们慢慢地学会了农活,干得不错了,感情上也和农民接近了,日子似乎有了点意思,干活时要好的农民姐妹有时也会过来帮一把,吃饭时她们也会分一点咸菜给我们吃,逢年过节有人会给我们送几个煮好的鸡蛋来,或叫我们到他家吃顿饭。能吃上一顿有菜的饭,真让我终生难忘。这以后礼尚往来,我们就把家人从杭州寄来的东西,如霉干菜、炒米粉、围巾之类的送给他们。慢慢地我们也有了农民朋友。这些朋友至今我们还有来往。

　　由于我被社员们认为干活肯卖力气、出勤多、不娇气、为人朴实,虽然人小力单但是干活麻利,质量也好,所以评工分时总是要比别的女知青高出 0.5 分,一年下来我能分到一百几十块钱,要比别的知青多几块。也因此,我曾经有幸被队长赏识派去喂猪、放猪、做豆腐、卖豆腐、夜里看场院,这些活似乎比下大田要轻松些。我学着老农的样子手中拿着树枝做的鞭子,嘴里喊着喽喽的声音赶着猪在地里跑,很像那回事的。做豆腐要每天两三点起床,磨豆浆、烧火,做好了豆腐,就和老保管拉着爬犁到村庄里去卖,吆吆喝喝的很有一种自豪感。一般是上午做豆腐,下午挑水,我一个人要挑二三十担呢!东北的井很深,有三四十米深,打一桶水很费劲,有时把水桶放到井里,水怎么也进不到桶里。两个盛水的大木桶直径足有一米,高度和我差不多。只有在农忙时节才做豆腐卖,平时谁舍得吃啊,即使有豆腐卖,很多人家也是舍不得买了吃的。

　　说起看场院,还真是创了个先例。秋收打场的时候,场院里全是粮食,我们的队长是个很精明的人,他知道如果用农民看场少不了有瓜田李下的疑心,用知青不会往家拿,而且用男知青浪费劳力,不如用女知青合算,于是就让我来看场院。场院一般都是在村庄外边的,从日落打场的人收工,到第二天早上天亮来人干活,这整个的夜晚就我一个人在场院里,既要警惕有人来偷,又要担心自身的安全,有狼,有坏人呀。记得那天,队长试探地问我敢不敢干。我是个要强的人,又比较单纯,就爽快地答应了下来。我不知道用女孩看场院在当时完全没有先例。记得有一次夜里下起了滂沱大雨,又是闪电又是打雷,我没处躲藏,只好爬到停在场院里的一辆拖拉机里躲着,真是害怕呀!我为了壮胆,大声地唱着革命样板戏。晚上打更时不能睡觉,让人偷了粮食可不行,再说露天地里怎么睡呀?我想了个办法,在麦秸垛底下挖了个能藏进半截身子的洞,上半身钻进去,下半身用挖出的麦秸盖住,这样既可休息又能御寒,来坏人还不容易发现我。记得有一次队长指导员来查岗都找不到我。总算在我值夜期间没有丢失什么。后来听说别的大队也效仿起我队来,用女知青看场院了。后来想想真是后怕。村子里谁家会让自己家的女孩去干看场院的活呢?那个队长肯定不会让自己的女儿去干的,他应该知道那是有危险的。农忙过去了,我们就干些别的活,修路、挖沟、盖房子。挖沟修路是要用大力气的,我的棉衣常常被汗水弄得里面湿湿的,外面是一层硬硬的冰壳,甚至棉胶鞋里都能倒出冰雪来,可能是冷热交替产生的。公社盖房子,派我去当小工,我在脚手架上,运灰浆、搬砖头、打下手,干得蛮起劲。我恐高,但必须克服。

　　干农活也是很有技巧的,一开始锄地时,锄头在手中一点也不听使唤,明明是要锄草,却不知咋的锄掉青苗,队长看到是要骂的,于是赶紧把苗用土培好,当时还看不出来,等到队长检查质量时,苗已蔫了,我们没少挨剋。于是我就边干边琢磨,终于琢磨出了点道道,既干得好又干得快了,锄地就成了一种乐趣,每干到地头回头看看自己锄的地,土块被锄得松松细细的、垄面平平的、苗直直的,和农民干的没有多大差别了,心里就美美的。割庄稼是要注意把茬子留得短短的,由于我们不会用劲,镰刀又不快,留的茬子很高,回头与别的地垄一比真是难看,不用别人说自己就已难受了,于是我们就跟老农学磨镰刀,学割地的技巧,农民们乐意教,我们乐意学,慢慢地活计干得好了,与农民的感情也亲近了。我们身上的娇气越来越少,农民们就越来越看得起我们,在队里我曾两次被评为五好社员,也就是在队部墙上的红纸上有了我的名字,就这样我就非常满足了,说明我已得到了贫下中农的认可。干活是要不怕脏的,不扑下身子去干,农民们是一眼就能看得出来的。播种点粪时要用手抓着粪点,到吃午饭时没有水洗手,农民们用土搓搓手就吃起来,我们也学着用土搓搓手抓着饼子吃。渴了,农民们喝着地垄沟里的积水,我们也学着用手捧地垄沟里的水喝。不过有一次我们找水喝,找到了一个大坑,里面有水,水面上有很多子了,我们喝了几口,回去告诉也在找水喝的农民,他们过去一看,没喝,回来说那是一个坟坑,怪不得那水有点怪怪的味儿。现在想起来还有点不舒服呢!

不是农忙的季节,有时收工也很早,我们也有我们的娱乐生活。收工早的时候我们几个知青搭伙到十八里路外的县城去看革命样板戏的电影,遇到没活儿的日子,有时也到县城去吃一顿,吃一碗水饺或吃一盘粉条炒肉。在等吃水饺的时间,我们大大咧咧地跑到人家的厨房里要给人家包水饺,一帮南方伢儿怎么会包饺子呢? 吓得厨师直撵我们,在我们的缠磨下他们只好让我们包了,就是这样我学会了包水饺,它让我享用到现在。有时晚上,我们没事干就在一起唱歌,吹笛子,吹口琴。吹着、唱着,我们想起了什么,开始哭泣起来。哭声渐渐漫延,一会儿,哭声连成了一片,惊动了大队书记,结果挨了一顿批。

由于卫生条件差,我们睡的炕上跳蚤虱子实在太多,常常被咬得半夜醒来,没有电灯,点上油灯也看不清捉不到,身上的疙瘩一批又一批像长了疥疮一样,被子上全是密密麻麻的跳蚤屎和血迹。半年能洗上一个澡就不错了,用一口大破锅,用砖头把它放稳才行。除了这些还有思乡之愁,哪年哪月才能回到我那可爱的家乡? 于是只要有空我们就给家里写信,信中不能尽诉生活劳动中的困难,但是流露出来的情绪家人是能体察到的,我母亲常常安慰我,既来之则安之。有一次她终于对我的身体情况担起心来,写信告诉我,实在不行就回来吧! 当初我离杭时,我母亲偷偷给了我两百元钱,告诉我实在待不下去就逃回来。农忙时节请假,队上肯定不会同意,于是我就坚持了下来。就这样我在黑龙江干了三年。

探亲

终于熬到可以回家探亲了。在黑龙江每年的 11 月份收完场到来年的三四月份这段时间是没什么农活干的,冰天雪地的,大家都在家里待着,这期间我们是可以回家探亲的。大家在一块儿琢磨着怎么个走法。路有多远,花钱就有多多。有多少人挣了一年的工分钱能够买一张返乡的火车票呢? 即使像我这类出勤较多挣够了车票钱的,又怎么舍得把来之不易的钱全部铺在铁路上呢? 千难万难难不倒我们这帮昔日的红卫兵。于是我们想出了几种办法,我们用较少的钱买一张短途火车票上车,然后就在火车上和检票的列车员周旋,幸运的话就能混得多坐好长一段路,然后在某个被赶下来的地方再买一张短途火车票上车。

　　按计划,一路上就这么混,从虎林县新乐车站上车,到牡丹江、哈尔滨,再从哈尔滨换车到上海,再从上海换车到杭州,一路上就像地下工作者一样,时刻要警惕被人识破,一旦识破,就被赶下了车。我们坐的都是慢车,只有慢车才好混。我们常常在一个小站或某个临时停车点被赶下车,在小站被赶下来还好些,可以等后面的车再上,如果在临时停车点被赶下来就只有顺着铁轨往前走了,走到前面一个站再等车上。在那种偏僻地方火车的班次是很少的,有些返乡知青没办法只好爬上了货运列车,结果发生了好几起冻死人的事件。

　　记得有一次在德州车站被赶了下来,并被关了几个小时,然后我们这帮穿黄军棉衣的青年引起了他们的警惕,怎么混都混不进站了,我们只好把棉衣翻过来穿,换换颜色,棉衣里子是白色的,结果更扎眼,于是我们只好徒步往前走了一站,到前面一个小站混上了车。火车的一站可是远啊!山东是老革命根据地,怪不得德州站的人原则性、警惕性这么强呀。还记得有一次半夜里,我们被列车员赶下了车,前不靠村后不靠店,天又冷,我们顺着铁路走了一段,看到一个扳道工问了一下,他说今晚不会再有火车经过了。看到远处有一点若隐若现的亮光,我们只好奔那亮光去了,走了好几里路终于走到了有亮光的地方,原来是一个农家客栈,于是我们就在那里住下了,等第二天再走。

　　还有一种办法也可以少花钱,那就是改车票日子,年纪大的人都见过那种用笔填写日期的火车票吧,那上面的日期是可以改的。我们一伙人商量好了分批走,先走的人一到杭州就把车票寄回,后面的人把车票一改就又可以用一次了。一路上要转好几次车,要查好几次票,多数人都能顺利混过,也不知是因为曾有知青冻死事件,上级有过什么指示让列车员睁一眼闭一眼呢,还是我们改得逼真他们没看出来?这两种办法我都用过,有一次,一路平安到了杭州站,结果在出站口被一个中年女检票员识破,她准备检完票后把我送去处理,趁她不注意时,我从她身边溜到另一个出站口混了出去,然后飞也似地逃跑了。可是不幸的是,在慌不择路时那年挣的钱,除了部分用在铁路上,剩余的全都跑到了小偷手里了,我变得一文不名,只好跟同学借了一点。我没告诉家人,怎能再让他们为我分担痛苦?因为我已经没有什么喜悦可以让他们分享。这件事我至今都没有对亲人们说起过。

　　回杭州时,我拿着点东北特产:一点黄豆、一点小米、几支人参。黄豆是我劳动休息时从地垄沟里捡的,东北的黄豆圆圆的,粒大,我想我妈妈会喜欢;小米在我看来也是稀罕物,我们的口粮只有玉米,只是偶尔在农民家喝到过几次小米粥,觉得好吃,就买了一点带了回来;人参是从农民手里买的,是他们自己种的。我记得那次到家后,大门开着,母亲在洗菜,我走了进去,母亲没想到我回来了,也没认出我来,我一副北方人的打扮,她居然问我找谁。我从杭州返回东北时就带一点草纸(上厕所用的),带几块肥皂和一点吃的,因为旅途艰难,来回都不敢多带东西。这些东西在现在看来简直是不屑一顾的,可在那个年代,那种处境,又有什么可带呢?

转机

天无绝人之路,总算有一天,我收到我舅舅的一封来信,信里说他在想办法把我调到油田去工作,这样我总算有了盼头。过了好几个月,一点信息都没有,就在接近绝望之际我盼来了户口准迁证,在1972年1月2日那天,我终于离开了黑龙江,留下了接受再教育蜕去的几身皮,带着刻骨铭心的记忆走了。

为我送行的那批知青,一直到1978年落实政策后,才陆陆续续回到杭州,那时有许多知青已经和当地人结婚,又开始了另一种生活……

我想,我们这批经过脱胎换骨磨炼的一代人是不会有什么过不去的坎的,几年的知青生活使我们失去了许多,但是,它使我们对现实与人生有了更多清醒的认识,有过这样的生活经历,我们可以笑迎任何的困难。事实证明是这样。返城后的知青们克服了年龄偏大、文化低、没技术等带来的困难,终于在各自的岗位做出了不平凡的业绩,得到了社会的认同,创造了自身价值。当年我们五队的八个知青,除了我和一个最早抽调到粮库当工人、现退休留在虎林的小徐外,其他六个后来都返回了杭州,他们经过自己的努力有的当了会计,有的当了工厂里的生产骨干,有的在外资企业管理层工作,有的当了教师,总之都还不错。我当年从黑龙江到了胜利油田工作,被安排在地质勘探队。油田大会战时我们施工在野外,吃在野外,住的是老乡家的柴屋、生产队的马棚,工作生活条件也是非常艰苦的,但是我都能适应。在干好本职工作之余,我用业余时间学的医学知识为工人兄弟们义务针灸、看病。由于我表现较好,被送去培训,后来成了一名真正的医生。更值得庆幸的是我们的子女都上了大学,圆了我们的上学梦。

我们是不幸的一代人,更是坚强的一代人。

几十年来,每每回忆往事,我没有因为所受的苦难而流泪,但是只要一想到我们稚嫩的心曾被愚弄时就泪流不止,我不知道这泪要流到何时,因为心被伤得太深了！

如今，当年意气风发的知青们都已近花甲之年。"上山下乡"、"北大荒"等历史词汇，在他们身上成了一个个鲜活、曲折、动人甚至悲壮的回忆。当年的知青朋友们，我愿大家珍惜拥有的，忘记过去的，开开心心过好每一天！把生活搞得好好的，健健康康地安度晚年。

成长的跨越

皇甫坚

历时十余载，涉及两代人，轰轰烈烈的3000万知识青年上山下乡运动，在历史上只是弹指一挥间，但在我们的心中却留下了深深的烙印，我们曾奔赴遥远的边疆，融入那茫茫的大地和高山。

一

1970年10月14日，是700余名杭州青年难以忘怀的日子，那天起，我们将一起跨越3000余公里，实现从学生到知青再到工人的转换。

按照学校通知，我与何同学带着行李来到杭五中，九点整乘车前往延安路北头的武林广场，车上陶同学、李同学早就来了，大家互相打着招呼，这是为远赴黑龙江的同学们准备的专车。武林广场上有一座仿北京人民大会堂的建筑，取名红太阳展览馆，是"文化大革命"初期为了表达浙江3100万人民对伟大领袖毛主席的崇敬和爱戴，用最好的材料，最短的时间建造起来的，为此广场也被称作红太阳广场。新建的广场四周尚无高大的建筑，显得十分开阔。我们到时，广场周边早已停满了大客车，大客车的两边和广场上到处都挂满了大红标语，人们举着旗排着队，熙熙攘攘地向广场中心聚集。展览馆前是主席台，左边的不远处停着几辆"华沙'和"上海"牌小汽车，浙江省和杭州市革委会要在此举行隆重的欢送仪式。

十时许，浙江省和杭州市革命委员会领导，以及黑龙江大兴安岭来的领导发表了热情洋溢的讲话,在领导"出发"的号令下,红小兵吹起队号,工人们擂起了大鼓,知识青年们都非常激动和亢奋,他们胸前佩戴着杭州市革委会上山下乡办公室发的"光荣证",怀揣红宝书《毛主席语录》,齐声高喊"到农村去,到边疆去,到祖国最需要的地方去","到大兴安岭干一辈子革命","伟大领袖毛主席万岁!万岁!万万岁",紧跟着各自学校的红旗,登上专车。客车绕广场缓缓地转了一周,沿着延安大道慢慢地开进。望着那熟悉的街道、建筑,我们把红旗伸出窗外拼命挥舞,街道两旁的行人也都熟悉了这种"文革"时期的疯狂,驻足目送这支革命队伍去实现他们的理想。车子经过解放街、江城路、复兴路,直奔闸口白塔岭杭州列车机务段,那里有座古塔,建于一千两百年前的吴越时期,多少年来,它是进杭州的标志,如今成了数批知青奔赴祖国各地的欢送地。

长长的列车早已停在铁轨上,蒸汽机头吐着白色的雾气。杭州奔赴大兴安岭的首批知识青年将在此坐火车奔赴三千里外的北疆,白塔岭前,密密麻麻地挤满了早已等候于此的父母兄弟姐妹,浓浓的离别之情在此体现得淋漓尽致。一位工人师傅拉着自己孩子的手,悄悄塞给他一包东西说:"去吧!这是全家省给你吃的一只鸡,记牢,不要闯祸。"一位母亲对眼圈发红的女儿说:"照顾好自己,常给屋里写信,阿大,你要管好你阿妹。"一声稚嫩的童音:"阿哥,再会!"离别深情,再三的叮嘱,使知青们感到家乡的语言是那么的亲切,亲人的情意是那么的浓厚。火车汽笛长吼一声,把送别气氛推向了高潮。工作人员拼命把人群往后赶,后面的人却还要往前挤。我突然看见妈妈和外婆也站在人群后,说好不要家人送,以免增加挂念,可母亲还是来送行了。这一去真不知什么时候能归来,我赶紧挥手,她们也挥手,一切尽在不言中。

列车在下午一时准点发车了,当时的杭州铁道两旁基本没有标志性的建筑,南星桥、望江门、城站、艮山门电厂……火车越来越快,车厢内沉闷得只听见车轮与铁轨的摩擦声,先前被革命热情充斥、表现异常沉着的姑娘小伙们,也陷入了一种莫名的离乡惆怅。车厢内传出了断断续续的哭泣声,且不断"发扬光大",其中有一个小伙哭得最响,后来大家接触多了才知道,他是林同学,瑞金中学的,那年才十六岁。是啊,每个同学都想在别人和社会面前表现出自己的成熟,可骨子里却还都是十几岁的大孩子,这是第一次离开父母、离开家乡,各种复杂的情绪触发了这短暂的真情流露。

二

火车开过艮山门,就出了杭州城。我性格比较内向,不大爱说话,看着窗外不断闪过的树木和远方的田野,静静地回想起过去的成长岁月。杭州与苏州并称为人间天堂,但长期生活在其中,也并没有太多的感觉。平凡和稳定的生活,毛泽东时代的小学教育,在我们脑海中,"我们是共产主义的接班人,继承革命先烈的光荣传统,爱祖国,爱人民……"我们看着《小铃铛》《魔术师奇遇记》等电影,读着《科学家谈 21 世纪》《十万个为什么》,每个同学的理想和希望,都是要成为科学家、艺术家、工程师、医生……谁也没想到,就在小学六年级升入初中时,史无前例的'文化大革命"开始了,眨眼间一切都变了样,左右邻居成了"地富反坏右"、"走资本主义道路的当权派",受人尊敬的艺术家、作家、知识分子成了"臭老九",同学之间也分成"红五类"和"狗崽子"。杭州的大学、中学紧跟北京大中院校的步伐,相继成立了"红一师"和"红三师",纷纷扬扬的传单、大字报从校园撒到了街头,贴到了市中心最显眼的地方。学生们为了学到更多的运动形式,掌握更多的批判"炮弹",开始在全国各大城市间串联,坐火车甚至步行上北京见毛主席。毛主席肯定了"文化大革命"的形式,用《炮打司令部——我的一张大字报》发出了"造反有理"的最高指示,红卫兵们开始"破四旧"、"戴高帽"、游街、开批判会,社会上则利用人民热爱领袖的淳朴心理,搞近乎宗教形式的活动——"红海洋"(所有的墙面都用红漆刷上标语和最高指示)、"忠字舞"、"早请示,晚汇报",机关职工、工人也开始融入进来,从学校夺权,到工厂、机关夺权,建立"捍卫毛泽东思想联合总司令部"、"无产阶级红色暴动总队",采用巴黎公社的形式争夺地方政府的权,各持观点的两派,从文斗到武斗,最后发展到戴着藤帽,手持铁棍、长枪,抢军械仓库,在车顶上架起机枪,攻打杭一棉,攻打萧山、富阳,枪炮声在杭州四周响起来,混乱、动荡、动荡、混乱,还美其名曰"解放"这些城市。整整一年的剧烈动荡中,我和同学们因未进初中,无权串联,但也和大人们一样,在社会上接受着革命的洗礼,在动乱中上了一年前所未有的七年级。要不是"文化大革命",也许我们这些人真的会走上另一条阳光大道。

1967 年在"复课闹革命"的口号中,两届小学毕业生同时升入了中学,"文化大革命"换了种形式继续影响着整个社会,解放军和工人毛泽东思想宣传队先后进驻学校,三年的中学生活,学习知识被摆到最次等的地位,学生上课从不背书包,两本书往口袋中一插就可上学了,因为老师也必须跟着政治形势变换讲课内容,书中很多内容都被列为"封资修",必须由工宣队确定后老师才能上讲台,学生能学到什么就可想而知了。我们参与最多的是大批判、学军、学工、学农、挖战备防空洞,约占全部学业的一半还多,学生在学校也沾染上许多不良社会风气,打群架,拉帮结伙,以力气和义气称霸一方,"读书无用论"、"读书越多越反动"成为那个年代学生的主导思想。1968 年 12 月 22 日,毛主席发表最新指示:"知识青年到农村去,接受贫下中农再教育,很有必要。"上山下乡成为青年就业的主流,许多初中未毕业的学生,也跟着哥哥姐姐去了农村和边疆。据文件记载,1969 年国民经济计划纲要,明确要求动员四百万知识青年上山下乡。待分配的老三届和即将毕业的新二届初中生就成了这项运动的主要对象,街道、居民区把它当成政治任务,白天黑夜全面动员,"知青"成为那个年代上山下乡毕业生的总称。

"快看,快看,飞机!飞机!"我的遐想被一阵欢快的叫声打断,大伙都挤到右侧的窗口,远远的地坪上,整整齐齐地停着十几架战斗机。原来我们已到了笕桥飞机场,过去常看到天上飞过的飞机,这么近地看到停机坪上的飞机还是第一次,其实有很多事都是第一次,我们这些城市长大的孩子中,还有很多人是第一次坐火车呢。

三

车到临平,省、市有关部门和人民解放军驻杭部队负责人及三代会代表都来送行,挨着车窗和知青们握手,知青们都显得十分激动,再往前开就要出省,和家乡的父母官作最后的道别,不知道何时能回来。火车停留半小时后继续前行,此时我们的身份正式从学生转变为"知青",车厢内的气氛开始活跃,有不少知青已开始在几节车厢中走动,寻找熟悉的同学和朋友,我继续着我的回忆。

知识青年奔赴大兴安岭,是在毕业分配后期才开始的,69、70 新二届学生同时分配,人员较多,虽然仍以上山下乡为主,但分配比前几年多了三个方向——工厂、浙江兵团、读高中(这是"文革"以来首次有升高中的名额),当然有门路的还可以参军,这不在正式的分配方向中,读高中和进工厂的名额很少,条件是政治成分好,而且已有哥哥姐姐去农村插队;那些没有条件读书和进工厂,又不想去农村的,大多选择去浙江兵团;剩下的只有上山下乡了,我当时首选也是去浙江兵团。正当大伙慎重地选择自己今后的道路时,清河坊上城粮食局门口贴出了一张大红告示,上首是毛主席语录"农村是一个广阔的天地,在那里是可以大有作为的"。接着是招工信息:大兴安岭,位于祖国的北大门,是反修防修的最前线,是伟大祖国的绿色宝库,面积相当于两个浙江省。目前,全区十三个林业局,每年为国家提供六十万方木材,为加速林区开发,加强边防建设,保卫祖国边防,欢迎广大知识青年、红卫兵小将到大兴安岭去……当一名光荣的林业工人,在工人阶级领导一切的年代,立即吸引了许多毕业生的目光。去黑龙江的青年主要有两类,一种是被动型,心里不愿意,但又没地方去,反正要上山下乡,当农民还不如当工人;另一种是主动型,不在家中吃闲饭,走南闯北,实现自我价值。我当时的想法主要来自地图、银幕、书本,有毛主席诗词《雪》中所述"北国风光,千里冰封,万里雪飘"的诱惑力,还有样板戏中杨子荣扬鞭策马奔驰在林海雪原和 1969 年初珍宝岛自卫反击战,解放军抗击苏修的英雄故事的吸引,总之我想到大兴安岭多长点见识,领略祖国的大好河山,脑子中闪过的大多是骑马、扛枪、打猎、尝野味、滑冰、滑雪、坐雪橇、游玩、观光、登上山峰的美好情景,根本没有去想那些困难、艰苦和危险的后果。

　　黑龙江大兴安岭招工全权委托各中学负责,报名者要通过严格的政审,家庭成分是相当重要的,成分不好,个人表现不好,都不能去,理由是大兴安岭地处中苏边境,苏联已经变成修正主义,与美国并称"两霸",据说黑龙江、乌苏里江冬季河水结冰,偷越边境极方便,不能让资产阶级的叛国者逃到外国去给中国人丢脸。我和陶同学、何同学等自认为符合条件,决定一同去报名,经过严格审核后,不久学校贴出光荣榜,我们被录取了,学校领导和工宣队专门组织学习班,学习《毛泽东选集》和《毛主席语录》,进一步提高革命觉悟。学校根据知青办的布置,给每个去大兴安岭的学生发了一本购物本。"文革"中,全国的物资相当缺乏,什么东西都要凭票,吃粮要粮票,抽烟要烟票,买布要布票,买棉花要棉花票,买糖要糖票……总之,每月要在商业局和粮站领十余种票证,这本购物本可以购黄军被一床,军棉衣裤一套,棉鞋(棉胶鞋)一双,棉毯一条,这些必需的日用品要是平常用布票买,要用全家两年的布票,而且都是军用品,当时年轻人对解放军还是很崇拜的,平时把穿军装、背军包、穿军鞋当时髦,谁有一件军大衣,可以把不少人羡慕死。东西准备得差不多了,9 月 19 日,在杭州工人文化宫举行了誓师动员会,各校都派出代表在会上表决心,市革委会还专门发给每位赴边疆人员一套崭新的《毛泽东选集》,一张文艺演出的招待票,一张挂在胸前的光荣证(同时作为坐火车的凭证)。9 月 25 日,我们凭票观看了文艺演出,是当时最流行的杂技、魔术表演。

四

火车以每小时 60 公里的速度前进,由于是专列,除了加水换车头,大站小站很少停,过了嘉兴,天就慢慢地黑了,大上海、苏州、无锡都在我迷迷糊糊的睡梦中一闪而过。第二天的清晨,火车开上了我国引以为豪的南京长江大桥,哦!它和纪录片中一样,十分雄伟,长江也比钱塘江更大更宽,只是水比较浑浊。而跨过长江,不但天气变冷,景色也随着树木的减少而显得单调,江北显然没有江南富裕。

清晨的阳光透过车窗照亮了车厢,经过一天一夜的接触,知青们很快熟悉起来,但最热闹的始终是车厢前几排,因为那里坐着来杭接我们的黑龙江大兴安岭的老李同志,围在他身边的知青不断地打听各种消息,比如大兴安岭下雪了吗?气温最低多少度?平时吃什么……老李用地道的东北话耐心地给予解答,并时不时也提些问题。我也挤到前面,希望从他们的谈话中了解我想知道的信息。我们的目的地是大兴安岭新林区,老李是新林区革委会生产部的领导,他告诉我们:"新林林业局位于黑龙江省大兴安岭中腹,海拔三百至七百米,地处寒温季风气候区,常年气候寒冷,每年有半年白天气温在零下二十度以下,晚上气温在零下三十度以下,最低气温零下四十七度。""啊!嘎冷的,杭州最冷零下三度,零下四十七度那不把人都冻死?"有人惊讶地问。"是啊,那是高寒禁区,开发建设者三进三出才站住脚,以前,那疙瘩处于原始状态,仅有鄂伦春等少数民族烧荒引兽,风餐露宿,从事狩猎活动。1958 年前第一次开发,没成,1960 年,黑龙江省在'林业大跃进'的高潮中,决定依靠本省力量开发,但遇全国发生连续自然灾害,各建局筹备处粮食、副食品和重要建设物资严重紧缺,1962 年,根据中央调整国民经济的方针,大兴安岭第二次开发建设'下马'。1965 年,国家从吉林省、黑龙江省和内蒙古自治区等地调入大批林业干部职工,国家分配近千名大中专毕业生,林业部、铁道部、黑龙江、内蒙古派遣数千名各类勘察设计人员,加上部队转业官兵在内的号称十万大军拉开了大兴安岭第三次开发建设的会战序幕,这才真正站住了脚。前几年伊春林区一批林业建设者率先进军新林,组建新林林业公司,又从全国各地招了些工人和北京、上海知识青年,但仍然不能适应国家对木材的需求,为此,才从浙江召集几千名知识青年,尽快将新林区建成国家最大的林场之一。""真是不容易!"听者都带着共同的感慨。"新林区大吗?"有人问。"老大了,全区总面积八十多万公顷,从前进林场到塔尔根林场,坐汽车得三四个小时。""我们去都干些啥活?"又有人问。"当然是伐木喽,新林区的木头以落叶松为主,还有名贵的樟子松、白桦等,木材总蓄积为六千万立方米,木材的蓄积量和采伐量在全国占重要地位。"交谈中我还知道了这节车厢的一百来号知青,分别来自杭州五中、十中、灯塔中学、瑞金中学、要武中学,到新林分在同一单位,而且可能就驻扎在新林。这些消息使大伙感到振奋,同时因为分在同一单位,说明大家有缘分,更加深了大家之间的好感和情义。

五

　　列车不停地向北开进,在济南越过了黄河,进入了中原、华北平原,气温更低了,一片灰蒙蒙的。傍晚,列车在一个小站上停车加水换火车头,列车广播要求所有知青不要随便走动,更不要下车,列车随时要开行,这里离北京已很近了,可人们的生活却贫苦异常,远远望去,一片片拥挤矮小的平房,一些高高的土包上蹲满了人,看见有火车来,竟有许多人向火车奔过来,他们穿着黑色有许多补丁的破棉袄,腰中系一根绳,拿着又破又脏的碗,朝着车上挥手,要吃要喝,其中不少十二三岁的小孩显得更活跃。知青们离杭时都带了许多零食,一路上吃零食多,列车上发的馒头、面包没人吃,于是就拉开窗抛给车下的孩子,不想这一举动引来了一大群人,一双双手一直伸进车窗。我们赶紧关窗,他们还不停地敲窗,希望我们能再给他们些,这情景在电影上见过,真实的贫穷我们没有看到过,更没有想到过,那天见到了。列车重新开动了,又是一个晚上,靠在座椅上是休息不好的,我学着陶同学的样子,找了些报纸,铺在凳子下,美美地睡了一觉,当醒来时火车已经到秦皇岛和山海关了,毛主席诗词中"秦皇岛外打鱼船,一片汪洋都不见"、"不到长城非好汉"全是我们最熟悉和经常背诵的,在此我们见到了大海和长城,山海关是长城入海处的一个重要关口,出了关就到了东三省,离我们的目的地更近了。列车奔驰在辽阔的东三省大地,这里是辽沈战役的主战场,有许多十分耳熟的地名,如锦州、黑山、沈阳、四平等,到四平后,专列未走京哈线,而经通辽、白城直插齐齐哈尔,连续坐车,人人都十分疲乏,过了齐齐哈尔。列车速度明显放慢,这已是在火车上过的第三个晚上了,以往观景、打扑克和谈天等兴趣均被睡意征服,多数知青或趴在小桌上、或靠在椅子上、或钻到椅子下、或爬上行李架,伴着列车有节奏的哐当声进入梦乡。一阵剧烈的晃动和刺耳的刹车声把大伙从睡梦中惊醒,睁眼一看,车窗外有几盏不太亮的灯,一片片白雪在灯光下飞舞,"下雪了!"我们赶紧拉起车窗,一股冷气扑面而来,窗前的人都下意识地一颤,车厢内外相差约三十度,不少女知青开始加衣服,男知青们虽然也感受到寒冷,但仍然装作若无其事。已是后半夜了,可这个小站上还有不少人站在雪里,也许他们对天冷已经习以为常了,安闲地抽着老旱烟唠嗑。这时从车前方走来一个戴棉帽穿棉军装的人,用一口很浓重的上海话问:"侬啥地方来?"我们回答:"杭州。"他一听感到非常亲切,高兴地自我介绍说:"阿拉上海人,到此地快两年了,迪个地方老苦咧!"我们从他那里知道已进入了大兴安岭,这里是大杨树车站,晚上的气温已接近零下三十度,几句话一谈,大家就像老熟人一样。的确,在遥远的黑龙江能遇上家乡人,这种情感随着在外时间增长而不断加深,"老乡见老乡,两眼泪汪汪",太形象了。火车又开动了,我已完全没有了睡意,四天三夜坐下来,屁股都有些痛了,两条腿都有些浮肿,心想可能再过个把钟头就可到目的地了。

这时连接两车厢的门打开了,前往杭州接我们的领队王政委领着一伙人走了进来,王政委站在车厢中央大声说:"同志们,大家醒一醒,大兴安岭地委的领导特地从大杨树车站上车看望大家,欢迎大家参加林区建设!"我们情不自禁地鼓起掌来,一是出于礼貌,但更多的是希望赶快摆脱连续坐车的难受,到家好好睡上一觉。一位地委领导接着王政委的话说:"大家辛苦了,几天前地委就作了安排,通知新林区做好准备,热烈欢迎你们这支生力军,这下大兴安岭这个高寒禁区将更热闹了。大家好好休息,明天下午到达新林,欢迎你们的人将更多。"说完就又到别的车厢去了。

好家伙,真够远的,说到了到了还要坐上一天……

六

一阵笑声响起,已是第二天中午的事了,车厢里多了一个穿羊皮大衣戴狐狸皮帽的东北汉子,上前一打听,原来是新林区运输连的张连长,特地从新林区到塔源林场来接知青的。张连长告诉大家,这节车厢的知青将分到新林区运输连。这则消息猛地调动了全车厢人的情绪,大家七嘴八舌地问:"张连长,运输连是开汽车的吗?""有几辆汽车啊?""我们都能开车吗?"在大家的追问下,张连长说:"不错,运输连就是汽车队,可你们将分配到新成立的养路连。""噢!"大伙一下子像泄了气的皮球。张连长哈哈一笑说:"运输连和养路连是同一支部,都是新林区的直属单位,养路要实现机械化,有汽车,有推土机,只要好好干,将来一定会有出息!"大伙的兴趣又上来了,问东问西,问个不停。

又过了半小时,张连长指着窗外告诉我们:"现在已到了红林林场,再过几分钟就到新林车站了。大家要听指挥,带好行李,下车后不要走散,我们有车接。"望着车外,好大一片储木场,四周的山不高,又离得很远,没有一种进入原始森林的感觉,但多数人的感觉是新鲜,还带些幸运,竟然分到一个不错的单位。列车停在一个小小的车站上,下面挤满了人,有欢迎的,也有看热闹的,一阵锣鼓声传进车厢,我们推推攘攘地下了车,一踩上土地,首先感到的是冷,其次是两腿发软,坐了将近五天的火车,站在地上还有摇晃的感觉,走路直往前冲。

小小的车站外面有个三十度的斜坡,由于坡上有冰雪比较滑,大家都走得小心翼翼,坡下新林区的领导与我们一一握手表示欢迎,然后引导我们爬上了来接我们的解放牌汽车。汽车穿过新林镇,不到五分钟就到了镇南面的运输连驻地,几根木头搭起一个彩楼就算大门,进去是一片空地,四周是几座活动房,房前堆满了劈好的木材,这木材在南方可是做家具的上等材料,这里却当柴火烧,太可惜了。正当我们在为木头可惜时,活动房中一下子跑出许多人,有说北方话的,有说上海话的,热热闹闹地按名单把我们引入了各自的板房。我分在三排五班,排长是王同学,班长是俞同学。这活动板房外面看上去已很旧,进门是挖入地下用砖砌的炉子,有个好听的名字叫"地火龙",据说是铁道兵发明的,靠它才在这高寒禁区站住了脚。炉子里面烧着柴火,中间有一道帘子门,进门一股热气。在北方外面天寒地冻,进屋就得赶紧将外衣脱了,否则寒气会逼入身体。屋里两边都是木板床,一溜通到底,上面铺着炕席。领我们进屋的上海知青宣布,五班右边,六班左边,排长、班长睡炕头,其他自由挑选熟悉的作伴。我把背包和行李扔在床上,用手一摸,木板很热,几个上海知青给我们端来水让我们洗脸,我们看他们穿着皮大衣和大头鞋,特神气,问他们干什么活,他们说是运输连的汽车司机,已开了一年多车了,屋里所有人都十分羡慕。还没放好东西,外面就敲钟招呼吃晚饭了,我赶紧拿出碗筷云食堂,吃的是大米饭,肉片豆腐汤,几天没好好吃饭了,更不要说大米饭了,这一餐吃得特别香,男知青每人最少吃了八两饭,女知青也没少吃,后来才知道,这晚上的一顿饭,已把我们一个月的大米指标全吃完了,吃饱洗漱完,躺进热乎乎的被窝,这才真正体会到家的温暖。

从这一天开始,虽然我们还背着知青的身份,但我们已经算上了山,进了森林,实现了人生最大的跨越,当了一名新林区的养路工,正式进入林业职工的编制,最关键的是成为工人阶级的一分子。这段历史会永远刻在我们的心中。

浙江兵团知青岁月散记

桑士达

今天,浙江生产建设兵团对许多人来说或许陌生,可对像我一样当过兵团战士的同伴来讲,可是记忆犹新、恍若昨天哩!

"上山下乡"与建设兵团

1966年春夏之交,由毛泽东主席亲自发动、被以江青为首的"四人帮"阴谋利用、后称之为"十年浩劫"的中国所谓"文化大革命"爆发。这年,我刚从杭州市秋涛路小学以优异成绩毕业,热烈地做着继续读书的美梦。可是,在轰轰烈烈、如火如荼的"文革"狂潮冲击下,整个中国社会的生产、生活秩序越来越混乱,大、中、小学校都陆续停课了,青年学生们誓死捍卫无产阶级革命路线和毛泽东思想,响应"伟大领袖、伟大导师、伟大统帅"毛主席的"最高指示",纷纷参加"红卫兵",佩戴"红袖章",挥着"红宝书"(《毛主席语录》),与停工停产的工人"造反派"一起大闹革命,进行什么"大批评"、"大字报"、"大串联"、"大夺权"。但这场史无前例、震惊世界的运动,是以"文化革命、斗资批修"为名,行折腾国家、贻害社会之实。应该说,大多数学生是被中央"文革"小组宣传鼓动,加之盲目无知而卷入其中、铸成大谬的,广大"红卫兵小将"自己也是牺牲品,停课闹革命让无数学生荒废了学业,葬送了大好前途!

愈演愈烈、越陷越深的"文革"延续至1968年,毛泽东可能觉察到学校持续停课后果不堪设想,顺应了舆论的意愿,作出了"复课闹革命"的指示。于是,除大学外,各地中小学校开始逐步复课,学生们狂热走向社会,又照旧走进学堂。这年春季,我也接到进入江城中学上初中的通知。可是,我却因慈母患病离世、家境困苦日窘,被家里阻挠再读书而流落在校外。是强烈求知欲的驱使,让我瞒着家人断断续续到江城中学"304班"上课。在极"左"路线禁锢下,当年课程的知识含金量很低,且又"左"得可笑。我只是偶尔到校,听老师讲课也不知所云,好像什么东西也没有学到。这期间,我更多的是经常跑到位于南星桥复兴街的江干区图书馆看报纸,没书读就读报,时事消息、文艺作品什么都看,一天总要泡上三四个小时,这稍稍弥补了我的"书荒",且也是一种自学自修吧。

到1970年前后,全国数以百万计的中学毕业生(初中生为多,因有前两届未毕业的,加上后面两届,故俗称"老三届"、"新二届"),除了少量符合条件可以直升高中外,多数命运就是"上山下乡","接受贫下中农再教育"(那时,一户人家有多个子女的,至少得有一个去"上山下乡")。所以,当毛主席发出"农村是一个广阔的天地,在那里是可以大有作为的"的号召后,全国各大中城市的知青掀起了一股"上山下乡"的高潮。我省的广大知青也一样,踌躇满志、意气风发,有的到省内山区农村插队落户,有的选择到东北等边疆边陲参加黑龙江、内蒙古生产建设兵团。当年,全国共组建了十个省军级的生产建设兵团,还有若干个"农建师",分布在新疆、兰州、广州、江苏、浙江、安徽、福建、云南、山东、湖北、西藏、江西、广西、青海等地。当年,国家组建生产建设兵团着眼于"备战备荒",这既有"文革"时期知识青年上山下乡的特殊性,更有我国在冷战中抵抗美苏两霸和反修防修的重大背景因素。当时国家发文称:"生产建设兵团是中国人民解放军领导的一支武装的生产部队,既是生产队,又是战斗队、工作队。平时以生产为主,劳武结合,亦兵亦农亦工;战时一面作战,一面坚持生产。"想当年,青年学生到部队当兵,可是莫大荣幸,但多数是求之无门。生产建设兵团隶属各大军区,知青当个兵团战士,亦算半个"兵",此乃是除升学读书或进厂当工人外最好的选择呢!

1970年5月7日,南京军区浙江生产建设兵团在杭州正式成立,兵团受浙江省革命委员会和浙江省军区双重领导,下辖第一、二、三师和直属第十三、十七团及工业第一、二、三团。兵团部先驻杭州华家池,后驻萧山。第一师下辖四个团,师部驻乔司;第二师下辖三个团,师部驻萧山;第三师下辖三个团,一个直属营,师部驻吴兴三天门;第十三团驻淳安;第十七团驻温岭;工业第一、二、三团分驻闲林埠、临平。1970年5月至1972年6月,浙江生产建设兵团司令员为熊应堂(兼),政治委员为南萍(兼)。1970年5月至1975年6月,浙江生产建设兵团副司令员为刘亨云、林一新,副政治委员为李正清、王晓峰。

1970年下半年和1971年下半年,从杭州、宁波、温州、绍兴、舟山等地招收的大批应届毕业青年学生分配到浙江生产建设兵团。浙江全兵团大概有十万左右的人马。兵团连长、指导员以上皆是部队现役军人;排长多是部队退役人员。兵团战士都是知青,杭城知青占了大头,如我所在的江城中学毕业生参加浙江生产建设兵团的约有三分之一。我家所在的南星桥秋涛码口住地十一户人家连我在内有三个兵团战士。参加生产建设兵团的首要条件是初、高中毕业生,尽管我没有在江城中学正常读初中,但也被列入毕业班名单,学校同意我缴了些学费,亦算个初中毕业生。我报名后通过政审,就光荣地成为一名"兵团战士"!

兵团蹉跎岁月片断

在数以万计的知青参加浙江生产建设兵团的热潮中,1970年12月10日上午,我与众多同学一起在江城中学操场坐上大客车,一路颠簸着驶往浙北的安吉县。我们到达的连队驻地,是邻近安徽省广德县一个叫章吴的小山沟,它就是我首个落脚的浙江生产建设兵团三师九团五营二十九连驻地。从此,我们这些从未进入过社会、体会过集体生活的人,平生第一次远离家人,告别依依难舍的杭城,带着几分稚气、几分天真,带着几多理想、几多寄托,从天南海北聚集在一起,开始了长达七八年的兵团艰苦岁月。期间,我因连队调动、兵团变异(1975年6月5日,浙江生产建设兵团撤销,改制为地方单位)而蹲过五个地方,但情况大致相同。因此,回忆浙江生产建设兵团之事,我可以讲上几天几夜,这里且说些劳动和生活上的事吧。

劳动上可谓艰辛困苦。浙江生产建设兵团多是农业团,也有部分工业团。我所待过的九团、十团属农业团,团部分别设在安吉县高禹和长兴县李家巷,原来是省监狱系统的劳改农场,劳改人员打下了基础,我们来再建设。我们作为农垦战士,每天的劳动时间一般在八小时左右,各连干的活大同小异,如插秧耕田、拔草积肥、除虫施药、割稻打稻、垦荒砍柴、饲猪放羊、种菜剥果、摘桑养蚕、采茶烘制、买菜做饭、开矿搬大块(石矿)、拉车开拖拉机等。我在兵团多数时间做的是文书,可算是"半脱产人员",但我还是经常参加各种劳动(想上进,劳动表现是第一的),上述活儿我大多做过,到现在都还很熟悉。当时的劳动强度比较大,可谓是又重又苦又累,如仲夏的"双抢"割稻,从早干到晚得十二个钟头;采桑叶从天蒙蒙亮直采到太阳落山;矿山劳动搬大块(石头)上矿车,一天须完成十吨产量(还有一定危险性)……年轻力壮的兵团战士渐渐适应了各种繁重的劳动,我们不但没有被压垮,反而锤炼了体魄和毅力。不过,这类活儿对女战士虽然也是一个锻炼,但对她们的身体影响亦不小,长年累月的重体力、高强度劳动,让不少原本苗条白皙的城市姑娘,变得粗壮黝黑宛如农妇村姑。

　　生活上可谓酸甜苦辣。知青们涉世的人生轨迹从浙江生产建设兵团开始,在那里,我们留下了青春的足迹,洒下了辛勤的汗水,也流下了辛酸的泪水。尽管有工资(从十几元到二十多元),但仅够本人生活而已,不少战士还得靠家里汇钱才够消费。吃的是食堂饭,大米多为发黄的陈米(久贮的战备米);菜蔬单调,以素菜为主,一礼拜能吃上一回猪肉,海鲜几乎没有。记得我们初到连队的第一个春节,大家服从纪律不回家过年,原以为年夜饭的伙食会改善一下,可连长说:"要过一个革命化的春节,年夜饭吃吃忆苦饭。"那天年夜饭,我们每人捧着一碗由豆腐渣、包心菜等拌在一起的盖浇饭,回到点着煤油灯的草棚寝室,三下两下把饭扒进了嘴里。"每逢佳节倍思亲"啊,我们一百多个男女战士吃着忆苦饭,不知忆什么苦,本该热闹的年三十没有一点乐趣快意,有一半战士抱头掩面,哭泣不止。吃得差,住得也差,简陋的平房,睡的是上下高低铺,一间不大的房屋往往挤着十来个人。我们虽然不穿军衣,却有军人式的管理,要求严格且苛刻,如一年中只能探亲一次、不能戴手表、不许穿皮鞋、不准着奇装异服……业余生活更是乏味,除了偶尔看上几部"革命电影"和兵团文艺队自编自导的"样板戏",很少有其他文体活动,战士们闲暇里不外乎闲聊、打牌、串门;当然,会利用业余时间的,就看书、练书法、打毛线等;极个别也有偷鸡摸狗、打架斗殴以打发时间的。最难堪的,是正当青春年少、情窦初开之时,许多战士想谈恋爱而"难于上青天",一些容貌姣好的女战士多是依家长之命嫁个城里老公为返城铺下台阶;大多男战士是高不配、低不求,三十岁左右才成家的比比皆是。

兵团战士精神永存

　　古人言:"艰难困苦,玉汝于成。"在黑龙江当过兵团战士或农村插队的知青,杭人俗称"龙江哥儿",曾经流行过一句话:"喝过黑龙江的酒,什么酒都能喝!"说的就是有过这样的经历就什么困苦都不怕。此话同样适用于参加浙江生产建设兵团的战士。我们这一代,尽管共和国所有的遭难几乎都经历了,尽管在兵团是艰辛备尝、岁月蹉跎,但是,在那里我们迈出了人生路上的重要一步,是我们成长成熟的第一站;在那里,我们初识了人间世情,结下了至诚至真的战友情谊。漫长的兵团生活,我们忧愁过、欢乐过、奋斗过、收获过。也许我们在兵团并没有作出多少贡献,耗费了宝贵的青春年华,但经过风风雨雨的磨砺,却让我们兵团战士身上凝聚着一种特殊的"兵团战士精神",我把它概括为"坚韧不拔、不屈不挠、不畏困苦、奋斗不息、永不止步"二十个字,这种"兵团战士精神"让我们受益匪浅、终生受用!岁月匆匆,时光飞转,是"兵团战士精神"一直支撑着我们的人生。在之后三十多年的日子里,我们各自东奔西走、各自创业成家。我们合着祖国母亲悲欢喜乐的脉搏,跟着时代曲曲折折的脚步,我们走过来、挺过来了,咏出了不同凡响的人生赞歌! 1977 年前后,在全国知青"大返城"的背景下,我们这些原"浙兵战士",按政策规定从各地陆续调回城市,但大多是"一无所有、一张白纸"。无论在工厂企业也好,在机关事业单位也罢,我们还得"从头来过"。为了不负人生和成家立业,我们就像当年经常哼唱的"战斗、战斗,新的战斗"一样,以兵团战士特有的精神投入到新的岗位,一边积极工作,一边参加业余学习(如自学考试、电视大学、职工夜大等)。许多浙兵战友是"三年不见,刮目相看",可以引以为豪的是,不少"浙兵战士"后来成为各条战线的骨干和精英,可谓时代的"宁馨儿"。

这里,我要特别说一下李君旭战友。他就是 1976 年中国头号"反革命案"——"周总理遗言"的作者,他也是原浙兵三师九团的战士。我回杭后在省级机关工作,1989 年认识了李君旭。交往中得知,当时他刚从《浙江日报》文教部副主任岗位上调到当年声名鹊起的《东方青年》任总编,曾当选为浙江"十大杰出青年"。他从兵团返城后在杭州汽轮机厂当了一名工人。1976 年,正是"十年浩劫"寿终正寝之年,受世人敬重的周恩来总理于当年 1 月 8 日逝世,华夏大地因而显得格外寒冷。全国人民深切缅怀周总理,很多群众以各种方式与"四人帮"斗争。擅长写作的李君旭敬佩周总理、痛恨"四人帮",总理去世后不久的一天晚上,他写出了"周恩来总理遗言"。1034 个字的"总理遗言"一问世,全国各地很快出现了数以万计的抄本,大江南北都在传诵。"遗言"还被世界各国 130 多个电台、通讯社反复播发。假造的"周总理遗言",真实地表达了那个年代民众的情感和人心所向,让许多国人深信不疑,潸然落泪! 当时,几乎没有一个人怀疑这份遗言的真实性,从说话的口吻、文字的精练,到对中共党史的洞悉、对当年中央领导的评价,都像极周总理的秉性和风格。其后,紧接着又爆发了反"四人帮"的"天安门事件",更使"四人帮"如坐针毡、如芒刺背。"总理遗言"被作为"头号反革命事件"受到追查。当时,中央和公安部密电全国:"总理遗言"系伪造,是一份蓄谋的"反革命谣言",必须立即展开彻查……

谁能相信,该案的"主犯"李君旭,竟是一名年仅二十三岁的普通工人! 李君旭有强烈的正义感和政治头脑,有丰沛的才情。在那些悲愤的日子里,他和青年伙伴们一起论说国家兴亡,谈论老百姓的情绪和各种各样的小道消息,还谈到如果"四人帮"上台,他们也会像当年父辈闹革命一样上山打游击! 那一天晚上,李君旭参加了几个朋友的聚会后,又一次陷入了冥思苦想:"总理的遗嘱,就是骨灰撒掉这一句话吗?""不! 肯定还有话被人封锁了! 不能再这样下去,得用实际行动继承总理遗志!"他独自回到房间,默默思考着,他的脑海中突然闪出一个念头:写总理遗言! 于是,就在昏黄的灯光下,李君旭展开稿纸,提笔写了起来,但都不满意。为此,他找了一些有关人士的回忆录和周恩来的生平资料,细细地研读。春节刚过的一天晚上,他在家里独坐桌边,抽出了早已准备好的 16 开记录纸,以总理的口吻一口气写了下去……节后不久的一个夜晚,当伙伴们又到李君旭家里聚会时,他便从抽屉里取出那两张薄薄的稿纸,就是他精心炮制的"总理遗言"。但他没有说出真相,只说是抄来的。伙伴们没有一个提出是从哪里抄来的疑问,全都埋头抄写起来,他们走后又以最快的速度传给周围的人,一传十、十传百……就这样,这份从天而降的"总理遗言",在极短的时间内像滚雪球一样迅速传遍了整个中国。"总理遗言"可谓发自肺腑,寥寥数语,却是那样的扣拨人心! 多少人在诵读中潸然泪下、义愤填膺!

我从李君旭的言谈中得知,后来,他终于被手段多多的"四人帮"查出是"遗言"的"始作俑者",他们迫不及待地想从中查出"后台"。1976 年 5 月 5 日,一辆绿色的吉普车开进杭州汽轮机厂。四个公安人员带走了正在车间做工的李君旭。他以"重大政治犯"的身份被投入监牢,5 月底又被秘密押往北京关进秦城监狱,被单独监禁"反省"。"专案组"的几拨人轮换着反复审问,要他交代"'遗言'的背后指使者是谁"。李君旭被夜以继日地审讯,好多天不能睡觉,精神几乎要崩溃了。一年多的监禁里,关押他的房间很小,屋顶上的白炽灯每晚都亮着,他的睡眠完全被打乱了,经常彻夜难眠,只能靠安眠药入睡。为防止他用安眠药自杀,狱医将药片挤压成粉末给他吃,以后安眠药也无济于事了。孤独、烦躁和恐惧无时无刻不在折磨着他,但他还是挺了过来。

"四人帮"被粉碎后,党的十一届三中全会启动了全国的"拨乱反正"。1977年11月,李君旭终于获得重生和自由,他的冤案得到彻底平反。但是,他在秦城监狱受尽磨难导致患上精神病并留下严重的后遗症。参加宣传工作后,写作上的劳心费神又加重了他的病状,1990年前后,病情时常发作,他办公和行走时多次不由自主地摔倒,有一次重重地摔在地上,不省人事……从此,他一米八四的躯体,便终日躺在杭州闻裕顺福利院的一张大铁床上……我们不能忘了李君旭战友!他是杭州的骄傲,是我们浙江生产建设兵团的骄傲!

磨难是财富

顾岁荣/口述　　邬佩孚/执笔　　诸勇/整理

苦难的童年与参加革命队伍

1934年2月,我出生在杭州原陆军监狱对面的一所矮小的平房内。在我五岁时身为国军空军装配士的父亲战死在抗日战场上(重庆历史档案馆内,时任国民政府航空委员会委员的顾毓秀主编的《非常时期专门人员名录》,记载了1939年10月3日空军第二大队第九中队中尉飞行员韩金榜烈士在敌机袭川,奉命驾机疏散时,因天晚迷航,迫降江津境内金刚沱江中,殉职。三等二级装配士顾梦飞也随机殉职)。父亲顾梦飞那年才二十七岁,江苏昆山籍。

据母亲回忆,杭州沦陷前夕,父亲从笕桥机场开车来接她和三岁的我,但母亲放不下年迈的外婆,没有随军撤退,谁知这一别竟成了与父亲的永诀。两年后,噩耗从重庆传来,父亲壮烈牺牲。抗战胜利,国民政府发放抚恤金,父亲的战友竟丧尽天良地骗去了有关证件和母亲的私章,一去不复返。我们孤儿寡母还眼巴巴地等着这点抚恤金到重庆去安葬父亲的灵柩哩。从那时起,我幼小的心灵又经受了一次沉重的创伤。

1940年,我在杭州石板巷蒙馆(私塾)就读,接受中华传统文化的启蒙教育。

1943年,我转至祖庙巷怀幼小学,初小毕业后考入石板巷机神庙观成二小,因成绩优秀跳班读六年级。

1947年,我考进了当时在西湖区金沙江茅家埠曲院风荷处的市立中学(后并入杭州高级中学)。

1948年,我又转学至君毅中学(杭六中)和清华中学(杭八中)。在君毅中学,参加了地下党领导的"抗议国民党杀害浙大学生会主席于子三"大游行。同年秋天,因家庭困难,初中未毕业,十四岁的我就去了庆春路文泰祥文具店当学徒。

1949年5月杭州解放;8月,我离开杭州去海宁长安镇联合粮站当店员,不久加入工会,那年我才十五岁。

1951年3月,我隐瞒十七岁的年龄报考了华东人民革命大学,接受了马列主义、毛泽东思想的教育,懂得了人生的价值,革命的真谛。4月,我与被录取的其他杭州考生一起,在杭州女子中学集中。六百余人背着包裹、提着行李从"铜元路"徒步到城站火车站,乘车前往苏州阊门外北兵营报到,接受了一百天的革命洗礼。

同年6月,我从学校参军去了湖北孝感空军预科总队,在济南第五航空学校经过十八个月的速成学习,提前毕业到抗美援朝最前线的志愿军空军二七三八部队。当时工作十分艰苦,半夜两点多起来到机场检查飞机状况,零下三十几度的气温,手一不小心碰着金属铝飞机或钨锰铁钢炮就要粘伤。我至今还记得,广西籍的军械兵和上海籍的电气仪表员因为被飞机冻坏了手指而不得不截指的情景。我经历了战争的洗礼,成了一名从战斗中成长起来的空军地勤军械员,并光荣地加入了新民主主义青年团。

向领导交心的结果与打抱不平的下场

1954年12月,我因身体原因从部队转业到了广东佛山机械厂,被分配做技术设计工作。这对于只读过七年书的我来讲无疑是个重大的挑战,于是我就拜工人为师,向内行人学习。

1957年,我实际工作能力已达到四级技术员的水平,但我仍深感基础知识不足。为了能更好地工作,我萌发了读大学的想法,并按组织原则以一个共产党员的名义向厂党总支书记作了思想汇报。不料这位书记不但不鼓励,反而在大会上公开点名指出我想上大学是名利思想,是个人主义,这也成了日后我被定为右派的罪名之一。

同年,我忍受着关节炎的病痛,积极响应党发出支援春耕的号召,成为全厂第一个报名参加支援春耕的人。在出发前一天,我写了一份书面意见托当时的工资股长转交给党总支书记,信中向书记提了三点意见:一、主观主义;二、官僚主义,不关心群众疾苦;三、没有做好人的政治思想工作,并指出这样下去会变成一个脱离群众,在沙漠里大喊大叫的"光杆司令",同时也以此表明和驳斥加在自己头上的所谓"个人主义"。

当支援春耕结束回厂时,有同事悄悄地告诉我:你那封信书记看了,很恼火,想把你"从农村拉回厂斗争"。这成了我被定右派的罪证之二——反对党的领导。

1958年反右转入整风阶段,我听到宿舍隔壁有男人的哭声,同事说是徒工叶某因在厂里偷窃价值六十元的铜材料被判刑半年,回厂后被开除了。我联想到自己受压,心情十分激动,彻夜未眠,连夜赶写大字报"不能让他绝望!!!",在第二天贴出。大字报指出厂领导违反"治病救人"的方针,实行"一棍子打死"的错误政策。此后我受到了近半年的围攻,并且这成为我被定右派的罪证之三——反对无产阶级专政。

为了证明自己,我把参加革命以来写的三本日记交给市委审查,同时向省委反映,可杳无音讯。当时我感到极度的失望,加上厂领导组织不明真相的群众对我的批斗,使我萌生了自动离职并准备向中央申诉的念头。

1958年5月,我准备好自动退职回杭州原籍,在自己睡的床板上写下"历史将宣判我无罪"八个大字。当晚,我就被揪到厂食堂边的草棚房内批斗,他们逼迫我承认是右派,可我竭力申辩死不承认。

16日晚上,厂书记以我要"逃跑"为由,打电话请示,并叫来公安人员给我戴上手铐。

同年9月,我被定为极右分子,同时被开除公职和党籍,送往广东三水农场劳动教养三年零八个月。

1960年,我在广东三水县宝月墟劳教农场"劳教",主要是从事繁重的农业生产劳作(种稻、种甘蔗、有时到场外河浜湖滩采割茜草当青饲料喂猪)。

那年,蒋介石大肆叫嚷着要"反攻大陆",我场突然宣布一批劳教人员要到粤北韶关深山老林去砍伐毛竹。由于我自 1958 年被错划右派两年来一直没有把真情告诉千里之外在杭州福华丝织厂打工的母亲,她托人写了封信给党中央,比信七转八转转到了三水劳教农场,我于是被定为"不服教养"的危险分子,送往广东省的"西伯利亚"——粤北山区。当时我还是个能吃上"营养品"——米糠的浮肿病号哩! 现在的年轻人能相信吗,喂鸡鸭、喂猪狗的米糠成了"营养品"?

　　现在到山区、农村去"漂流"是休闲养生,而我们那时的漂流是怎样的恶劣环境,恐怕只有到过大兴安岭的伐木知青才能知道。我们伐竹的上游和下游落差很大,垂直距离上百米,山溪的长度愈短则角度愈大,放竹排人的生命危险也越大。他要先在上游把用大拇指粗的树藤扎得紧紧实实的竹排筏放到溪中,然后一个人站在竹排筏上顺急流而下,急流中有高低不平的山石,如果放筏人不眼明手快避开水中的山石,就会人仰筏翻,小则皮肉之苦,大则筏散架人骨折。3 月的粤北山区还是很冷的,气温接近零度,当时我上身穿着抗美援朝时在部队发的棉军衣,下身就穿一条运动短裤,而双脚因为浮肿病连新买的套鞋都穿不进,因此只好赤脚放筏。谁知就在那天这双套鞋也不翼而飞,让比我更穷的山民"借"去了。为了证明自己的清白,我咬牙坚持了一天又一天……

　　但人的体力毕竟是有限的,超过了极限就会病倒。我终于生病,高烧不退,并在左大腿内侧长出了一串水泡,茶饭不思,奄奄一息。好在有一位劳教的右派医生,竭力让一位好心的管教队长派四名身强力壮的教养员,把我连夜抬到相隔六十里的县城用六十万单位的青霉素(当时市场很紧缺)挂瓶了好几天,才从鬼门关把我拉回了人世间,但至今左腿内侧还留下 120×40mm,伤疤没有植皮,新生肌肉高低不平。我当时没有打麻醉针就让医生动手术,护士看了都害怕。我想起三国关云长刮骨疗伤的故事,就把着医生手中的手术刀,自己动手一刀刀地"修理"了起来,两旁的病友和护理人员都闭上了眼睛。我只有一个心愿——不能死,我没有反党反社会主义,我绝不能死啊!

下乡杭州萧山钱江农场

　　1962 年 1 月,我解教回到了原籍杭州,即向中央申诉,不久中央回答说申诉材料已转回佛山市监委。同年 4 月,我赴佛山市查询,结果是不了了之。当时我母亲病休在杭,可是杭州当地政府就是不准我落实户口。2 月 26 日那天,我同长庆街道的社会青年一起到钱江农场宁围畜牧场饲料队务农。

1964 年初,钱江农场组建基建连,我当时任三排长准备调往外地,是第一批填写"自愿申请表"的人,并于 6 月去了三门凤凰山农场。但到三门后一经政审即被退回原地。

这年的一个风雪交加的冬日,我帮食堂用钢丝车到三四里外的红卫闸拉盈丰船运来的大米。从红卫闸到四区食堂本来只有四十五分钟的路程,但那天路上积雪有两三尺深,道路又泥泞,空手行走都很吃力,更别说拉着两百斤重的大米赶路了。车轮子拉不动就用手扳,一步一个脚印,直到下午一点才走到,前后整整花了五个小时。这时才发现内衣已被汗水湿透,冰冷冰冷的。

1966 年 5 月,一场被称为"文化大革命"的全面动乱开始了。我首当其冲地被挂牌、游街、批斗,苦头吃足自不用说。但我一直都是不死心的!

8 月,我贴出大字报《在生死斗争面前》。

9 月,我又贴出《造反的艺术倡议书》,当晚 8 点 30 分就被农场红卫兵抄家。

因为抗拒红卫兵抄家,我又被诬为"反对红卫兵革命行动的现行反革命",开始了数个月的"专政",除了批斗、游街,还被扒去上衣用竹扫帚狠扫背脊,鲜血淋淋。有一次游街,他们强迫我喊自己是"反革命",但我却高呼"毛主席万岁!",结果被一帮打手捂住嘴巴,吊在篮球架上。但由于我与群众关系较好,所以还是有人敢于站出来说:"好了,好了,难道你们要他的命不成!"

9 月 4 日我贴出《致党委的公开信》。

9 月 6 日贴出《杂感集》。

10 月 18 日贴出《申辩之歌》。

11 月 11 日贴出《我的公开信》。

11 月 13 日再次遭农场红卫兵批斗,并被抓落头发。

一天晚上八点半,农场四区红卫兵来到宁围,闯进我的寝室检查书报、杂志、诗词、相片的时候,全场各区各队的红卫兵都陆续赶到宁围。他们强迫我跪在广场的石板上,剥光我的上衣用扫把狠扫,直至我的全身布满了密密麻麻的伤痕。

1967 年 1 月 11 日,我去北京国务院信访站上访,21 日我手持中央"文革"小组接待站介绍信离京,回佛山市公安局军管会无产阶级专政小组反映,要求复查甄别处理,经该局初步调查,认为原对我的处理是错误的,应重新作结论。

原佛山水泵厂技术厂长的意见:顾岁荣同志和我一起都在水泵厂工作,当时顾在设计股任技术员,由于工作关系,我和顾接触较多,我觉得顾在政治上有进步的要求,能不断进行自我改造,克服缺点,提高觉悟,工作上也能积极负责,生活上也较俭朴,斗争性也较强,敢于向领导提出批评与建议,在我们的接触中,顾也和其他同志一样,在思想、工作、生话上有这样或那样的缺点,但从没有发现过对党不满的右派言论,更没有发现过任何破坏生产的行为,完全没有理由把顾岁荣打成右派。

当年广东省佛山市公安局证明原文:

证　明

　　顾岁荣同志于今年一月,由中央文革接待站介绍来我市后,于三月句军管会无产阶级专政小组反应:他在一九五八年被佛山市水泵厂领导打击报复划为右派分子送劳动教养。要求复查。经我局初步调查,认为原对顾的处理是错误的,应重新结论。

广东省佛山市公安局
1967 年 5 月 24 日

特照回杭与病退下海

　　1972 年,我在知青大回城的洪流中,经历了"文化大革命"的考验,有惊无险地又一次逃过了劫难,以"特照"的名义,于 12 月 20 日回到了杭州,时年 38 岁。街道安排工作无望,因失学、待业的人在每个街道都不少,我也就主动向街道干部建议办个机械制图培训班,由我义务教学,并到科研部门、工厂企业接些机械制图、设计、描图业务。我的建议虽然没有被街道干部采纳,但因此获得了数个做临时工的机会。

　　第一个去处是下城区市政工程队,同去的还有三男一女。后来,我在钢窗厂做过清砂工、在硫酸厂做过机修工、在铜棒厂做过钳工。

　　1973 年 11 月,浙江农业大学茶叶系和省商业厅共同承担了"绿茶初制连续化"科研项目。街道对我义务办制图学习班的建议印象深刻,于是介绍我参加茶机科研项目。这一干就是五年。

　　我在佛山水泵厂是做机械设计制图的,错划成右派后,手中的画笔换成了锄头、铁耙、镰刀。1975 年,当我重新再提起久违了十五年的画笔时禁不住泪如雨下,自问还有什么好奢求呢? 我拼命地工作,边学边做,设计制图、采购、协作、安装、工艺试验,样样都干,三年后终于把第一套"绿茶初制连续化茶机"制作成功。

1978 年 10 月,广东佛山水泵厂贯彻党中央决定给错划右派分子平反,厂里派了两个政治处的干部来杭州,要我写一份申诉材料。在写"自白书"时,我回忆起这后二十二年"由人变鬼"、九死一生的苦乐年华,不由得又一次落下了滚滚的热泪。常言说"男儿有泪不轻弹",我努力这样去做,但每每想起"人变鬼"又由"鬼变人"的人生际遇,仍会不由自主地为往事落泪,真是刻骨铭心,难以忘怀啊!

1979 年 2 月,我终于收到了佛山水泵厂发来的公函,函中称改正以前对我所做出的错划右派的决定,并让我复职去上班。不久,我又回到佛山水泵厂上班了,结束了从 1962 年开始的上访之路,我的坚持也终于得到了回报。

这里要写一个小插曲:我到厂财务科报销杭州到佛山的车旅费时,出具了厚厚一叠自 1962 年到 1968 年去北京、佛山的火车票,财务科长惊奇地问:"难道你早知道会有这么一天到来?"我当时毫不犹豫地回答说:"1958 年 5 月 9 日我被批斗的那天早上,我在床板上就写下'历史将宣判我无罪'。那行墨笔字就是我的证明。"

但一年后,我因母亲身体有病,只得再设法商调杭州水泵厂工作。

1981 年,机械工业部通用机械司水泵处牵头,邀请美籍华人方根寿先生在镇江理工学院举办了一场关于水泵技术的讲座。当时改革开放伊始,这种学术性讲座不多,所以业内对此趋之若鹜,来了很多高等学府的教授、科研部门的专家,但最多的还是各省市水泵厂科技人员。我当时在杭州水泵厂担任技术科长,由于开发 qx 型单相、三相电泵成功,填补了国内空白,让人刮目相看。部水泵处大笔一挥,让我们这个集体编制的小小水泵厂也得到了一个参加讲座的名额,当时厂里还没有技术副厂长,所以就"非我莫属"了。

方根寿先生是浙江永康人,早年抗战时随浙江大学流亡重庆、云南等地就读,1948 年赴美留学,后在美国加州定居,经营非洲产油国油泵业务,为报答祖国和母校栽培之恩,多次回国探亲考察,热情向国人介绍他在美从事泵业的数十年经验。

1989 年,五十五岁的我因身体和其他诸多原因从企业中退了下来,但劳碌命的我不甘寂寞,决定下海经商。上世纪末 90 年代初,广东江门首先刮起鸵鸟养殖风。鸵鸟是鸟中之王,肉质具有三低(脂肪、热量、胆固醇)和一高(蛋白质含量)的优点,鸵鸟皮更是皮革用皮的最佳高贵原料。四年一度的奥运会开幕仪式上亿万人瞩目的仪仗队帽子上的那根装饰羽毛就是鸵鸟羽毛,迎风飘逸,雍容华贵。在改革开放不久的年代,鸵鸟让商家和媒体一炒作,被吹得神乎其神,竟然成了当时人们眼里的"金凤凰",非洲鸵鸟的价格由几千元一只炒到了30万美元一只。

1995年转业到湖南省科委的原空十八师场站夏付站长来杭,他向老战友们讲述了一位杨姓战友在江门养鸵鸟发了财的故事。那些牵头联谊活动的战友,闻讯后立即召集战友们讨论此事,会上多数人跃跃欲试,我却持反对意见,毕竟鸵鸟肉不是中国人的传统食品;皮具太高档,普通百姓也未必消费得起。但大多数战友还是被高额利润所诱惑,因为通过熟人,进价可以便宜很多,最后少数服从多数还是决定集资。我当时投了一股5000元,多的一位竟投资5万元,一下集资了30多万元。为慎重起见,又派了一个三人小组(两名战友一名沈家坞农民)去广州、江门调查、考察,一周后以每羽3万元(当时市场价每羽3.5万元)带回两只公鸵鸟和5只母鸵鸟。当即围场造了60平方米房子与50平方米鸟舍棚,又买了单价2000元的鸵鸟蛋20颗,30万元资金也就花得差不多了。之后又到上海、北京、广西等战友处集资了30万元。在悉心经营下,到1994年农场规模发展到有70多只小鸟和9只大鸟,可下蛋的母鸟只有8只。2000年鸵鸟肉在杭州家友超市上架,广大市民吃上了在杭转业空十八师离退休老干部养殖的鸵鸟肉。

然而,市场经济是无情的,不久,鸵鸟的行情一下子暴跌了100倍,60多万资金的生意十年后破产,结算时每1万元只回收了100元,至于投入的精力更不用说了。总结经验主要是不适应市场经济规律,由于资金太小规模不大,未能形成产、供、销一条龙,加上泡沫经济落差过大,哪个商家吃得消?所以注定要失败。所谓"得",恐怕就是企业中军转干部发挥余热的能量不可小看。

看望病友与支援灾区

甘大雅是1964年调往龙泉河村良种场的龙泉回杭知青,他身高一米六,体型略瘦,左脚微拐(小时爬树抓鸟摔坏的),五十几岁的人虽头发花白但两眼炯炯有神,平日不修边幅,鼻子下还留撮胡须。他家在原杭州水泵厂老厂房西北角一排矮平房的西边第一间。未进他家门,就有一股刺鼻烟污味迎面而来。30平方米的房子被一分为二,他自住那间约15平方米,后面半间连着6平方米灶间租赁给外地人,每月租金两百元左右,那是他的主要经济来源。另外再从钓鱼、拣破旧废品中增加一些收入。唯一的养子在服刑,每个季度收完房租,他一定要去监狱看看这个不争气的孩子。这满屋的破烂废品,让人很难想象在"人间天堂"的美丽杭州,在热闹的四季青服装市场附近,在车水马龙的清泰立交桥东堍竟还有这样一个贫民知青户。甘大雅这样的日子大约熬了十多年,知青每次活动都免收他的钱,还把吃剩的酒菜让他打包回家。那天我到他家时已隔两天了,他还在吃聚会时打包带回的食物。

过了段时间,我去水泵厂老职工宿舍看友人,又带些食物去看望甘大雅,那时"孤家寡人"的他边抽烟边饮酒,悠然自得。他前年才退休,手续办了一年也没办好。一天,他突患胃出血,但因无力承担八百元的诊疗费只得配了点药回家,第二天就呜呼哀哉! 是我与几位龙泉知青联络员和所在社区的工作人员一起帮着收送火葬场的。甘的养子所在监狱的管理部门获悉后,准许他请假四小时参加告别仪式。知青甘大雅就这样给自己六十年辛酸的无幸福可言的人生画上了句号(若还有一点快乐的话,那就是他与龙泉知青茶话会相聚时的欢乐)。

1997年8月18日,三门凤凰山农场遭受百年未遇台风,海圩倒塌,海水倒灌,农场变泽国,我及时组织钱江知青捐衣捐物,装车直奔三门。我还是钱江、龙泉、三门三地知青联谊活动的总召集人、联谊会名誉会长。

近来,我为了能在有生之年帮助在住房上有困难的部分知青,为他们办点实事,多次与在闲林镇办养鸡场的知青后代联系,协助浙江知青网筹建"知青乐园",让弱势知青不再像甘大雅那样过着贫困的生活。我尽自己微薄之力,走好人生的最后一步。

海宁下乡记

周祖德

退学下乡

1957年4月27日,《关于整风运动的指示》提出"知无不言、言无不尽,言者无罪、闻者足戒,有则改之、无则加勉"的原则。根据部署,浙江省委开展反右派斗争。

1957 年 9 月,浙江省委宣传部副部长杨源时奉命到杭州一中作整风动员报告。

此时,杭州一中 57 届的唐寅,在观看赵丹和白杨主演的电影《十字街头》之后贴出一张大字报"毕业＝失业"。我的一位邻居积极声援,写大字报说:"阶级路线"乃歧视人。同样,我班同学陈怀源也支持唐寅。而我当时的观点是新旧社会本质不同,故"毕业≠失业"。

就在大家辩论"毕业是否等于失业"时,我以"和尚"为笔名写了章回小说《沙和尚游记》,想学历史老师咸信那样,远离政治。然而,我还是被卷进政治旋涡。在学校举行元旦文艺汇演前,爱好话剧的我,把"毕业是否等于失业"这场辩论写成剧本,想真实地反映在整风"反右"运动中杭州一中学生的状况。后来,审查节目的学生会干事告诉我团委书记不同意演出。当我问这位团委书记"剧本反映的情况是否属实"时,他避而不答。

1957 年年底,浙江团省委到杭州一中搞整风试点。班级团支部加大了对有"错误言论"学生的批判力度。第一天,班里对陈怀源批判时,我说了一句:"当时劝你,你就是不听。"第二天,有一同学向我发难,说我对陈怀源讲话是"劝告为假,支持为真"。他还说:你曾说过失学青年二十五斤粮票不够吃的问题,实质就是反对统购统销。幸好剧本一事,知晓人不出声,就没成为批判的重磅炮弹。这样,直到 1958 年 2 月初学期结束,我始终是团支部批判的对象。

此时,好朋友张海鹏、俞育龙、贺百年等对批判我保持沉默,沈加宁却反其道而行之,大胆地与我接触。在那么寒冷的冬天,我们俩在小北门旧城墙上,在六公园西湖边的长凳上,侃侃长谈,难舍难分,探究"前途"……在无奈的环境下,我们俩决定:退学支农。

我为什么要退学支农呢? 一是新学期里,我的减免费和助学金全部取消,家里无钱供我读完高三下学期;二是我在高二年级考试中十四门课有十一门五分、三门四分,又是班干部,一天内就被批得名誉扫地,实在无脸抬头;三是 3 月初拿到的成绩报告单上,操行评定"丙等"给了我当头一棒;四是读大学已无望,那么高中毕业与否,也无关紧要了。

恰好,担任居民区主任的母亲,正在动员 1956 年下乡返杭的闲散人员重回农村。我的三舅于 1956 年去海宁县许村区沈墅乡荣丰高级农业社务农,母亲就把我和大弟秉德委托给三舅。这样,我和秉德就一起到街道办事处报名下乡。

鉴于居民区主任的儿子支农在街道有影响,街道办事处领导一定要我介绍"先进思想"。真正的想法怎么能说呢？我硬着头皮唱高调,说自己是"向杭州一中 57 届陈寅同学学习"。1957 年 10 月,陈寅高考落榜,到半山石桥乡插队落户,杭州一中老校长金亮曾紧急集合全校学生,亲自主持欢送会。他说:陈寅是一中的光荣和骄傲,是有知识的青年人的学习榜样。

1958 年 3 月初,我和大弟秉德到教导处提出退学。一位老师问清情况后,沉重地拿起钢笔,十分惋惜地写上"支援农业生产",贴上照片,盖好公章,交给我们两张退学证明。

填埋钉螺

1958 年 3 月 24 日下午,我和秉德乘车从杭州到许村站。下车后,我俩轮流挑着行李往许村镇走去。镇上离车站有三里地,我们边挑边走边歇,向着沈墅乡荣丰高级农业社前进。

快到荣丰社地界时,一位穿着旧军装的干部从后面赶上来,问我们到哪里去。我们说:"到荣丰高级农业社三大队十五小队去。"一听是同路,他主动帮我们挑行李。在路上,他说自己是志愿军,名叫屠天倚,到这里搞血吸虫病防治,还拿出志愿军军功章给我们看。跟着他抄近路,我们很快到了癞狮坝。

癞狮坝在报国村北,是上下河交汇处,凡是上河的船到下河去,或者下河船要到上河去,都在此过坝。我三舅住在坝北,我们到家后,向他介绍了屠天倚,当晚请他留下来吃饭。

荣丰高级农业社在解放初属报国小乡,后为报国村。社办公室处在整个农业社的中心位置,它原是一地主的房屋,没收后作办公室和蚕种场。农业社社长是莫家塘的叶有兴,四十五六岁,身材魁梧,待人热情,办事认真;党支部书记是庙前的张兆根,五十多岁,身材矮小;副书记也是庙前的,叫康柏清,四十五六岁,是区供销社下放干部。当时,办公室旁边的蚕种场被当成治疗血吸虫病的临时病房。

杭嘉湖地区是全国血吸虫病重灾区。1957 年底和 1958 年初,荣丰高级农业社作为治疗血吸虫病的试点,从嘉兴地区(包括湖州市地域)调来医生和防疫人员治疗病人,又动员农民深埋钉螺。而屠天倚则是海宁县防疫站的员工,此时恰好在癞狮坝,组织农民采取土法埋灭钉螺。

填埋钉螺在血防工作中非常重要。血吸虫是人畜互通的寄生虫,主要传染源为病人和患病耕牛、受感染的羊、猪、狗、马、鼠类等。血吸虫通过钉螺传播血吸虫病,从而形成原发性疫源地。

农民把钉螺集中后放入深沟用厚土填埋,效果较好。荣丰农业社的领导高度重视血防工作,积极配合地区防疫站要求,放下田里的活,用补贴工分的办法,把生产小队的劳动力都调过来,采用五氯酚钠、血防 - 67 糊剂、石灰氮等药物进行喷洒,让疫情得到一定的控制。

血防工作除了深埋钉螺外,就是安排生血吸虫病的人住院治疗。我们到达荣丰社后,看到许多病人住在生产社蚕种场里治疗,一切费用都由国家承担。患病的人往往有头重脚轻之感,不能随意下地和外出。家属中传言,如果不小心摔倒,病人就有死亡的危险。听说在江西新余县就有过这事。

完成这里的血防任务后,屠天倚就回县防疫站去了。再见他时,是国家三年自然灾害中的 1962 年。他到杭州看我,一见面就说我瘦了,要增加营养,愿意帮助我买便宜的鸡蛋,并说用军功章作为抵押。出于对“最可爱的人”的敬重,我在负担小弟读书的艰难条件下,拿出买饭票的五元钱给他,并送他到城站上车。此一去,就真的杳无消息了。直到“文革”后期,秉德告诉我屠天倚患癌症不幸去世的消息。

初学农活

到达癞狮坝的第二天,生产小队决定挖三舅家的地脚泥做肥料。于是我和秉德参加挑土,先把挖出的泥挑到指定地点,再从其他地里把不肥沃的土挑回来。就这样一天下来,我们肩膀肿了,腿乏了,腰酸了,人也困了,真希望早一点休息。

可是晚上小队里要讨论我和秉德的工分问题。开会时,年长的农民吸着旱烟,吧嗒吧嗒,悠闲自在,一个个都不急于吭声。但从表情看得出,他们不欢迎我们的到来。因为,我们来要“抢”他们的“工分”,让他们受损。后来在屠天倚的干涉下,小队里定下我的一天工分为六分,秉德为四分。这时我们才脱身回家,连脚都没洗就睡了。

当时一个正劳力一天的工分为十分,一个工分只值一分六厘钱。如果一个月全勤的话,不含按户口可分到的口粮、菜油和燃料等,我只能拿到二元八角八分钱,秉德只能拿一元九角二分钱。

荣丰农业社是一个粮食基本自给自足的经济作物区。此时正值春光明媚的时节,田里长着大小麦、油菜,旱地上长着桑树,种着洋灰萝卜(即胡萝卜)和蔬菜。四月的一天,参加的劳动是挖洋灰萝卜。大家拿一张小凳、一把挖刀,边挖边谈,在挖掘的速度上,我们两兄弟与大妈、大嫂和姑娘们是无法比的。到休息时,她们用挖刀把洋灰萝卜表面的泥刮干净后,就放在嘴里吃起来。我们也学她们的样,吃得津津有味。

四月底五月初,络麻露出两片叶子,旁边杂草丛生,我们跟着妇女,每人带一把刮子,到络麻地除草;有时也用刮子削路边草,用火烧焦泥灰——土制钾肥。有时到水稻田里拔早稻秧苗,到水稻田耘田;休息时则在坝东的上河里,看青壮年农民捻河泥。五月下旬,成片的油菜花开,美不胜收,让人心旷神怡。六月带着大镰刀,开始收割油菜和大小麦。天热了,一到傍晚,男男女女到上河洗澡。大妈、大嫂们和我们男人一样,赤膊上阵,这是嘉兴地区的旧风俗之一。

在荣丰社的旱地上,到处生长着绿色的桑叶,在一些田里还种着嫁接的广禾——桑树幼苗。俗话说:一年之计在于春。对农民而言,春季产茧量约占全年的40%,所以夺取春蚕丰收非常重要。这一年,我和秉德亲眼看到了癫狮坝的大妈、大嫂们养育春蚕且喜获丰收的过程。

农中执教

1958年4月初,荣丰高级农业社叶有兴社长、张兆根和康柏清书记与新胜高级农业社陈昌泉社长协商,决定在报国完小创建有早读班的报国农中,请我担任教师。

报国完小在新中国成立前的骆阳庙位置,庙前有一座石板桥,桥北有一棵古香樟树,树东北方向就是小学所在地。进庙的南门有一个戏台。原来的东西厢房已成为教室,原来供菩萨的厅堂则是全校聚会的地方。厅堂东面有三间小房间,作为教师办公室和教师寝室。厅堂西边有一男女共用的厕所,北面有一过道,过道东侧是老师的厨房和杂物间(后来变成女教师寝室)。从厅堂东北门出去有一个池塘,是教师淘米洗衣之地。此外还有一个篮球场,学生打球和做操的场所。

4月17日恰好是我十八周岁农历生日。我和张财兴一起坐船到长安镇,带回木头、书、黑板和粉笔。他摇橹,我背纤,整整背了十多里塘路。尽管张财兴为我准备了肩垫,从未背过纤的我还是把肩磨破了,回去用碘酒消毒时真是疼痛难言。这一天,恰遇荣丰社选举人民代表,回到三舅家,他告诉我已代我投票,选举叶有兴为人民代表。选叶有兴,我完全同意,但没征求我的意见,我是有想法的,这毕竟是我第一次行使公民权呀!

回校后,农业社领导请来老木匠制作课桌与板凳。先到锯木厂把木头锯成板,然后再运回到学校,就在戏台上锯木板、刨木板,用木屑烧饭。整个过程中,我只能做下手活。就这样,一直忙到五一节前几天,课桌椅做好,农业中学立即开学。

第一次上课,我以为算术的加法和减法是太容易了,一开口就兴致勃勃地从加法一直讲到乘法,正当我还想讲下去时,抬头一看,许多学生脸上显出茫然的表情。我戛然而止,无奈地宣布下课。

贪多不消化,得放慢教学进度。第二天,我老老实实重新开始,慢慢地讲加法。由于我缺乏教学经验,一个月下来,流生逐增,社里的一些干部工作太忙,在听不懂的情况下,不来了;但也有少数与我年纪相当的青年坚持下来,令我感动。

1958年4月底,我接到乡中心小学通知,晚上到沈墅镇参加全乡教师会,部署开展扫盲运动事宜。

很快,全国扫盲运动轰轰烈烈开展起来。县文化站事先编了顺口溜的识字读本,如:楼上楼下,电灯电话……我负责三大队一片的扫盲工作,每天晚上到汤家门、癞狮坝、陈家门和莫家塘巡回辅导,不管天晴还是下雨,天天从七时辅导到十一时。

协助我扫盲的是从简师回乡的骆月娟,她比我小三岁。我们在扫盲中配合默契,谈话投机,总有说不完的话。经过十多天的相处,两人间慢慢有了好感。有一天扫盲结束后,骆月娟盛情邀请我到她家吃番薯豆角。她爸爸是乡干部,在外地工作,此时不在家;弟弟在读小学高年级,已经睡了。到家后见到她妈妈,对我非常热情,那种慈爱的目光一直定格在我脑海里。一个月后,乡扫盲领导小组到癞狮坝验收,我们顺利通过。随后,骆月娟回校继续学习,1959年毕业后留在外地教书。"文革"期间,她与庙前生产队转业军人、公社干部张炳水结婚,回报国完小教书直至退休。

扫盲结束后,我预支到第一个月工资:20元人民币。随后向学校和社里请假,第一次回杭州看望母亲和弟妹们。回到家里,我给母亲10元钱,自己留10元钱生活,其中两元给秉德零用。因为第一个月工资只给三舅6元生活费,他十分恼火。结果,在下乡两个月时,舅甥大吵一场,我们被他赶出癞狮坝。

整风交心

1958年，海宁县教育局通知，暑假里要求全县教师参加整风交心运动。在报到前，必须带双抢劳动鉴定。我到庙前生产小队参加双抢，住在康柏清书记家里。

双抢期间的劳动，一般是凌晨四点多起床，妇女劳动力先到秧田里拔秧苗，正劳力在大田里耕好田。随后，妇女回家做早饭，男劳力把女劳力拔好的秧苗撒在大田里，随后回家吃早饭。早饭后，六时半，大家都到田里插秧。十时半至十一时，回家吃中饭。午睡一小时后，妇女割稻，男劳力打稻，挑稻谷回晒场晒干，下午五时半，吃点心。再开工时，男劳力用牛耕田、平田，妇女则耘田，一直做到晚上十点钟收工。我是被当妇女劳动力对待的，即使这样，一天做下来，全身上下腰酸背痛，开始几天连走路迈腿都十分困难。

过了中午到田里干活，稻田里的水被太阳晒得滚烫，冒着水气，割稻时冲上鼻子有窒息之感。浸在水里的手早已发白，像洗干净的凤爪；皮肤则晒得红里带黑，接着便开始隐隐发痛。但是，为了得到一份好鉴定，也便咬牙坚持下来。

半个多月的双抢劳动让我终生难忘，最大的感受是理解了"谁知盘中餐，粒粒皆辛苦"，从此以后，每顿饭再也不留饭粒。

双抢劳动结束后，带着庙前生产小队给我的好鉴定，我前往海宁县城硖石报到。

许村区的所有教师都来了。县委领导作了整风交心动员报告，要求大家诚实向党交心，自觉进行思想改造，更好为教育事业服务。许多教师参加过去年的整风"反右"斗争，亲眼目睹讲了真心话或讲了比较激烈批评话的教师都被划为右派。因此，整风交心运动一开始，大家都谨小慎微。此时，许巷乡一积极分子带头"真诚"交心，讲述了自己手淫的问题。手淫，在当时属于非常隐私的事。我静观其一周时间，领导对他仍然非常信任。

此时，我内心一直处在激烈的思想斗争中，考虑要不要说出在杭州一中整风"反右"运动中的事。不说，就是不诚实，有悖家教；讲出来，领导会怎么看？内心万分矛盾。斗争了十几天后，实在太痛苦了，我做出最后决定：不管领导今后怎么看，还是一吐为快吧！

我用大字报形式，诚实地讲述了父亲在1955年肃反运动中，因说不清楚问题而自杀之事；南京一中校团委在 1956 年 1 月 20 日批准我入团，而后来我从南京回到杭州，却不同意把我的团员关系转到杭州一中；在杭州一中整风过程中，我开始的态度以及突然受到批判的经过。大字报贴出以后，我一身轻松，晚上美美地睡了一觉。

　　尽管大家非常认真地看了我写的大字报，但都没什么表示。只有沈墅乡小副校长刘海清坦率、公开地在大会上说：周祖德老师是诚实的。刘海清何许人也？原舟山部队战斗英雄，连级干部。他因爱上被父亲关押的定海陈美女，而不要前途，拒绝上级领导劝告，从舟山部队降职转业来沈墅乡任乡小副校长。几天后，所有整风交心运动积极分子会议就没我的份了。尽管我有点不悦，但从良心上解脱了。

　　到八月下旬，全县教师在县大操场开公判大会，对长安镇中心小学一壮年炊事员和一青年教师强奸幼女进行宣判，当场执行枪决。这一天的晚餐吃豆腐，但看完被子弹打开的脑颅，没有一个人想吃饭，那流在地上的脑髓，不就和豆腐一样……八月底前，大家离开硖石回家，准备新学期的开学。

半耕半读

　　1958 年 9 月，整风交心运动之后，许村镇教育系统干部大调整，二十岁刚出头的盛幸甫从许巷乡中心小学教导主任调任报国完小校长，徐世林继任教导主任。当时徐钟情于凌湖简师的同学范丽影，每月一封情信必不可少。此时有两位教师调出，又新来了四位：从海盐县峡城镇来的初中毕业生於巧爱，身材圆胖，性格外向；从许村镇桥南来的初中毕业生张月明，身材瘦长，内敛贤惠；从定海城关过来的初中毕业生陈秀娣，她是刘海清副校长的小姨子，身材苗条，明丽可人；还来了位高中毕业生蔡善金，硖石布店老板的小儿子，体圆人胖，眼睛眯眯，常爱说笑。他和徐世林教高段语文、数学和其他学科，三位女教师教二复式中低段语文和数学。大家来自五湖四海，干劲冲天，和谐竞争，迎来报国完小的昌盛时期。我们这群人富有青春活力，上进心特别强，谁也不甘落后，天天在煤油灯下忙到深夜，钻研教材、批改作业、撰写教案、刻印试卷，也常常不顾天黑下雨去家访。

　　此时，报国农业中学体制改由沈墅乡中心小学负责，行政上归属报国完小领导，学费上交国家，教师工资也由国家开支。我在农中教语文和数学。农中的教室在骆阳庙的戏台上，实施半耕半读，学生上午读书，下午回家参加农业生产。生源有原报国完小的毕业生,还有报国农中早读班学员和许村小学毕业生。

1958 年 11 月下旬,沈墅人民公社诞生了。荣丰农业高级社和新胜农业高级社都变成了生产大队,故学校更名为杨渡农中。为了实现刘少奇主席提出的"半耕半读",11 月初,我到杨渡管理区办公室找徐仁品书记。他耐心听完我要耕地实行半耕半读的想法,说:"我们研究研究。"我追问:"什么时候研究?"他说等有空时研究,让我吃了个软钉子。

然而,徐仁品书记还是讲信用的,管理区决定拨庙前生产小队的八分田给农业中学做生产基地,学生下午就在田里参加劳动,我亦跟着学生一起学习农业生产技术。就在这块田里,我们种了油菜,期待着看油菜花黄,收油菜籽。但后来人民公社体制实行公社、大队和生产队三级管理,庙前生产队就把土地收回了,半耕半读就此夭折。

此时,在浙江省委出版的理论杂志《求是》上,发表了当时浙江省省长周建人的一篇文章:《博与专》。这是他用辩证唯物论观点阐述知识的一篇哲学文章。《博与专》一文,先说知识必须广博,没有广博的知识,无法做到知识的专深;而要使自己知识专深,必须建立在知识广博的基础上。两者相互作用,相互促进,达到辩证的统一。我非常认真地拜读了这篇文章,掌握了辩证唯物论的方法论。

初中时看的《钢铁是怎样炼成的》初步奠定了我的人生观,让我学会意志要顽强、毅力要磨炼,不要怕困难,做人要做到:不碌碌无为,不虚度年华。就是这篇文章和这本书,给我的一生带来很大影响,让我最终成为一名成果丰硕的教师。

公社时代

1958 年 8 月底,中央政治局扩大会议在北戴河召开,通过了《关于建立农村人民公社问题的决议》。会议结束后,中央报刊相继发表"迎接人民公社化的高潮"等社论。这样,人民公社像钱塘江大潮一样发展起来。1958 年开学后到国庆节前,海宁县组建人民公社,原则是一个区为一个公社,一个乡为一个管理区,一个农业高级社为一个生产大队,原来农业社的大队为一个生产队,并规定各农业社的一切生产资料和公共财产转为公社所有,由公社统一核算,统一分配,社员分配实行工资制和口粮供给制相结合。推广公共食堂,同时筹备成立托儿所、幼儿园、敬老院、缝纫组。公社设立了农业、林业、畜牧、工交、粮食、供销、卫生、武装保卫等若干部门,下设管理区、生产大队和生产队,实行统一领导,分级管理,并实施纮织军事化、生产战斗化、生活集体化。许村成立人民公社,沈墅乡为管理区。康柏清任沈墅管理区主任。报国农中师生在骆阳庙庆祝公社成立,并进入吃饭不要钱的时代。

随着我的出走,秉德与三舅的矛盾加剧了。我找到康柏清,把秉德调到庙前生产队做统计。人民公社成立后,秉德便调到斗门生产队搞财务。

在庆祝人民公社成立那天,整个报国生产大队举行文艺表演,报国完小和农中学生,用骆阳庙里念经的《拜香精调》填词,歌唱人民公社"一大二公"的优越性;原新胜社斗门生产队农民表演真刀真枪传统武术。农中教室搬到台下,大家围着戏台看表演,还有中午会餐。我们两兄弟不会喝白酒,把酒都送给别人喝了。

早在1957年9月,党的八届三中全会就揭开了农业"大跃进"的序幕。这年冬至次年春开展了大规模农田水利基本建设和积肥运动,可以说是农业"大跃进"的前奏曲。到了"大跃进"形势逼人时期,中央提出国民经济争取十五年超过英国,不仅要求工业战绩,也竞相大放"高产卫星",要求钢铁产量达到一个新的水平:1080吨。为了保证钢产量的实现,党中央采取了一系列措施,其中一项就是土法上马,全民大炼钢铁。在许村镇政府附近建立了三个小高炉,我们全公社的教师轮流到这里炼钢铁。三日三夜,报国完小男教师守在高炉旁轮班值日,女教师则搞后勤。我们炼钢的结果是好铁变废渣。

1958年国庆节后,海宁县缩小人民公社和管理区范围,沈墅管理区变成人民公社,并分成杨渡、联盟和科同三个管理区。

在"大跃进"的年代,浮夸风泛滥。报国生产大队报晚稻产量,把我叫到大队里,一起商量如何申报。我和会计朱祖兴、出纳鲁叙炳商量办法,于是决定,先用湿谷重量代替干谷重量,产量上升5%;后再把田埂、积河泥的小水塘面积去掉;产量就上升到原产量的110%。全国竞放农业"卫星":湖北的水稻亩产上万斤,河南的小麦亩产8585斤,虚报浮夸,登峰造极。此时公社派人来查"瞒产虚报",杨渡大队上报亩产为6000多斤,名列公社第一;而报国大队只报了4000余斤,在沈墅公社列最后一名。

人民公社成立初期,公社食堂倡导吃饱饭不要钱,造成一定的浪费,听说苏北发生胀死人的事。11月,先掺10%—15%的洋灰萝卜和大米一起煮饭。12月,掺20%—30%的洋灰萝卜和大米一起煮饭。1959年1月,变成50%的包心菜加大米一起煮饭。后来食堂解散,各自回家烧饭。就在1959年2月农历年底,由于"大跃进"时虚报产量,国家征购粮食开始了,上级按上报产量征购。这样一来,报国生产大队运气来了,少报就留得多,杨渡大队就留得少。在海宁县"创卫星"的永福公社农民,不得不晚上偷偷摸摸到报国的亲戚家借粮食。

爱情火花

1958年10月,杭州举办一个教育展览会,报国完小教师到杭州参观,徐世林趁便到凌湖看望久违的女朋友范丽影,蔡善金则回硖石探亲。在西湖边,五个年轻人留下一张合影。

年轻人的青春活力,在一起就会产生出爱情火花,相互碰撞,原始朦胧,藏藏掩掩,一层窗户纸,谁也不想捅破它。但它仍然成为平时说笑的主要话题。

1958年年底的一天,我感冒发烧,张月明来到寝室,非常体贴照顾我,问暖问寒,主动为我打饭。结果,我吃不下饭,她就把剩下的饭倒入泔水缸里。校长盛幸甫接到学生报告后,立即召集全校学生开现场会,批评浪费粮食的事,弄得张月明非常尴尬,也让我心里非常难受。我怀着诚恳的心情,一方面向张月明道歉,另一方面通过学生向盛校长说清楚,请他一定要原谅张月明。盛校长知情后,非常通情达理,就不再追究此事了。

1959年年初,新学期开始后,我到莫家塘家访,途中遇雨摔了一跤,衣服又脏又湿。到达东吴小学后,张月明立即给我洗干净,用火把衣服烤干,又让我烤火以免感冒。我知道张月明对我是十分痴情,但由于下乡前夕,我母亲的小姐妹曾亲口教育我"千万不要在农村找对象",为此我想爱而不敢爱,就处在如此矛盾之中。

1959年清明节,徐世林去凌湖见范丽影。这一次,他发现范并不是和他一个人在谈恋爱,而是在玩弄他。他彻底失望,断绝了两人的恋爱关系。此时,由于我对张月明的冷淡,让张月明和徐世林的两颗心渐渐靠拢。待我回杭后,听到他们已成夫妻的喜讯。另外,於巧爱和戴笠翁也成为美满的一对,在永福乡荡湾村戴的老家成婚落户。

在我离开这里三年后,一位女教师蔡妙金到报国小学代课,盛幸甫与她在工作中逐渐有了感情,等到盛幸甫调到许村镇中心小学任校长时,他们在许村完婚了。"文革"期间,盛幸甫被提拔为许村公社党委第三书记,分管文教卫体工作。1992年春节,我特意到许村拜访这位老朋友,他给我开了一张在海宁许村任教两年的证明,为我增加了两年教龄。

姚家岁月

1959年9月,杨渡农中与沈墅农中合并,我被通知到太平人民公社中心小学报到。我中午背着行李出发,到达时已近傍晚。晚饭后,俞绍荣校长让我休息,第二天才找我谈话,要我到太平人民公社的景树管理区姚家小学去教四复式。

学校只有七名学生,分属四个年段。我既是学校的"校长",又是上课的"教师",也是打铃的"校工"。教学采用四复式,本来应该半天上四节课,但我一个人没有办法上,我就改上两节课,这样每个年级上课时间可以宽松一些,学生做作业时间也充裕一点。虽然在报国完小上过两复式,但对四复式却难以驾驭,再加上自己没有学过汉语拼音,而一年级课文都是汉语拼音教材,这让我十分为难。

姚家离余杭县政府所在地临平只有三里路,站在桥上可以望见临平山。正当艰难时,我眼望临平山上,心内百感交集,于是给俞校长写了一封真实情感的思乡信,但一直没有回音。

那年暑假,二弟维德从杭州十二中初中毕业,到沽家桥裁缝店管账。母亲曾多次写信给我说要搬到半山,那里空气好,工作也好找。我回信表示赞成。国庆节我到半山,才知道母亲已改嫁。我没说什么,住了两夜后返回姚家小学。

国庆节后,海宁县教育系统开始"反右倾,拔白旗"运动。许村区全体教师集中到许村镇小开会。在太平人民公社开会时,俞校长突然要我站到台前接受批判,让我丈二和尚摸不着头脑。接着一听,我给俞校长的私人信,成了批判的重型炮弹。积极分子的"联想能力"让我哭笑不得。他们说:望着临平山,就是为被关押在监狱里的地富反坏右鸣冤,为自己反动军官的父亲叫屈。我解释说:写信时,我根本不知道临平山是浙江省监狱。他们根本不听我的解释,继续批判。我信中说到的"家庭生活困难",他们认为就是对新中国社会主义制度的仇恨。

我实在想不通,就硬着头皮与他们争辩,说:"我不服!现在我宣布辞职,回到杭州就是挑自来水,照样能养活自己。"俞校长同样感到意外,气得要命,把沈长财校长请过来,一起对我批判。批判最积极的是一位完小校长,他混淆黑白,无限上纲,留下一个有时代特征的、万分经典的推论:"辞职就是不革命,不革命就是反革命。"批判会后,景树完小教导主任朱老师偷偷摸摸地对我说:不要在意。持续批判了几次后,他们渐渐偃旗息鼓,我也就没在意此事的发展。

批判会熄火后,我照常工作。在深秋初冬之际,房东家开始收青豆、芋芳。因为孙子是我的学生,一天,房东送来一碗青豆磨成的豆浆和一碗芋芳、豆角给我尝鲜。后来,我与她商量,请她每天晚上给我煮两碗,我付钱。

此时,生产队正好在房东堂前的大开间里养深秋蚕。因蚕房需要保持一定的温度,生着火非常温暖,我的备课和批改都在蚕房里进行;养蚕的男男女女,大家穿着不多的衣服,都睡在稻草铺上一床大棉被下,到后半夜还要给蚕宝宝喂桑叶。

12月底,秉德得到通知参加征兵体检,他没有抱任何希望。后来,县兵役局得到部队退兵,再通知他报到。他及时给南京军事学院工兵教授写信,要求证明父亲自杀的问题。很快得到回音:作病故处理。经过一番波折,他终于到二十军五十九师炮兵团指挥连当兵。但有条件:入伍后,不准入党,不得提干,不批立功。尽管在郭兴福教学法比武时,他成为师里的技术标兵,到处去表演精确测量,技术非常熟练,可以让炮打出去的误差极小,但就是不能立功。

1960年1月,在学期结束前,养蚕早已结束,我在寒冷的房间里给七名学生填写成绩报告单。俞绍荣突然走进我的办公室兼房间,明确告诉我:下学期你被解聘了。我对他说:谢天谢地。然后迅速整理好行李,告别生产队领导和学生家长,走到临平,乘车回杭。

回杭之后

1960年春节,和四年前从南京回杭不一样,万寿亭街即将拆迁,快过年了,却只有我一人,凄凉之极。半山的家已经姓鲁,我能把解聘的事告诉母亲吗?!

春节后,我去看望干妈胡玉兰。恰好她的大女儿计惠玲在家。计惠玲1957年高中毕业,随天水街道组织去三门县支农。没多久就和大家一起逃回杭州,后到余杭县三墩中学教化学。1959年,她参加杭州市文化课会考,拿了全市第一名,于是成为杭州抢手的青年教师。她建议我到杭州民办是初中去试试。到校后,校长办公室里一女教师说:"化学教师,我们不缺。"但留下了我的家庭地址。

此时,从海宁带回杭州的工资告罄,只好去求高中同学贺百年。贺百年非常爽快,先借我十元钱解燃眉之急,过两天,又通知我到他爸的丝光漂染厂做临时工。2月中旬,我到丝光漂染厂总务科找到贺杏彬伯父,刚准备领工作服时,杭州城市建设委员会城河填埋指挥部来通知,要厂里派人参加填埋城河工程,于是厂里就把我派去填河。

1960年3月6日,当我从小北门填河回家时,收到求是初中寄来的一封信。第二天一早,我到校找那位女老师。开始她绕弯,从身体问起,说到要服从分配。此时,我的想法很简单:只要回杭,哪怕是做清洁工,我也愿意。我说:"教什么课,请直说吧!"她答:"做体育教师怎么样?"我也干脆回答:"同意。"她立即要求我明天就来上班。我告诉她,给我两天时间处理一下家务,3月10日上午准时到校。

3月8日一早,我赶到报国生产大队办公室,请原沈墅供销社主任、现任大队文书钱有庭开了张户口转移证明。3月9日一早,我离开报国生产大队,到许村粮管所找到金福三所长,跟他磨了整整八个小时。回杭末班车开出前半小时,他才签发粮油转移单给我。6月底,我把户粮关系交给人事干部,得到潘祖望校长同意,我的户口最终落到校集体户口。否则,到1960年下半年杭州清理户口时,我同样要回海宁的,多运气呀!

进入求是初中后,我在"不碌碌无为,不虚度年华"的座右铭下,成为全国游泳、田径富有创新的竞赛编排专家,1995年任中策职业高中教科室主任,并任杭州市首届中学教科研大组组长,1997年底被推荐为浙江省第八届政协委员。这一切都是从报国村起步的。

1989年,政府为父亲落实政策,我们成为革命军人子女。我于1982年参加中国民主促进会,2000年退休后,继续为党的教育和民进事业工作。2012年,我的事迹以《民进心、民进情》为题,发表在民进中央网站《本周人物》上。

贰　大天地　小乐章

1　劳动最光荣

种蒿子

由之

我没有拔过蒿子,可我种过蒿子。

那是 1977 年的事了。我在贺兰县四十里店中学教书,学校的西北方向有一片沙漠。印象中好像是个初夏季节,记不太清了,我领着一个班的学生去林场帮助治沙造林。背着清晨的霞光,沿着学校门前的包兰公路往北不远,弃大路就小道,再向西骑行二十来分钟,就到了贺兰县林场的一片防风林带。林带的土地被沟渠和田埂勾勒得四四方方的,现出原先的机耕条田模样,但田块里种的已不是庄稼,而是排列整齐的白杨、小叶杨等速生林木。田里覆盖着一层白色的细沙,越往林带的深处走,沙子越厚。每一处田埂或者隆起的小土丘,朝西北的迎风面都被吹成了陡坎,背风的一面,沙子积聚成一个缓缓的斜坡,就像一朵朵前赴后继的浪花。整个林场静悄悄的,一些平房分散地掩映在树丛中,除了少数林场的职工外,这里已经没有农民。靠近林带边缘有几间颓败的土屋,好像是早先的农舍,黄沙从土屋的西北东三面包裹过来,几乎要把这些房子淹没。

走出林带,被树荫遮蔽的天空一下子豁亮起来。一片无际的沙漠,一直绵亘到天边那一抹淡青色的山影下。十几米高的沙丘排山倒海地起伏着,像凝固的波涛,壮观而狰狞,在骄阳下泛着刺眼的白光。登上近处的沙丘,四周巨大的沙丘像成群贪婪而无情的怪兽,啃噬着曾经的良田。沙丘之间,东一溜西一块的,是一些残留的平地,顽强地袒露着,不像沙子似的刺眼,却渗出一些潮气来,有些稀疏的小草点缀着,显出让人心酸的一汪绿色。

站在这沙漠和绿洲对峙的边缘上,我被人和沙之间的这场无声无息却又惊心动魄的搏杀深深地震撼。带我们劳动的林场职工小李对我说,这里的沙丘以每年一米左右的速度向人的家园推进,十几年来已经吞噬了上千亩良田。防风林带虽然阻滞了沙漠推进的速度,但没有从根本上扭转沙进人退的势头。那天他运来了大批沙蒿（蒿子）、柠条、沙棘、红柳等沙生植物的幼苗，让我们进入到沙漠里面去，就在那些沙丘之间曾经是农田的一小块一小块潮湿的平地上种下这些幼苗。这些沙生植物一旦成活，地表部分也许高不盈尺，地下的根系却有几米甚至几十米长，而且盘根错节。几株沙蒿或者柠条就能把一整座沙丘牢牢固定在原地，并且随着年复一年的风吹雨淋，使沙丘逐渐降低甚至削平。听了他的话，不知道为什么，我忽然觉得有点像当年八路军在敌寇的铁壁合围中跳出外线，挺进敌后，开辟游击根据地的情景。

我把全班同学召集在一个沙丘下，现学现卖地讲起了小李告诉我的有关沙生植物的知识。我希望学生在两天的绿化劳动中，不仅仅是劳动一下肢体，而是通过眼前严酷的现实，了解植被保护和防沙固沙的紧迫性，希望他们和他们的家人不要再去用篦子一样的铁丝耙到沙窝里耧发菜，不要再为了一点蝇头小利掘地三尺地挖甘草，不要再破坏我们赖以生存的脆弱的生态环境。我知道我和我面前的这四十来个学生，能起的作用实在有限，但我总得做点什么。

三十年了。不知道当年种下的那些沙蒿长得怎么样了？那一片沙漠是前进了还是后退了？那一片与沙漠顽强对峙的绿洲是扩大了还是退缩了？

第一次伐木

邹毅

贮木场上的小树基本上都砍伐干净了，偌大一片旷野上，孤零零地剩下十多棵一人怀抱粗的落叶松，以及五六棵也是怀抱粗的樟子松。只不过冬天的落叶松树叶全凋谢了，只剩下粗壮的树杆摇晃着光秃秃的枝桠，迎战着大兴安岭冬天凛冽的寒风。

而被称为"美人松"的樟子松，即使在零下五十度的寒冬里还是那么的枝繁叶茂、郁郁葱葱。高大的樟子松那枝干和树冠虬龙盘结撑开着像一把巨大的绿伞，那绿伞上面盖满了厚厚的积雪。猛然一阵风吹来，树枝一阵摇晃就抖落下纷纷扬扬的雪花。

要砍伐这些一人怀抱粗、五层楼那么高的大树，就要有专业的采伐工指导。这会儿知青们拿着"弯把锯"、俩人拉的"大肚锯"和斧子，在等老潮河林场的采伐"大拿"林师傅来。

采伐工林师傅，叫什么忘了，大伙都管他叫林大胡子。这林大胡子四十出头，国字脸、皮肤黝黑、络腮胡子，笑起来"哈哈"的很爽朗。他个子不算太高、却是个五大三粗的关东壮汉。

他很喜欢这帮浙江娃，平时也爱和知青们说笑打闹，曾让知青们破一个谜语。谜语道："俩人面对面，一来一回干，为了一条缝，累得一身汗！"

大伙谁也没猜出来，有人还嘻嘻地笑着往那种事上想。

最后他哈哈笑着把谜底说穿了："是'拉大锯'啊！俩人拉锯不是'俩人面对面、一来一回干'么！你们这帮臭小子怎么回事啊？啊？小小年纪，破谜怎么还尽往那歪的邪的上琢磨啊？"

抓着理了，他哈哈笑着把知青们好一顿寒碜。

那天，他头戴冬天那种有棉皮耳檐的藤安全帽，脚上打着绑腿，穿紧身的黑棉袄，外套一件羊皮大衣，浑身透着麻利劲儿地来了！

他一边拍打着树上掉下来的雪花，一边围着棵怀抱粗的落叶松，转了又转、望了又望。他在观察这树躯干的枝桠长势和树冠的倾斜度，估摸、推测着这树伐倒后自然倾倒的方向！这些都是他从伊春到塔河再到这老潮河，在林区转悠了大半辈子才得来的经验。

"还好！这十几棵落叶松，树和树之间间隔距离远，树倒时互相碰不上！"他自言自语着。

接着，他蹲下了身子，一个膝盖跪在雪地上。他用"弯把锯"（那时老潮河还没有油锯）在落叶松的树根部位，离地面三十公分处"哧啦哧啦"地锯了起来，只见黄褐色的锯末子从锯缝中掉出来，纷纷地落在雪地上。当锯到有二公分深了，他随手拉过边上一位男知青说："你来试试，注意啊！两手这样握锯把，关键是锯片要放平，一下一下地拉！"男知青照着他的样子一下一下地拉，雪地上的锯末子多了起来，锯缝又进去了几公分。

我看他拉得有点累了，寻思着这么来回拉锯我也会。抢着上去："让我来！我也来试试！"

男知青让开了，我戴棉手套的手笨拙地握着锯把"哧啦哧啦——"地来回拉了起来。

"锯片往回拉的时候使劲,往前送的时候走空道不吃劲,就可以放松……伐木虽然是粗活,那也不能傻小子使傻劲儿!"林大胡子在一边指导着。我拉了十几个来回就喘着粗气,腿也跪酸了,腰也累酸了,额头上汗珠也冒出来了:"啊!不行了、不行了!累死我了!"其实,我本来只是图个新鲜,看看拉"弯把锯"伐树到底是什么感觉,谁知道会这么累呢!

林大胡子"哈哈哈"笑着又蹲了下来,他接过锯把:"看好了啊!"然后,熟练地来回拉着,看他一下一下拉得很轻松啊!

当锯片锯到这棵大树直径一半时,他停下了;只见他把锯片拿出来,绕到这棵树半径的那一边,抬高二三寸位置又拉了起来。他一边拉一边说:"若不把锯片拿出来一直拉下去,过了树的半径,重心就压住锯缝了,这锯片就拿不出来了。所以非得换到这半边来,锯树这边的半径,还得抬高二三寸位置!这都是学问啊,你们慢慢学吧!"

"为什么要抬高二三寸啊?"我好奇地问。听到我问,林大胡子站了起来。他望望这帮知青,用两个手一高一低比划着说:"这是先锯的那半边,这是后锯的那半边。当后锯的那半边快接近半径时,树的重心就压向先锯的那半边的锯缝,整个树身就会向那条锯缝的方向倾斜,树就会朝那个方向倒下去……"

嗨!长见识了啊!这伐大树还有那么多学问,怪不得林大胡子一来就围着这树转悠了半天,还得动脑筋琢磨啊,光有傻力气还真不行啊!

说完这些话,林大胡子提高嗓门挥着手:"现在大家伙往后撤、往后撤,前边那个方向更不能有人啊!"

知青们纷纷撤离,躲得远远地望着他。

"顺山倒——"他两手做喇叭状,很职业地大声喊着。

接着他又使劲拉了起来,随着锯片的来来回回,这棵粗壮的大树的树梢,晃动得越来越厉害。林大胡子最后又"哧啦哧啦——"地使劲拉了几个来回。

然后,他站起来,把已经倾斜的落叶松朝树倒的方向推着。

这棵高高的落叶松倾斜得更厉害了……

"咔啦啦啦——"落叶松的两条锯缝连接处发出撕裂般的声音。

这期间林大胡子往后边快速躲开了几步!

这棵高高的落叶松"咔啦啦——轰隆隆——咣当!"倒在地上了。树倒时树枝桠等砸得雪地上的雪花到处飞扬……

我们在远处望着,只见林大胡子在树倒方向的另一边,一手拎着"弯把锯",一手笑呵呵地摸着络腮胡子。

知青们一起围了过来,林大胡子像个打了胜仗的英雄,从兜里掏出纸和关东烟,熟练地卷了支喇叭烟点着抽了起来。

他一边抽一边说:"幸亏这棵落叶松边上没有大树挨着,树和树枝桠碰不上,还比较好伐! 最难伐的就是林子里边的树,边上挨着许多大树小树。你把这棵伐倒了,眼见着树'咔啦啦'倒下去了——忽然靠在边上那棵树枝桠上不倒了,就这么晃晃悠悠地悬着,这麻烦就大了……"

"那咋办啊?"我瞪着眼睛吃惊地问。

"咋办? 那就得想办法,用挂钩、撬杆等工具去把那棵树放下来,干这活挺危险! 得有体力、有胆量、有经验的人去干!"

"还有呐——这树'咔啦啦啦'倒下去时,把周围树上的枝桠砸得满天飞,冬天的树枝特脆啊! 这些枝桠有的胳膊般粗细,有的杆面仗般粗细,大小不一,像弹片似的飞出去,砸在谁身上都是要命的,俺们叫它'回头棒子'!"

知青们一个个瞪着眼睛听得大气不出一声,林大胡子瞅了大伙一眼,卷着喇叭烟卖着关子说:"还有'吊死鬼'那就更悬了!"

"什么是'吊死鬼'啊?"有知青好奇地抢着问。

"就是树倒时,那枝桠砸在边上的树枝上,把砸断了的、粗细不一的树枝挂在那棵树上了,一时半会还不掉下来。风一吹晃晃悠悠,什么时候掉下来谁也说不上! 碰到哪个倒霉蛋正好走在那树下,它就掉下来了,在脑袋上砸个窟窿那就没命了!"

"因此,有经验的老林区走到陌生的林子里,看到有新伐过的树墩子,总要抬头望望,看看树上有没有晃晃悠悠的'吊死鬼'!"

林大胡子一边抽着喇叭烟一边讲着这些森林里的故事,有点神秘,有点离奇,有点恐怖,有点刺激,对我们这帮十八九岁刚来到林区的知青来说,好似天方夜谭般的神奇! 晚上,躺在帐篷里的"通铺"上,大伙七嘴八舌又聊起林大胡子讲的一些森林故事。

有知青说:"这林大胡子伐木头确实有一套! 是个'大拿'! 可也喜欢满嘴跑火车,你们别听他瞎扯! 哪会有这么悬的事!"

第二天下午,我们正在干活时,林场主任老张头特意带人到山场上来检查工作,他再三提醒我们一定要注意安全!

原来,就在当天上午,长缨林场的嘉兴知青陆晓峰跟着老工人伐木,头被"回头棒子"击中,当场血流满面、不省人事。送阿木尔区医院,区医院做不了开颅手术,请求铁道兵部队的直升机急送加格达奇地区医院抢救,伤情如何? 能不能救活? 情况还不知道!

听到这个消息,想着同一列火车支边到大兴安岭的老乡正生命垂危躺在医院抢救,我不禁在心里默默地说:林大胡子,不! 老林师傅,感谢你! 感谢你在山场上教我们、带我们,给我们讲解这些在林区工作生活的安全知识,这些知识我们会牢牢记住一辈子的!

在银川淘大粪

坐看云起

淘大粪有八个工分,白天有大量的时间可看书,所以,这连农民也不愿干的"下三烂"活,正好我们愿干,也算帮了生产队的忙。就在小南门外,我们认识了胜利公社的知青潘莺、王锦椿等,他们比我们早干上了此活,且似乎很自在。他们向我们传授了很多淘粪的经验,包括去哪里能淘上粪,该何时去,怎样防被抓等。

淘粪的活尽管每天耗时不多,但干活时又脏又累,我们担着粪筐进厕所前要先用宁夏话喊一声:"有人么?"特别是进女厕所更要大声喊一嗓子,如有人她会答"有人嘞",如此我们就要像狗一样在外面拐角处等一会。穿街走院淘满两大柳条筐后,要再走上几里路才能回到小南门据点,我和明涛两人换着担。好在我们当时年轻受得了。最难受的是有一些市民对我们的奚落、讥笑甚至漫骂,无奈我们偷粪"名声"不正,故也不能反击。当然,也有一些富有同情心的好人。有一次,到银川市第一医院淘粪,一位上海医生看到我还在戴破了的黄军帽,帽顶露出了头发,当知道我们是杭州下乡知青时就送了我一顶新黄军帽,让我感动了好一阵子。有时候我们也有不恰当的做法,譬如在夏天的傍晚,我和明涛去四合院的时间太早了(主要是为打时间差,避开管厕所的),结果又脏又臭的粪筐在端着饭碗的和纳凉的居民中穿行,引来了居民一片慌乱的惊叫和"呸"、"呸"的詈骂声!此后我们就吸取了教训。还记得有一天深夜,我和明涛收获颇丰,担了满满一担大粪回住地时途经鼓楼大街,昏暗的灯光下只见一硕大的兔子在跑,我们也不管是家兔还是野兔,明涛眼疾手快给了兔子一粪铲,把兔子拎回家后连夜剥了皮,两人美美地吃了两天。

淘来的粪要在我们的住地附近摊开晒成粪饼,每隔半月生产队都会派来毛驴车拉回去。我和明涛慢慢干出了成绩,得到了队里的表扬,这却引起了和我们同队的淘粪的王科的妒忌。王科在队里的绰号叫"象牙",因为他有一嘴又大又黄的门牙,爱说大话、假话,且面不改色。此人新中国成立前当过马鸿奎部队的兵,走南闯北很有心术。"兵在外,不由帅",这是他常挂在嘴上的话。有时候他会偷别人淘来后晾晒的粪,更缺德的是他进女厕所从来不出声,总想占点便宜,给女人难堪。听人说还有更坏的,他在夜间去女厕所淘粪时常会绕到厕所后面,猫着腰打手电照女人屁股,女人如骂一声"流氓",他就会用长长的沾满屎尿的粪铲去拍她的尻子,然后溜之大吉。真是够损的了!而他还津津乐道,回来后不知羞耻绘声绘色地向我们炫耀。他在银川小南门外有相好的女人,整日浪荡不干活,所以拉回队里的粪很少。看到我们和他的劳动成果形成了鲜明对比,他除了不时偷我们担回的大粪外,还想"日鬼"我们。有几天,我们连着几个晚上被看厕所的抓了,一晚的劳动成果没了不说,就连粪筐和粪铲、手电都被收缴了。更可恨的是,有一天晚上我们知青四人齐齐被设伏者抓获,还被押上一辆消防车,说要送到贺兰山下的"林建三师"让天津知青收拾我们。后来车到贺兰山下,在周旋和告饶下我们才没挨打(医生送我的新黄军帽此晚被抢)。我们分析,种种迹象表明王科是举报的"内奸",否则不可能连着几晚被一抓一个准。我们对他的"内奸"身份基本有了判定后,就决定要惩罚这个马匪老兵油子,让他知道知青不是好惹的,大家商量后想了一个也够损的主意并付诸实施……

从第二天起,我们就注意到王科的情绪有了些许变化。他和我们同睡在一间土坯房内,以往每到晚间倒下就"扯呼"的他,一睡到炕头就翻来覆去,且整夜翻来覆去、长吁短叹、骂骂咧咧,大约一周后就卷起铺盖自己要求回了队上。临走前,我们四个知青都笑问他为啥要回去,是不是和小南门的相好闹翻了?他铁青着脸不答。临走时莫名其妙摔下一句"侉婊子养的"骂人话。

你猜是什么原因让"象牙"睡不踏实?原来有人偷偷将一小块大粪干捻成粉

末塞进了他的枕头,又由一位手巧的知青将枕头缝得看不出破绽,所以作弄得他一睡下就闻到一股难以安眠的臭气。王科一定知道杭州侉子在报复他,而他又找不出原因来,他也感觉此地待不下去了,但这"臭囊"的秘密真不知何时才会破解。王科回队后,我们知青在土坯窝点开怀聚餐以示庆祝。从此,我们短暂的偷粪生涯又走上了正轨。

这样的恶作剧今天想来实在有点荒唐。巧的是今年春天,我在宁波碰见了当年的偷粪战友潘莺先生——他如今的身份已是台湾来内地的投资商。提起当年这档事,我是大笑,他是苦笑。我们都意识到,即使在荒诞的岁月,也不应该用如此荒唐的方式以恶报怨。时间老人,请原谅当年那些不懂事的年轻人吧!

当马倌

独木舟

马倌即饲养员,在当地一般都是较有经验的老农才可以担当的。队里当时有六七匹马、四头牛,都是必不可少的劳力,拉车、拉犁、耥地等人力干不了的活,靠的都是牲口出力,牲口饲养得好坏,直接影响到队里的生产进度。原先,黄泥河的马倌是山东人老宋,老宋这人能干,而且还特精明,整天爱打小算盘,常为了一些小事跟队长斤斤计较,有一次因为自己的要求没得到满足,突然"撂挑子"不干了。队里一时找不到合适的人选来担当马倌,队长急得坐卧不安,我毛遂自荐要当马倌,理由是我们知识青年接受贫下中农的再教育,什么样的活都要学,什么样的困难都能克服。在当地,从来没听说过有女性干这活的,更何况年纪轻轻的女知青懂得啥? 可队长相信我们,从我们来到黄泥河的那天起,队长就看出这帮女孩子是好样的,特别肯学,特别能吃苦耐劳,经得起摔打,干活并不比男社员差多少,队长平时也从不小瞧我们,因此同意让我试试。

当马倌跟平时到地里干活完全不同,首先是靠自觉,没有人说话,整天基本是独自干活,只有下午的一项工作——轧草是二人一起干,所以没有在地里干活那么热闹。其次是作息时间不同,必须起早贪黑:凌晨五点多钟就要喂一次饲料,保证早上七点出工时,牲口都吃饱喝足;上午,等牲口出圈干活去,我的任务就是"起圈",即清扫马厩,用大铁铲将马厩里的粪便铲出圈外,这活确实又累又脏又臭,完成之后可以回屋休息片刻;上午收工后,又要喂一次饲料和水;下午,配合一名男社员轧草、轧豆饼,准备一天的饲料,因为操持轧刀纯属力气活,女生一般轧不动,所以只能当下手,就是往轧刀下续草;晚上收工后,再喂一次饲料,大约到八九点钟才能结束一天的工作。但是这还没完,半夜一点钟要喂一次夜草,都说"马无夜草不肥",我就坚持这样做了。深更半夜独自一人从知青屋走到牲口棚,路虽不远,在万籁俱寂、空旷无边的大地上行走,起初还是害怕的,怕遇上野兽或者什么偷渡国境的坏人。这并不是凭空说瞎话,当时确实听新闻报道说有人从乌苏里江偷渡到苏联去,乌苏里江江面不宽,对会游泳的人来说偷渡是轻而易举的事,冬天江面封冻,走过去就更方便了,前不久村里就堵截过一个可疑分子,他想绕道从村里走向江边。尽管胡思乱想,我还是一天天坚持着走过来,渐渐地也不觉得害怕了,特别是冬天,虽然冰天雪地、寒风刺骨,但夜晚雪地的反光特别亮,照得大地就跟白天似的。

那时候年轻、单纯,有着一股战天斗地的豪情,只想在艰苦的环境中改造世界观,压根就不知保存实力,所以自己一点也不注意休息和调整体力,几个月干下来,没有充足的睡眠,体力超支,加上当时不讲卫生,天天喝生水,与牛马牲口打交道,手也洗不干净,结果生病了。起初以为是感冒发烧不碍事,拖了半个多月实在坚持不下去了,到医院化验后才知道是患了急性黄胆肝炎,不幸中的万幸是,在没有任何隔离措施的情况下,同屋一条坑上睡、一口锅里吃的姐妹们都未被传染上肝炎。

窖鹿记

海鹰

小兴安岭完达山脉中,有一座雄伟壮丽的高山,四季松柏常青,风景如画,一派世外桃源的景象。我们连队就驻守在这个美丽富饶又人烟稀少的山脚下。由于山上野兽众多、熊虎豺狼成群,马鹿等动物更是多得数不胜数,所以,连里在成立了一个狩猎组的同时,还组建了一个鹿场,里面一百多头马鹿分别来自大自然和人工繁殖。近年来,由于生老病死、血亲置换及新陈代谢的需要,连队每年都从大自然捕捉野鹿以充实鹿场,故事就从这儿开始说起。

那是一个五月底的星期天,我刚吃完早饭,指导员过来告诉我,狩猎组的老张头又窨到一头马鹿,让我带几个战士协助他把马鹿弄回来。马鹿是仅次于驼鹿的大型鹿类,体格雄健,因外形似骏马而得名,远非南方的梅花鹿可比。少数民族也有把一些经过驯化的马鹿当成生产工具使用的。此时,对打猎历来抱着好奇心理的我满口答应下来,并随口叫了班里三个北京、哈尔滨和上海的知青和我一同前往。

这里首先介绍一下老张头。老张头人高马大为人和善,一张大脸庞每天都是笑呵呵的,典型的北方汉子。我们兵团是十万官兵开发北大荒时由铁道兵组建的,老张头却不是,尽管在抗美援朝时他已经是连长了。刚认识时,我不解一个英雄老连长怎么到现在还是一个狩猎的职工,问了别人才知道,这里有个小小的插曲。他回国时组织上有规定,军官可以转业保留职务,也可以领一笔复员金退伍,老张头选择了后者,领了大笔钱回老家河南成家立业过好日子去了。谁知天有不测风云,1958 年起国家遭受了三年自然灾害。天灾人祸中,他在老家实在待不下去了,经战友介绍才又回到了北大荒(作为盲流来到了以前的老连队),当然一切官职都没有了。不过老张头不看重这些,他深知,哪有黑土不养人的!是金子放在哪里都会闪光。老张头不识字,我不解地问他怎么当上的连长,他娓娓道来——

老张头是经历过解放战争的兵,作战勇敢、机智,曾经一个人俘虏了五十个国民党兵,每当打仗的时候,他总是将袖子一撸,驳壳枪一举,大喊一声"冲啊——"后来解放了,国家搞经济建设需要文化,老张头知道自己不行,才知难而退复员回家的。回到老连队后,大家都知道他特聪明,现在的连领导都是他从前的老部下,知根知底。连里鹿场大部分的马鹿都是他带着狩猎组窨来的,可见他的才智非同一般。那时,连里光上交鹿茸一项就让家底富得冒油,这是后话了。在连队,只有我们这些不知底细的小知青才跟着老职工叫他老张头,其实指导员、连长每次见他总是毕恭毕敬称他老连长的,尊重里含着敬佩。

那时候我还只是个班副,接到指导员命令,带着三个战士屁颠屁颠地跟着老张头坐上马车出公差了。临去之际除带足工具外,老张头还特意关照我去小卖部拿瓶六十度的"北大荒",开始我不知其中缘故,抓鹿带酒干什么,以为老张头嗜酒如命,故没多问。一路上大家听着他熊虎豺狼天南海北地瞎吹。开始,我还不以为然,过后我才知道还真有那么回事。

到了目的地,和车老板约了时间,我们来到了山坡下,老张头用手指了指前面不远处的灌木林说"到了",展现在我们面前的是一个黑咕隆咚的大洞。一只马鹿正用惊慌、哀求的眼神瞅着我们。这是一只美丽的长着一对漂亮鹿茸的雄鹿,头与面部较长,长着圆锥形的大耳朵、纯褐色的唇。平时白天它们多选择在向阳的山坡、茅草丛较为深密并与其体色基本相似的地方栖息,夜间则栖息于山坡的中部或中上部,坡向不定,但仍以向阳的山坡为多,栖息的地方茅草则相对低矮稀少,这样可以较早地发现敌害,以便迅速逃离。马鹿性情机警,行动敏捷,听觉、嗅觉均很发达,只是视觉稍弱,胆小易惊。由于四肢细长,蹄窄而尖,故而奔跑迅速,跳跃能力很强,尤其擅长攀登陡坡,能连续大跨度地跳跃,动作轻快敏捷,姿态优美潇洒,能在灌木丛中穿梭自如,或隐或现。根据马鹿的这些特征和喜食盐碱的习性,老张头在这里埋下了将使它们失去自由和快乐的陷阱,而且像这样的鹿窖在其他地方还有很多……

望着马鹿无助的神色,我想以后连里鹿场又将多了一只头鹿。现在我们的主要任务就是把它请回鹿场。

老张头吩咐我们先做一些辅助性的准备工作,如清场,把地窖里的横梁等杂物清理出来。这时,我才有机会看清了鹿窖的设计原理。原来鹿窖的顶上,用四根方梁做成十字形,当中方子四边槽子都用白桦树片做成榫子,互相连接起来,然后加上大量树枝茅草用泥土覆盖起来。我想他肯定设计了鹿窖的承受力,也只有马鹿才会栽进去。附近还放置了马鹿十分喜爱的盐碱,几个月后青草一出来和鹿窖周围混成一体,更加使人真假难辨呀。我暗暗称奇,不要说动物,就是人类自己也防不胜防呀。在不远的树林中,我的伙伴们伐了三棵碗口粗的水曲柳,每人扛了一棵来到窖边,在上面竖起一个三脚架,下面拴了一个滑轮。老张头拿着刚做好的↑形树杈,让我们把打着活结的绳子从滑轮上慢慢地滑到窖(陷阱)内,老张头则用↑形树杈从鹿肚子的另外一端把绳子勾了上来,接着重复刚才的动作,又从一端放下绳子,如此两遍之后,绳子就把窖内的马鹿捆住了。由于受到惊吓,又因为地方狭小,有力用不上,乱踢了一气以后,马鹿只好无可奈何地就范。

办完这些事,老张头轻车熟路,简单地说明了注意事项之后,开始喊起了粗犷有力的号子,就像在指挥一场雄伟庄严的大合唱:

"同志们加油干呀！"

我们马上跟了上来，"嗨哟！——"

"使劲拉呀！"

"嗨哟！——"

"为什么拉不动呀！"

"嗨哟！——"

"使劲拉呀！——"

"嗨哟！——"

在老张头的热情鼓舞下，我们终于将马鹿从窖底拉上了地平面。不知是受到了惊吓还是强烈的阳光刺激，马鹿一下子扭动起来。由于处于凌空的状态，马鹿有劲儿使不上，只能歪着脖子用鹿茸向站在身边的老张头狠狠顶了一下。老张头冷不防受到这一击，一下子跌了个屁股墩。突然没有了口号，我们一下子愣了。加上马鹿的死命地挣扎，绳子一下子又滑了下去。我赶紧跑过去扶起老张头，看他出了洋相，我暗暗发笑，嘴上却关切地问道："没摔着吧？"一手又捡起身边的木棍，骂骂咧咧地对着窖里的马鹿头上装模作样地要砸去。这时老张头才急了起来，气急败坏地拉住我说："使不得使不得！"我这才住手放下木棍。我知道东北有三宝——人参、貂皮、鹿茸角，鹿茸才是他的命根子呢！于是我们又从头再来一遍，由于用光了力气，这次马鹿没有反抗。老张头很快做了个手势，我们就放倒了三脚架，他顺势压住了鹿脖子，我们几个七手八脚地压住了鹿的四条腿。老张头让我把带的一瓶"北大荒"六十度白酒递了过去，嘴一咬，用牙开了瓶盖，咕噜噜一口气喝了半瓶，然后把剩下的半瓶对准马鹿的耳朵灌了起来，直到马鹿翻着白眼晕头转向的时候才罢手。

捆住了马鹿的四条腿，解开了肚子上的绳套，老张头这才放心地开始下一步程序。他用带着锯齿的匕首对准鹿茸锯了起来，几秒钟之后血就像泉水一样喷涌出来。老张头用塑料袋把鹿血接起来，少顷，他用嘴对准鹿茸吸了起来。他告诉我们，鹿茸血是一种很好的滋补品，对人体也是很有益处的。他让大家轮流喝一些。由于带着血腥气味，令人作呕，所以大家都不想喝，他也就作罢了。接下来又处理了另外一只鹿茸，而后，他用一件破旧的上衣裹住鹿茸并包扎起来。

时间已经不早了，老张头让我们用站杆做了一副粗大的扁担，从马鹿前后两两被绑的腿中间穿过去，我们两人一组轮流着从山坡上把马鹿抬了下去。

抬着两百多斤的大马鹿,我累得喘不过气来,双腿直打哆嗦。好在国防公路就在眼前,夕阳下,连队派来的马车早已等候在一旁了……

串排

岭北太平沟

孤寂的太平沟有青山做伴,大江相依,倒也逍遥慰藉。

在我们知青"窝"的东边,约六七里地的江旁,是太平沟林场的储木场。场内堆放着像小山一样的原始圆木,按长短尺寸整整齐齐,大的在下面,小的在上面,早就归楞好了,就等外运支援革命建设。

那时候,太平沟还没公路,伐下的树木除冬天封江时用汽车从冰面上拉走一点急用外,绝大部分是靠夏天走水路。

封闭的山沟也有一套省运费、少耗力的原始绝招:把圆木推到江中,在水里再把一根一根圆木用特制的铁钉匝住,后用铁丝串连成木排,让小拖轮顺水拉到目的地,当地人把它叫做"串排",每排由二三百立方米组成,大的可超过五百立方米,可称一绝。至于到了目的地,如何拽上岸就不清楚了,反正铁路警察各管一段。

几个身强力壮的"老浙"自然加入到"串排"的行列。给林场打工,是按人按天计工,钱由队里统一去结算,林场派员负责记载下水立方数,瞧,咱也当上了林业工人。

人类总是在不断实践中创造出利于自身的最佳途径,简化着笨重的劳动。若靠人抬、肩扛,一天可就累得要死要活了,几天下来非趴倒不可。原来储木场有现成的"小铁轨",下面垫上枕木,上面用四个铁轱辘自制成推车,车上装上圆木,沿轨道推着走省力多了。到了道口,岸边早就用圆木架设了一条下水的渠道,在水中这庞然大物就轻飘飘地随意由人摆布了,我们也不由自主的赞叹着这种原始的"先进"方式。

"老浙们水性好,个个是浪里白条,就让他们到江上去扎木排吧!"对队长的英明决定,我们三呼万岁,高兴得直蹦。

在水中方显英雄本色,手拿特制的长柄扎钩,来一根,钩一根,匝一根,把它们牢牢固定在木排上,有时还特意嬉弄,大声向岸上叫唤:"快,我们要失业了!"即使个别圆木"调皮捣蛋"脱钩后,咱也争前恐后地下水,挽回国家财产流失,义不容辞地把它捞回来。木排越扎越大,心情越干越畅。

下班时间到了,一天又结束了。面对一身臭汗,有人提议,今天我们走水路回家。好,让老乡们也见识见识"水鸭子"的功夫。于是,脱得只剩裤衩的"老浙"头上带着南方特有的草帽跃入了泱泱大江。

太平沟这段的江面约有两千多米宽,对岸就是苏联,谁敢在国境线上,在"苏修帝国主义"的枪口底下,在高倍的望远镜监视下嬉耍游泳? 我们,只有我们宁波知青,一群不知天高地厚的傻小子。

借着水的浮力和流力,我们时而蛙泳,时而仰泳,时而踩水,时而潜泳。六七顶草帽在水上悠忽漂荡,在江上组成了一幅独特的风景,吸引沟里的人驻足观望,个个跷起大拇指齐夸"多棒的小伙子"啊,当然也馋得东北大姑娘们直送"秋波"套近乎。

上岸了,边防站的两个四川兵跑了过来说"好样的",非拉着我们以后教他们学游泳。边防站的郭站长也来了,把我们夸了一番,并提醒游泳不要离开了边防哨的视线,免出意外,是保护还是监视,二者都有吧。

一个多月的串排任务完成了,通过劳动,我们与老乡建立了感情,融洽了关系,也改变了原来那种玩世不恭的形象。

黑龙江的水不仅冷却了我们身上的狂热,也冲刷了我们身上的骄奢,从幻想中回到了现实,并开始接受了这个残酷的现实。如果说是社会的存在决定人们的意识,那么现实的环境也将改变我们的生活轨迹,让我们重新找到人生的定位。

几十年过去了,在宽阔在黑龙江畅游的情景常在眼前浮现,若有机会真想再去畅游一番。

忆兴安, 最忆是劈山

戴望天

齐齐哈尔至黑龙江边城漠河西林吉的铁路到塔河林业局的樟林站就戛然而止, 好像一条长龙还缺少一根美丽而有力的尾巴。铁道兵3004部队就是肩负起装上这根尾巴的重任。我们这些"土八路"组成了几个民兵连, 受部队管理, 并且一起生活, 一起战斗。

仲夏的额木尔河由东向西静静地流淌。河的南岸是灌木丛和塌头地带; 河的北岸依山傍岭, 凌云、长缨、劲涛、朝辉、图强、育英, 一个个新城镇耸立起来。额木尔河自凌云起一直是东西流向, 经图强到育英段却朝西北转了一个大弯, 铁路修到木石神山前, 或者打隧道, 或者劈山开路方能继续前进. 设计部门确定的是较省力的劈山开路方案。

所谓劈山开路就是由东往西北方向, 在半山腰地下同一水平线上同时打上几百个大炮眼, 装上炸药, 用电缆线同时引爆。

大兴安岭北坡, 黑龙江南岸的地质以花岗岩为主, 特别坚硬. 几百个炮眼是由直径两米左右, 深度七八米或十多米不等的朝天洞, 再加上十多米进深的横洞组成的。这些大炮眼全靠我们在洞壁上用钢钎打上十多个直径有十厘米、进深有三十厘米左右的小炮眼, 装上炸药, 一次次的小爆炸炸成的。

点炮时, 先点燃一根香烟, 再把导火线从长到短依次点燃, 然后迅速跑出横洞, 顺着绳梯爬上地面。炮响后, 等TNT的味道稀薄一些再下去继续作业。小炮放过后, 横洞里火药味太呛人, 我们常用绳子拴只土筐在朝天洞里上下拉动, 用这种原始的方法来驱走异味。一般情况下, 炮响半小时后方可下洞重新作业, 一次在洞内作业的时间不超过半小时。

第三天全线就要大爆炸, 小爆炸及填炸药作业必须在两天内完成。为了赶进程, 炮响几分钟后(确定不会有哑炮再次响起), 我们就顺着绳梯一步一步退到洞底, 在里面快速往外运送刚炸碎的石土, 而后继续打小炮眼。由于味浓缺氧, 我们都感到胸闷脚软,喘不过气来。姓蒋的解放军战士带头喊道"下定决心,不怕牺牲,排除万难,去争取胜利"的毛主席语录,我们也跟着一起朗诵。不知是精神原子弹发挥了强大的作用,还是身体已经习惯了的原因,我们又坚持了好长时间。

点导火线的工作是我和姓蒋的解放军战士来完成的。由于地洞里空气稀薄,火药味特浓,待的时间太长,点燃导火线时已经头重脚轻,跑出横洞口,觉得更加头晕、浑身无力。二人木然地顺着绳梯颤悠悠往上爬,我只觉得身子骨软绵绵的,就是没有力气向上移。不知爬了多少时间,时间数到多少,也是糊里糊涂的。大约快临近地面时,小炮在下面闷声响起。

气浪带着泥沙散石从横洞撞向朝天洞的洞壁,又向上冲来。我当时脑中空空,身子飘飘然,"完了"的念头似有非有。

是自己爬上来的,还是气浪送我俩上地面的,谁都不知道。清醒过来时发现,两人都躺在结实的硬邦邦地面上,只看见周围战友惊恐焦急的眼神。当时感觉硬邦邦的地面真好!

总爆炸是由经过专门训练经验丰富的铁道兵战士来完成的。为了安全起见,我们连全体指战员从河边帐篷撤出,躲到一公里远的木石神山的偏北面。由于躲得远,爆炸声是听到了,冲天的烟尘也看到了,可是一点儿不精彩。

第四天上现场清土石方时,看到了大爆炸的威力。这么大这么长的一座山腰,齐刷刷地陷了下去。阿木尔河的河床一下子抬高了许多。

最惨不忍睹的是河对岸小树林中的小树木都没有了踪影;几十棵胸径三四十厘米、高有三四十米的落叶松树连枝带叶不见了,露出了暗黄色的木质,像一根根没架上电线的电线杆,不规则地、稀疏地耸立在那里……

摇船历险记

快快乐乐

大观山很多人会摇船,因为船是当时主要的运输工具。我就是摇船的好把式。俗话说"世上有三苦,打铁摇船磨豆腐"。摇船出门碰到风平浪静那是福星高照;如碰到大风大雨就糟了,多花几倍力气不说,船也会被风打到岸边吃草。日夜兼程、起早摸黑、忍饥挨饿,这可以说是每个摇船人的"家常便饭"。如果碰到船漏了,那不仅是苦,还有生命危险呢。

1964 年,为了备足果树冬季施肥的肥料,鸽宝山派出一个小组驻在杭州,任务是积肥。肥料是市政公司从地下管道中清理出来的阴沟泥,运肥工具就是船了。

积肥组共六人三条船。组长老李,组员老唐、阿仪、阿根、我,还有一个是谁忘了。

盛夏季节,天气酷热,我们拉着钢丝车穿行在小巷里。到傍晚,巷内居民们都在巷子里摆开桌椅吃饭乘凉,我们还在忙碌。由于巷子狭小,往往车子拉过去时需要居民们挪开桌椅让路。好在居民们友好善良,从没说我们一句,看到我们辛苦,还都用关切的眼光望着我们。天热,汗流浃背,我们没有开水喝,就喝井水。那时居民大多用井水,借一只吊桶,吊上一桶水,用嘴对着水牛饮一通。

阴沟泥倒在东河岸边,也就是杭二中对面,等倒足了三船阴沟泥时就可以运走了。

开船的时间是午夜三点左右,天热,早些凉快一点。由于天旱水浅,在东河内就搁浅多次,六个人都下水用手抬着船帮一步一步往前挪,挪出浅水处再摇,摇出解放桥进入运河,天已大亮了。

运河水又黑又臭,好在我们闻惯了臭气。头上是火辣辣的太阳,大家都赤膊,连草帽也不戴,使劲地摇,想早点到家。

路过德胜坝已时近中午。过德胜坝时我们用人力绞绳把船从一条泥道上拉上,再放开绳子让船自然滑下去。由于船离开水增加了船板的负荷,等到了内河时发现船板裂了,水咕噜咕噜往船里冒,船要沉了!好在有料勺,赶紧往外舀水,再用破布什么的塞缝,总算塞住了漏,但渗水不断,只好不停地舀水。当时老李跑到附近一个农村小店为我们准备午餐去了,他烧了五斤面。可是回到船上看到这种情况,头都炸了,一声令下:"哪里还有时间吃饭,立即开船!"我们也就饥肠辘辘地上路了……

还没到祥符桥,在小河港里又搁浅几次,都用同样方法解决。到三墩时天已黑了,匆匆上岸买了些干点充饥。镇里河道水更浅,又多次搁浅。好在那时大家都年轻力壮,不知累是什么,连续奋战,不知下了多少次水,到七贤桥已是半夜了,这里也搁浅了好几次。到东莲寺河埠头,天已大亮。

本来一只船两个人，一个摇一个休息，轮换着来。现在怕船沉了，一面要快摇，一面又必须不停地舀水，两人都没得空休息。算来这趟船连续摇了二十六个小时，你说累不累？

若问我们有没有算过这三船阴沟泥值多少钱？那是经济账，我们当然没有。有没有人向我们说一声你们辛苦了？当然也没有，因为所有大观山人都辛苦呀！

这般摇船历险的事，在当时平常而又平常，才休息一天，我们六位积肥大员，又解缆从河埠头出发了……

在我当卫生员的日子里

牛行万里

我赴浙江省生产建设兵团的第二年，团部卫生队药厂组织人员上山采集中草药。我因为自学了一些中草药知识，有幸被选中，成为采药队员之一，前往临安石门。那时的乡村民风淳朴，山水植被保护完好，中草药资源非常丰富，非西湖群山可比。清溪边小腿般粗的"活血龙"（即"虎杖"），随处可挖；山崖上生姜形状的"黄精"成片生长，轻轻地一拔就起来；半阴半阳的坡地里，还能找到名贵的三叶草，细细长长的根须尖结有核桃大小的块茎，切几片泡饮，治小儿惊厥有奇效，但想挖到它难度挺高。当时采药，有点像现在的生存训练，苦中有乐，乐中有险。天一放明，十几个人分成三四组，背着药锄砍刀，带上几个馒头，就向深山进发，饿了啃几口干粮，渴了掬一手清泉，山间的野栗是我们的解馋零食，林中的鸟鸣泉声是我们的背景音乐。用披荆斩棘来形容我们采药，一点也不过分，有时如不小心踩上活动的岩石，就有坠下深渊的危险；攀登悬崖时，伸手抓树之前，须仔细观察，不然的话，你也许就会抓住一条跟绿叶混在一起的"竹叶青"毒蛇……

当群山化为剪影，我们肩背各类药材回到"搭伙"的公社小食堂，村姑小春妮早已烧好热腾腾的土家菜倚门默默地等候。夜间，就在会议室地板上铺上稻草，用自带的棉被就寝。小春妮不时地拿来红皮白心的地瓜，给我们当水果吃，借此打听一些杭州的事情，小春妮向往城市，走出大山的愿望非常强烈。一晃十几天过去了,当我们运送药材的"钱塘江"牌卡车徐徐离开石门村时,我回头一望,娇小漂亮的春妮站在村口的大银杏树下,挥手目送着我们远去……

　　采药回来不久,我被任命为十四连卫生员,到团部卫生队接受为期一月的培训。课程不少,有生理学、解剖学、药物学、常见病的诊断和治疗,但时间短、师资少,所学只是些皮毛知识和简单操作。我们的老师之一是部队孙医师,虽无教学经验,但人很热情、聪明。第一天,孙医师就带领大家到一个土坡上去挖骨骼,这些当年劳改农场失火被烧死又无人认领的罪犯尸骨,经来苏水消毒后,就成了解剖学的教材。孙医师在课堂上拿起一根骨头说:"这是胫骨,那是腓骨……"课后全凭自己死记硬背,才对人体206块骨头有了初步认识。卫生队的池队长是一位部队外科医师,四十岁左右,黑黑的"国"字脸,东北人,既严肃又爱开玩笑,抽烟时,眉头微皱,若有所思的样子,给我留下了深深的印象。池队长经常借口这里疼那里酸,让学员给他针灸,对我的"医术"很满意。事后,才知他在考察留在卫生队的学员人选,如没有那次学员小张惹事被我泼了一茶杯热水的事件发生,我的经历也许和现在不同。

　　在连队当卫生员,劳动没有定额,背着药箱和大家一起出工,有时候给包个小伤口、发几片止痛药什么的,比较轻松。过了三个月进入营部卫生所后,我的"业务量"就扩大了。一个正宗名牌医科大学毕业富有临床经验的医师,两个卫生员,负责全营四个连队近六百人的常见病诊疗、预防接种等医疗保健任务。在注射实践中,我才知道女人的皮肤是有区别的,有的冰肌玉肤,针头轻轻一碰就进去了,有的"木"肌"革"肤,针头折弯换了两次才搞定。我自诩,我的"注射术"在当时当地是"一流"的,不少女同胞指名要我打针。我左手持镊子夹碘酒棉球在注射部位作从里到外画圈的同时,右手持针筒早已对准目标以手肘轻击被注射者臀部,药液已通过针头汩汩地输入肌肉内,又在左手有节奏的轻抚注射部位时出针,以规范的"两快一慢",完成注射全过程。当时许多部队转业的老兵成家后,集中住在两幢平房里,给他们的小孩打预防针接种牛痘,也是我的任务。每当我背着药箱拿着针具进入老兵"部落"时,必会引发一大片小孩的哭声,好似日本鬼子进村一般。

　　花开花落,过了一年,营部卫生所又增加了一名女卫生员。管生产、畜牧的亓副营长做我的思想工作,说是畜牧队急需一名兽医,决定派我去。当时别无选择只得服从,于是我开始和猪八戒、牛魔王打交道。猪、牛也和人一样,有时会感冒、拉稀、得瘟病,我得跳进臭烘烘、脏兮兮的猪圈,给它们喂药打针。喂药简单,或拌进饲料或几个人帮忙硬灌。打针特爽,手持有挤压扳手的特制注射器,瞅准猪的颈部或臀部,采取快进针、快注射、快出针的"三快"政策,在猪猪嗷嗷叫唤时,针筒已空了。猪猪生病"集体观念"特强,往往一猪生病,全栏打针。猪们互相认得,这是猪三那是猪四。我眼中的猪猪全都一样,为避免老实猪被打两次针,我用长棉签蘸上红药水,打完针后即给点一点,就像农村一点红馒头。在当兽医期间,我还跟团部生产股的梅技术员学会了解剖病牛、阉割小公鸡……

离开卫生所后,我虽以良好的心态从事这一门不喜爱的工种,但郁闷、厌恶的情绪不时地困扰着我,迫使自己必须告别"兽医"生涯。半年后,我向营部提出了辞去"兽医"工作的报告,也是我在浙建兵团(乔司农场)十四年中,从事近十个工种唯一的一份辞职报告。

第二天,在夕阳斜照的广阔棉田劳作的人群中,又多了一个瘦长的身影……

工分工分,社员的命根

天目山

下乡插队落户当了农民,开始了全新的生活,每天去田间劳动挣工分养活自己。那时候我所在的生产队每十分工分有六毛钱,这已经算是很不错的了,其他大队最低的只有八分钱。刚去的时候,正劳力是十二分,我们却是每天六分工分,也就是说,辛苦劳作了一天只有三毛六分钱,仅是当地一个最低女劳力的分值。

"双抢"开始了。凌晨三四点出工,晚上要到八九点钟才收工。起早落夜累得腰酸背痛也只赚了十几个工分。由于"双抢"时天气热,劳动强度大,再加上一天三餐要自己烧,不堪重负的我们终于罢工了。好在我们的身子是自由的,生产队长也奈何不了我们,只能好言相劝,让我们快点复工,并安排我们在农民家搭伙。

"双抢"过后我们就千方百计地到大队的副业队去,混工分是其次,最高兴的是原来分散在各生产队的"杭州佬"又聚集在一起了。

在副业队几个老农民带领下到桑园挖地除草,嫁接桑苗,烧草木灰,大家在一起说说笑笑或听听老农讲故事,日子也算好过多了。这时工分在我们心目中倒不重要起来,想休息了,就三五成群到临近大队的知青那里玩,有时几天也不归。想家了,就回杭州住段时间,到了年终一算工分,所折算的钱刚好能应付口粮钱,谢天谢地,总算没成为"倒挂户"。

平时的零用钱,那只能向父母伸手。每月到了父母发工资的时候,我们早就翘首盼望汇给我们的五块钱了。当地的农民可没有我们的"福气",他们必须每天出工,"工分"是他们的命根子!虽然每天辛勤劳动去挣每一个工分,但毕竟吃口重,到了年终结算,还是不够口粮钱,成了"倒挂户"!在附近大队有些工分值很低的生产队,那里的知青虽然也每天去挣工分,平时很少休息,但八分或一毛多的工分值能有多少收入?拼死拼活干了一年,结果还是个"倒挂户"!家里能接济的,日子还勉强能过,家里不能寄钱的知青的艰难程度就可想而知了。工分工分,真是社员的命根啊!

捕大鳇鱼

乌苏里江渔人

20世纪70年代,抚远县境内,凡在黑龙江或乌苏里江上打过渔的人几乎都捕到过鲟鱼和鳇鱼。只不过大部分是半米左右的鱼仔。成年的鱼可以长到四米,重达五百公斤。它们大都游弋在主航道底部。这是一种深水鱼。

鲟鱼和鳇鱼同属鲟鱼,长相极为相似。只不过鲟鱼的身材苗条些,鳇鱼的身材粗壮些;鲟鱼的颜色发青发黑,鳇鱼的颜色发黄。还有一个关键的区别,这可是生产队里的老渔把头们传授的机宜嗬!那就是掰开它们的嘴,鲟鱼的牙口是波浪形的,鳇鱼的牙口是月牙形的。

有一年的冬天,生产队派我随徐把头去抚远县下滚钩捕鳇鱼。到县城后经过仔细的准备,一天清晨,我们俩拉着一张小爬犁装着五六杆滚钩和工具,顶着零下二十几度的严寒走向县城东面的石头窝子江面。

抚远县城濒临黑龙江,抬首东望,那白雪皑皑的江面尽头横亘着一个巨大的岛屿,那就是赫赫有名的黑瞎子岛,与之对角相望的就是石头窝子。石头窝子因出产上好的花岗石而得名,据当地的老乡们讲,中苏友好时苏联人在这里开采花岗石,抚远县西山头上巍巍高耸的苏军抗日将士纪念碑就是用石头窝子的花岗石砌成的,青灰色的底,黑白相间的芝麻点,很是庄严肃穆。石头窝子江面是一个很大的江湾,浩荡的黑龙江在进入抚远水道时被突出的城山头一挡,就在一侧的石头窝子江湾形成了一个巨大的洄水流。鱼儿们非常喜欢在这里觅食玩耍,因此这里就成了远近闻名的渔场。

　　江面上嗖嗖地刮着刀子般的西北风,有些地方的浮雪被刮得无影无踪,露出的冰面像黑色的大理石,走在上面溜滑溜滑。徐把头是一个哑巴,五十岁左右,精明强干,论打鱼,十八般武艺门门精通,极有经验,是生产队公认的捕鱼能手。

　　在石头窝子江湾的外侧,他很快选中了下钩的地方。我们俩用冰钏凿干了厚厚的冰层,由于冰太厚,很费了些功夫方凿了四个冰眼,然后用走杆、勾杆等工具,把一根尼龙绳从第一个冰眼穿进,从第四个冰眼拉出。接下去就是下钩了。

　　这滚钩像是超级钓鱼钩,一般人的手掌也就能放下一只钩,钩尖用钢锉修整得锋利无比,用一根五十厘米的尼龙绳系住,再以四十厘米的间距系在漂纲上。漂纲上则每隔一米系有一只类似可乐罐的密封铁罐,它能使整张滚钩悬浮在水中。为了使钩子能定位在离江底一二十厘米的地方,那就还要在相应的位置吊挂一定的重物。至于具体吊挂多少重物,那就要看把头们的经验啰!下钩时要非常小心,因为钩子太锋利。徐把头让我到另一头去拽尼龙绳,自己来下钩。六张钩全部下完已是下午时分。回家的路上,我俩打起了哑语,他告诉我,这钩得下在二流上,让水流那么一冲,钩子能前后左右的漂动,贴着江底游弋的大鱼看见漂动的钩子,以为是什么好吃的,就会游过来,一不小心碰上钩子就有可能被扎住,一疼就挣扎,越挣扎钩子扎得越深,甚至会被扎上两三只钩子。人要吃鱼竟用此妙招,妙是妙但也有阴损之嫌,不如撒网打鱼来得光明正大。

　　第二天一大早,我俩拉着小爬犁上路了,因为走得急,在冰面上摔了好几跤。到了以后马上就找到昨天下钩的冰眼,一个晚上,冰只结了一寸厚,很方便就凿开了。捞去碎冰后,他蹲在冰眼旁用手轻轻地拽动着漂纲,然后让我也试试。嘿,有鱼!我有些兴奋,手中的感觉沉甸甸的,而且会动。钩被慢慢地起了上来,钩住了三条大鲶鱼,每条足有四五斤重。往后的十来天里,每天有一二十条的大鲶鱼进账,就是不见大鳇鱼。我几乎天天把手放在鼻子前比划成长鼻子的样子问哑巴,怎么没见大鳇鱼?他边打手势边吱吱哇哇地告诉我,大鳇鱼快来了。看来他极有自信。

这一天终于来到了。像往常一样，我凿开了一个冰眼开始溜钩，手刚一拽纲绳，觉得死沉死沉，就招呼哑巴。他一试，马上用手在鼻子上一比划。呵，这是大鳇鱼上钩了。他麻利地从小爬犁上抽出了那把大砍钩，又操起冰钏，三下五除二将冰眼凿宽至八十厘米直径的大冰眼。OK！一切准备就绪，只见他大把大把稳稳当当地捏着漂纲将滚钩收到冰面上，待到看见鳇鱼的身影时，他左手拽紧纲绳，右手操起大砍钩，慢慢地伸进冰眼。突然右手猛地往回一收，再缓缓地往上一提，借着水的浮力，大鳇鱼的长鼻子脑袋被拉出了冰眼，我急忙伸手插进鱼的鳃，紧紧地抓住鳃板往上一拖。大鳇鱼躺在冰面上拍打着尾巴，这个倒霉的家伙长长的鼻子和身上各中一只钩子。

我像对付一头受伤的猛兽一样死命地摁住它，哑巴则非常小心地将钩子摘下来。事后他告诉我，曾有人在鱼儿猛力挣扎时被甩起的钩子钩住了手，顿时一幅鲜血四溅的景象显现在眼前，使人不寒而栗。

一人来长的大鳇鱼被抬上了小爬犁，尾巴拖在雪地上，我俩跟头把式地在滑滑的冰面上往回拉着它。肚子饿了，虚汗冒了，腿儿软了……好歹终于到地方了。在江边钓撅得钩的人们围了上来，看着大鱼问这问那。

在大家的帮助下，爬犁直接拉到了水产收购站。一过秤，206 斤。我呆呆地蹲在地上端详着它。有人拿来了卷尺，从隆起的背到地面足有 35 厘米，从鼻尖到尾端足有 1.51 米。

鲟鳇鱼是抚远的特产，其味鲜美，它们的鱼子如绿豆大小，颜色是深绿的，制成的黑鱼子酱更是美味无比，誉满全球。听说，近年来抚远开发鲟鳇鱼养殖颇为成功，我深感欣慰。真希望宝贵的鲟鳇鱼能子孙满堂，永世繁衍，也希望在杭州的餐厅里能见到它们。

第一次薅秧草

柳明

艰苦而困难的知青岁月,对我们这些刚离开课桌就奔赴农村却对农事一窍不通的学生来说,每项农活都是在第一次接触后,精神和肉体承受锤炼、敲打才慢慢学会的。

下放第一年的开春,翻耕起来的潮湿新土,正猛吸着初春的气息,队长和壮劳力们就纷纷开渠放水浸泡农田,到田土松软后垒垅,铺上底肥,便开始播种。待出苗插秧时,热火朝天的春耕大生产的锣鼓才正式敲响。

拔秧、插秧,队长美其名曰照顾我们,只安排我们运送秧苗,实际上是怕我们跟不上趟乱踩,成事不足败事有余,乱了他们的阵脚还糟蹋了秧苗。我心里这么想,可不得不佩服这些庄稼人,真乃"冰冻三尺非一日之寒,滴水穿石非一日之功",只一根烟的时间,"能工巧匠"们就把一块光秃秃的茫茫水田点缀得纵横有序,翠绿葱茂,生趣盎然。

水稻生长期一直与水相伴,抽穗后临近收割时才慢慢放水,这期间要经过三次薅草,用薅秧耙在稻棵间距中来回除草,三次薅草中,第一次最难薅,加上一些突如其来的意外,使得我狼狈不堪,身心俱疲。

早晨,虽是初春,但寒冷的威力还没完全衰竭,打开门,丝丝寒气侵袭着刚离被窝的热肤,我不由自主地缩起身子,从门旮旯拿起薅秧耙随大伙第一次下水田薅秧草。别人都赤脚,可离开鞋寸步难行的我只好与众不同地拖着一双鞋。来到水田边,他们一个个若无其事地噗通噗通踩下去,我胆怯地踌躇不定,心里多少遍地催促自己,可腿沉重得提不起来,看看大家都薅出多远了,才咬着牙不得已地小心翼翼慢吞吞地下了水,当脚一碰到那腻腻的田土,顿时全身鸡皮疙瘩,抬起头看见好几双眼睛齐刷刷盯着我,是不可思议,不可理喻,还是不屑一顾? 正是这些猜不透的眼神,激起我的自尊和勇气,我艰难又坚定地往前深一脚浅一脚地走去。这第一次薅草尤为小心,薅重了,刚扎根的秧苗就会浮起;薅轻了,稗草不买账。两个来回后正准备弯腰去拔草，突然窜出一条一尺多长的蛇来，猝不及防的我，被这意外惊吓得不知所措。只见它昂着头，吐着细舌，一对恶毒的小眼睛寒光闪闪，瞬间痴呆的我立刻丢弃秧耙没命地往田边跑。并非平地，一脚没踩落实，"咕咚"倒在水田里。等我一身泥水地爬起来连忙回过头再看时，小蛇早已无影无踪，尴尬的我不停地摆弄身上的泥巴，大伙一个个笑得前仰后合。"那是水蛇没毒，不用怕！"不知谁说了句。看着被我压倒的一片秧苗，再看看自己，心怀，沮丧，似踢翻五味瓶，心情糟透了，压抑的泪水在心里翻滚着。

甩开这不管是善意还是恶意的一连串笑声，我不慌不忙捡起薅秧耙靠放在田边，迅速赶回小屋换了一身干衣，毫不犹豫地再次跨进秧田，心里做好了充分的准备：偌大一个人还怕这小不点，那长虫再出现绝不害怕，且绝不手下留情。还别说，真怪，冥冥之中这些长虫似有感应，一直到公社抽调我去中心小学代课，再也没有在我面前出现过。

时间如湍急的河流，澎湃而逝，此事虽过去几十年，但每个细节都深深嵌在我的脑海中，无法抹去，这些经历使我在以后的岁月中能够逢难时抛弃懦弱，抖擞精神，勇敢面对。

学编筐

苏江

东河三年，我干过不少农活，但"技术含量"最高的，要数编筐。那时生产队筐的种类很少，只有土篮子和柳条筐两种。可别小看筐的作用，这可是农家不可缺的用具。相比而言，土篮子粗大，用途比较广，担土挑粪，收菜摘瓜都少不了它；柳条筐细巧，我们常常用它来点种或撒化肥。

1970年开春，队长安排我和LXZ跟老杨学编筐。刚接到活时，我暗自高兴，心想这下可不用到地里吃苦了。可真干起来才知道这活一点也不轻巧。编筐需要条子，老杨给我们一把镰刀和一根绳子，带着我们到屯子边的山坡上去割梢条和柳条。春寒料峭的近坡背阴处偶尔可见污垢残雪，但向阳的一面却呈现出一派欣欣向荣的景象。融化的雪水渗透在肥沃的土壤中,向阳坡上一簇簇一丛丛的灌木在风中摇曳。我们开始割条子,梢条硬,磨快的镰刀马上卷了刃,没办法,我们只好用砍割的方法来对付。沉默寡言的老杨摆了摆手,让我们去割软软的旱柳条,下山时他背梢条我们背柳条。

我们的加工场地放在知青食堂,那里摊得开,靠墙角处放满了崔木匠为我们准备的筐梁。筐梁是用直径2—3厘米的小树棍经过热处理加工成弧形,两截梁头用铁丝绷紧而成。原指望老杨会手把手地教我们,谁知他让我们照葫芦画瓢跟着他编。只见他用较粗的梢条搭成"米"字作为"经线",再把其他条子插进相交的缝隙中,边穿行边用手向里推靠,上下咬合,密密实实。底打好了,他把弧线筐梁的铁丝处放在圆形筐底的下面,然后用条子裹紧筐梁和"经线"穿行往上编筐帮,编到一定的深度和敞口的角度就可收口了。收口时老杨郑重其事地对我们说:"编筐窝篓,全在收口,这个口收不好,筐就会散架子。"这是老杨对我们两位女学徒说的最有价值的"术语"。实践证明收口确实重要,收口光靠条子的梢头是不行的,需不断往里加条子才行,加的条子又不能龇在外面,要拧成麻花状才美观,拧完一圈筐边,还要把多余的梢头插到筐边与筐帮交接处的缝隙里。我们手忙脚乱好不容易编好的土篮子,怎么看都像南方的"榨菜包",七高八低龇牙咧嘴的。我只记得老杨挑了一堆毛病,什么筐底编得不密实,筐帮稀松,收口太毛糙,临了说了一句"你们劲太小了"。我们很沮丧,但又不服气。我和LXZ琢磨了好久,觉得还是得找点投机取巧的办法来弥补我们力气的不足。我们来了点不容易被师傅发现的"创新"。打底转圈编筐底时,我们不用梢条改用粗柳条,柳条软,很容易做到密实;编筐帮时,一人准备了一根像擀面杖似的硬木棍代替手劲往下敲;收口时加条子,我们专捡细细柔柔的柳条裹在里面,既好拧又美观。两个月下来,我们手上缠满了橡皮膏,编的土篮子和柳条筐总算有模有样了。但说实话,肯定没有师傅编的筐那样既结实又耐用。

打那以后,田间地头,水库工地,农家小院,公路两旁,只要看到土篮子,我就有一种说不出的亲切感。2008年奥运会工程"鸟巢"竣工时,不少新闻报道讲到"收口"的重要性时,我顿悟:老乡说的大实话,含有很深的哲理噢。

啊！遥远的猪们

东河小猪倌

那时,我在东河,队长看我年小体弱,动了恻隐之心,分配我去跟老郭大爷喂猪,以免除下地风吹日晒、蚊叮虫咬之苦。

可喂猪也是不轻松的,除了清扫猪圈,烀猪食,每天要挑八担水才能挑满那口大缸,挑得我肩膀肿起,手都抬不起来了,不止一次掉过泪。有时万刚会和我换工,他帮我挑水,我帮他切豆饼。

但也有轻松快活的时候,就是每年春天,草木发芽,这时就要把猪放到大草甸子去,早出晚归,回圈再吃一顿主食,这样既省饲料,又锻炼了猪的体能,怪不得北大荒的猪除了要养肥杀吃的壳郎猪(劁过的猪)不放出去,其他猪都很精干,没什么肥大蹒跚的样子。放猪要持续到秋天,在收割过的庄稼地里继续扫荡,等到冬天来临,放猪结束。

自然,放猪理所当然由我年轻人承担了。每天早上,我的行头是这样的:一个军用书包斜挎在肩上,里面装满了苞米粒(还有一个馒头或大饼子,是我的午餐),以控制猪群的乱跑。老郭大爷再三叮嘱省着用,一条长鞭,哪个猪不听话就打它,这可算是恩威并举了。春天的大草甸子万木生长,绿意盎然。猪们欢快地吃着嫩草,并嬉戏着,我俨然像一个指挥官巡查着我的部队,在那一望无垠的大草甸子,天地之间似乎就只有我一个,蓝天绿草,风吹草低见猪们,心旷神怡。从小爱唱歌的我充分施展了我的歌喉,一首首唱着,把所有从小到大学来的歌都唱遍了,几乎不重复。(后来我回杭曾打过擂台,比赛歌词中有"毛主席"三个字的歌,获得那个区域的冠军。)啊!那清脆嘹亮的歌声,飘得很远很远。有人说我放的猪很幸福,天天生活在音乐中。是的,每当歌声响起,猪们都快活地哼哼着,有的猪就在我身边停止了咀嚼,看着我的小眼睛充满了崇拜。

放了几天猪,有一次,我发现远处有两个黑家伙身影挺大的,互相扑来扑去,由于太远看不清。回来有人说可能是黑瞎子。我害怕了,去跟队长说,他就给了我一杆三八枪和三发子弹,打一发要拉一下,再上一颗子弹。我顿时勇气百倍,从此放猪就多了一件行头,书包与枪交叉背着,好不威风。(现在想想很可笑,真要碰上野兽能有用吗?)

当你深入到猪的世界里,你才发现是多么的有趣。刚开始,我怎么也搞不懂,那荒芜的大草甸子,那光秃秃收割过的土豆地、大豆地,怎么也看不出有吃的东西。但猪们总是哼哼着,乐此不疲的用嘴无休止地拱着,咀嚼着。渐渐地我发现,它们总是能准确地找到嫩草根、土豆、大豆等。以后我回杭时,曾在资料上看到,猪的嗅觉超灵敏,据说法国树林里有一种价比黄金的菌类,好像叫松露吧,就是靠猪的灵敏的嗅觉去发现的,其他动物都不行。哦!聪明的猪们。

在猪的世界里,等级是森严的。我发现一头老母猪最有权威,就像今天的董事长,它走到哪儿,大家就跟到哪儿。有东西吃的时候,按规矩就是它先吃,然后是"中层干部"——那些半大猪,最后才轮到"小职员"——一群小猪。每当那头老母猪吃饱喝足后,在阳光下舒服地躺下时,总是有两头小猪轮番上去用嘴给它挠痒痒,那个细致、轻柔劲儿,人类也比不上。在需要爬到它那庞大的肚子上时,怕尖尖小猪蹄踩痛"董事长",小猪们竟然都是跪着挠的。好几次我气不过,决定做一个路见不平、拔刀相助的义士,用鞭子破坏了这些场景,回去后还向老郭大爷反映。但老郭大爷告诉我,这里一大半的猪都是它生的,可谓是老祖宗。啊!原来它们是孝顺的儿女,它们也有尊老的美德!我释然了。

还有一头大白母猪,品种叫哈白猪吧,有两三百斤重,它已有五六年不生小猪了。我纳闷,为什么它白吃白喝,也没受到猪们的歧视?老郭大爷告诉我,多年以前,不知怎么,一个黑瞎子可能饿急眼了,也不冬眠了,半夜里跳进猪圈,抱起这头白母猪就跑。村里的民兵拿着枪一直追到八盖,可能老母猪太重了,熊终于放弃了,扔下它跑了。它受了惊吓,再也没生过小猪。至今,它的屁股上还留着那狰狞的熊爪印。我明白了。哦!善良的猪们,善良的老乡们!

也许我年轻时和猪、牛、马打交道多了,直到现在,我还是那么喜欢动物。

2　生活在此处

我的山间小屋

峥嵘岁月

当年,在"接受贫下中农再教育"的锣鼓声中,我和许多同学一道,告别了亲人和朋友,下放到了皖南地区一个偏远的山村。

村里为我搭盖了三间毗连的小茅屋。

小屋依山而建,纷披的茅檐远看像个硕大的野蘑菇,泥巴垒的墙,结实而坚固,风雨中安然,不必吟唱杜甫的《茅屋为秋风所破歌》。小屋是我在"第二故乡"的栖身地。它置身于辽阔、广袤的山野中,具有独特的情调和韵致。

开门见山,迎面一带苍色叠嶂。清晨,山上送来清新、纯净的空气,可清醒久已困顿的身心。山在晨曦中是深蓝色的,到了黄昏则苍苍茫茫显得浑厚而庄重。而暮霭中它又以神奇的变幻多姿而欣然悦人的眼。山上有着大片的松树林、杉木林、翠竹林,葱茏掩映中微露弯曲的羊肠小径。山中多鸟,太阳落山后,远远可见密簇簇归巢的鸟在林间盘旋。有时喜鹊、乌鸦、布谷鸟也来光顾盘旋,不过它们只是短时间的停在屋顶或广播喇叭木杆上鸣叫着,只有麻雀把窝筑在村头的老槐树上,而秀媚、袅娜的黄莺、画眉等则需我躬身上山拜谒,方可见到它们的倩影,方可听到它们的玉音。

村庄离小屋约十米,一大片错落的建筑群,只是山凹中点缀的风景。清一色的灰砖黑瓦,屋椽尽管岁月深久,仍可看出是上好的杉木,家家隔墙的板壁也尽是宽厚而结实的木板,令人联想到大山资源的丰富以及它慷慨的馈赠。

村里人不论进村出村,都从我的门前经过。上工的时候,牵牛扛犁的乡亲们都习惯地冲着小屋高声地喊:"学生娃,上工喽!"听到我的应声,他们快活地唱起山歌,粗犷、浑厚的歌声能一直伴我走到田间地头,好像到田里精耕细作是一件令人舒心的事。

待到收工,天色已渐暗。我又饿又乏,多想喝上热水,吃上热饭。

　　山伢子刚放下镢头就已经前脚搭后脚地跟进屋,他们有的帮我挑水,有的帮我添火做饭,有的送来柴火,送来当地的霉豆腐、萝卜丝……

　　在小屋里,在与乡民们朝夕相处的日子里,我接受了最诚挚的情感教育,最高尚的品德熏陶,这些都是我一生受用不尽的财富。

　　如今,小屋虽然在我的生活中消失了,可是岁月冲淡不了它留给我的记忆。每当我想起那间山村小屋,眼前常常浮现出一片郁郁的绿,浓浓的情……

我的自留地趣事

阿蓓

　　下乡时最难以启齿,但心里最眷恋的是那自留地。知青,谁也不愿给人说成是小农经济的典范,更何况那些革命者成天叫嚷"割资本主义的尾巴"。但是邪小小的自留地,却让我对土地有了深深的感情,它的奇妙是你心底里快活的源泉。

　　我的自留地,大概三四分,分在屋后山坡上。那里是竹山刚开挖的,土地松松,很是肥沃。别说,就那么点地,要种好它实属不易。因为吃的菜、零食什么的,全从那里打理出来。

　　干大田的活从不需要我多动脑筋,但种自己的地就完全不一样了,就像不怎么喜欢小孩的人,有了自己的孩子,感情就两样了。

　　我学农民种菜,第一年老长不好,每天心里那个急。看我那么劳碌,有人教我月夜里给菜一棵棵拎拎高,我知道他们在作弄我,不料传来传去,还真变成女知青种菜的笑话。

　　还记得那次挑满满的粪桶上山,那山坡斜斜的,一个趔趄,粪水溅了一身,臭得受不了。愤愤地,我也冲口骂粗话。后来感谢在我自留地上面的富农,在山上挖了一眼泉水,省去很多麻烦。

　　我的舅舅是上海的蔬菜专家,特地给我准备了很多新品种的种子。我的地里种了黄瓜、黄狼小南瓜,还有四季豆等。等我的黄瓜挂满了支架,每天用腰子篮采了送人。这时乌鸦也来频频光顾,我借了农民的猎枪,狡猾的乌鸦恨透了这黑洞洞的枪口,在天上呱呱盘旋,却不敢下来了。四季豆的地里,不知道怎么疯长了一棵植物,藤蔓延了很长很长。好几次想除掉它,可是那紫色的根茎很粗,很割手。等到有一天,密密麻麻的紫花开了,原来是棵扁豆。秋天时,它不断长出来的豆角,成了大家盘中的好菜。我和其他知青不同的是,没有家人给我零用钱和食品,可是我却源源不断地把乡下的土货带回杭州。

我琢磨着种番薯、黄豆。除了虚心向老农学习外,还认真研究农村科技报(每个队都有)。我的自留地精耕细作,那黄豆长得牵藤了,拉直了有一人高。农民诳我:枝叶太兴不结果。我又天天担心,哪料结的豆子又大又圆。种番薯要翻,拉着越长越长的藤翻向反面。这有趣的农活也给我孤独的知青生活带来游戏般的乐趣。我考虑:种番薯要想个头大,水分一定要足。于是我特别关注天气预报,每次快要下雨了,我就铲好土等待老天的施恩。等丰收了,我一担担挑下山,姑娘们都高兴地拿秤来称。

最难忘的是芥菜的丰收,一半由于土质好,一半也是我的心血,绿油油的长得像胖娃娃,拔的时候得像拔萝卜一样,仰天一跤才能拔起。我要把它做成笋干菜,可是那年春天老下雨,只得把那些菜晾在房东的堂屋里,结果麻绳都不堪重负。农民们都对房东大伯感慨:我们怎么会种不过城里的姑娘!

那块羊卵子大的自留地

由之

1971年开春,我到长湖插队的第三个年头,队长决定给我分一块自留地,让我兴奋了好几天。

这是我当了多年农民后,首次有可能像真正的农民那样,有一块自留地。

同其他公社插队的杭州知青不一样,在县农场青年队那个共产主义乌托邦的小天地里,如果有任何人提出自留地的问题,一定会被当成是天外来客。到了长湖,队长根本就把我们看成是农村的"临时工",不给盖房子,当然也不分给自留地。在那个"以粮为纲"的年代,队里的几百亩集体耕地,除了两亩韭菜以外,全种的是粮食,这让我平时的吃菜成了大问题。虽然队长郑重承诺我可以随意吃队上的韭菜,可即便是山珍海味,也架不住天天重样地吃。何况韭菜难消化,吃下去绿的,屙出来绿的,原封不动穿肠而过,天晓得有多少营养留在肚皮里。我每天上午收工回来擀一张面,撒一把韭菜当中饭。晚上焖一锅米饭,边吃饭边烙饼,第二天把剩饭煮成泡饭,就着烙饼当早饭。感谢家里带来的咸笋干,只要咬下老鼠采大的一粒,甚至舔一舔,就可以骗下去一口大米饭,每一根都可以俭省着吃两三天。

那时候,社员都是有自留地的,而且都是队上最好的地。丈量自留地的田亩数时,尽量放松了尺码拨算盘,这是上下都心照不宣的事。也难怪,当时集体的地,平均亩产五六百斤就很了不起,自留地里,八九百斤也稀松平常。每人三分自留地,在农民一年的家庭收入中占着很重的分量。

社员的自留地大多用来种麦子。"手中有粮,心里不慌",这是百姓都懂的道理。他们平时吃面条多,有一碗油辣子就能下饭,但也有的人会留一点菜地,调剂一日三餐。有的队还会在自留地之外,专门划一小片菜地分给各家各户。那一年,好像是队里的人口有了较大的变动,同队的另一位知青也早已去了煤矿,队委会决定调整自留地的划分,顺便给我分一小块菜地。

分地的那天,真有点土改的味道,只是没有挨斗的地主。有关的农户都到场了,簇拥着几个拉皮尺拨算盘珠子的队干,争论着田块的高低、远近、地性和墒情。最后剩下一块夹在几家中间、实在无法分割的、比两张圆台面大不了多少的茄把子地,就算是我的了。

保管员拉开皮尺要丈量,队长挥挥手说:"羊卵子大的一块地,还量毯个啥?"

会计说:"总得留个底,登个册子吧。"

老成持重的副队长歪着脑袋目测了一下,说:"撑死,也就二厘的样子,多也多不到哪里去。"

队长说:"那就二厘吧,八九不离十。"完了转过脸安慰我说:"你不缺粮,就种点菜,一个人吃,也够了!"停了停,又说:"到社场子拉几车粪,没给你盖房子、圈茅房,你没肥料,咋行?"

"行,就那么个!"我心里挺高兴。

那时候,我满脑子的"主义"和"思想"。粮食?够吃就行了。菜?吃不完莫非上街去卖钱?那不成了啥啥的——尾巴?

有这么一小块地,真的让我很开心,哪怕它只有羊卵子大。我又可以像小时候侍弄我的百草园一样地摆弄那些"冬瓜豆蓬"了。老实说,当了这么多年农民,一直跟着众人在大田里翻地、挖渠、薅草、收割、打场,从来没有真正地"种"过庄稼。而且那种干活方式,从来不会让你有土地主人的感觉,你就是队长的长工,你没有权力决定一块地、一棵庄稼、甚至一粒收获的命运。其实,队长也是上面的雇工,上头吆喝啥,大家就干啥,同机器没多大区别。但是在这一块羊卵子大的地上,我可以随心所欲地决定种啥、咋种、种了咋吃,吃不完咋卖,甚至种上了再拔掉,收获了再扔掉,也没人会把我咋的。这让我有一种当了小地主的满足感。正是那种感觉,让我忽然明白了这些被唱作"向阳花"和"藤上瓜"的光荣的人民公社社员,为什么总是在集体地里挂着锹把栽盹养神,一到自留地就冲锋陷阵。

我们队上的"老虎"经常说一句话:"干啥的务营啥。"我就非常敬佩那种把自己的事情"务营"得一丝不苟、井井有条的人。他们的院子永远纤尘不染,他们的农具擦得同战士的步枪一样锃亮,整整齐齐地摆放在储物间里,随时可以拿来使用。他们的自留地里找不到一根杂草和一块坷垃,土地像毛毡一样均匀和细密。现在,我也可以在自留地上试一试自己的身手了。

以前在大田干活,一把锹和一张锨足够了,为菜地锄草整地用的农具我是没有的。第二天我就借了一把锄头,开始"务营"起那二厘自留地来。别看羊卵子大的一块地就让我乐得屁颠,但我只是想体验那个过程、那种感觉,并不想像个"扎根派"似的花钱添置那些平时用不着的精细农具。

我从社场子拉来三车土粪,撒得匀匀儿的,然后学着那些老农的样子,先用锹深深地翻一遍,晒了几天,又用锄头把土坷垃打得碎碎儿的,把地整得平平儿的,把田埂铣得光光儿的。这些活儿,都必须在集体收工以后,并且完成了自己一日三餐淘煮吃涮任务之外的时间去做。常常在早饭后或者晚饭前的那一会儿,我就提上锄头去了。一边干,一边思谋着该种点啥,既可以让今年夏天的餐桌变得丰盛些,又能让这种丰盛尽可能细水长流地多保持些日子。许多老农七嘴八舌地帮我建议,我快乐地应承着。我的房东大娘常说:"娃娃勤,疼死个人,娃娃懒,饿死没人管。"被社员们看成是个"勤利"人,那感觉真的很好。

地整好了,我先在最北边种上三垅莓豆,种子是副队长给的,这东西有藤蔓,开小白花,带着那么点诗情画意。接着又栽了两行茄子,一行西红柿,苗是会计家栽剩的。这三样东西可以陆陆续续让我摘几个月。辣椒不要,那时候我还不爱吃辣。剩下还有大约四成的地方,向保管员要了几个马铃薯,切成带芽的小块种下。最后又在田埂边上扎满了蚕豆、点了几窝面瓜子,这是在青年队时,老王利带着我们干过的活。

我每天早晨都会去我的羊卵子自留地,哪怕地已经整得像筛过一样细,草已经除得像剃过一样净,还是愿意挂着锄头把,欣赏清晨金色的阳光下那一小片缤纷的绿色。粉绿色的蚕豆秧,率先开出了黑白相间的花,像粉蝶在跳舞;破土而出的嫩绿色马铃薯苗,像孩子刚出的乳牙;茄子秧在一天早晨抖擞起精神,伸展开因为移栽而打蔫的绿中带紫的叶子,像生病的孩子突然恢复了健康;莓豆翠绿色的藤蔓沿着支架蜿蜒而上,像一群穿着花裙子的小姑娘在撒着欢儿转圈圈。

终于,我的自留地开始收获,每天都可以从那里带回一捧魂灵儿都未出窍的新鲜蔬菜。我的小桌上除了白色的大米饭,也有了绿色的凉拌莓豆、紫色的干炒茄子、黄色的焖面瓜、红色的西红柿汤,这都是我的羊卵子自留地对我的馈赠,我孤寂而单调的生活因此增添了许多绚丽的色彩。

到后来,那块羊卵子自留地上的产出已经超出了我的消费需要,我把一部分果实馈赠那些经常帮助我的农户,如同这块土地把它们馈赠给我。

一个深秋的清晨,副队长喊我:"快把你的茄子柿子摘走,下霜了。"我到田里一看,所有的苗都好好儿的,除了叶子和果实上一层厚厚的水晶般闪亮的白霜。"别看这会儿啥事没有,"副队长对我说,"等霜一化,立马打蔫。"我将信将疑地把所有剩下的大大小小的茄子西红柿摘回家,中午再去看时,那些茄子秧柿子秧的叶子都缩成一团,零零落落地挂在发黑的枝干上抖瑟,我这才领略了秋霜的杀伤力。后来听说,经霜的茄子秆能治冻疮,是否因为它曾经经历了如此凛冽的考验•

初冬到来的时候,我匆匆收获了自留地里的最后一批成果:大半麻袋土豆,把它放在我住的小屋中央,锁好门上的扣,挑渠去了。

那次挑渠,我当保管员,几天以后回生产队办事,贫协组长找到我,要买那袋土豆,"女儿出嫁,需要土豆办席。"他解释说。

我犹豫着:"我还指着它过冬呢,给了你,我吃啥?"

他说:"你一冬都在挑渠,不愁吃。可土豆一冻,就吃不成了。"

这我知道。我想了想,说:"要不,你拿去用算了,不要钱。"

他不好意思了,踌躇着站在我的门前。我问:"要不要?要了赶紧拿走。不要,我锁门了!"我那天有急事,实在没工夫跟他纠缠。

"要不,我给三十块钱。"他一边说着,一边从口袋里往外掏。我挡住他,坚决不肯收。现在回想起来,我那天肯定脑髓搭牢或者是溲泡饭的酸气发作,想显示自己的高尚？还是嫌钞票烫手？一根筋地非就不肯收那个钱。当时哪怕说一句"你先拿走,过两天再说",大家也都有个台阶好下。人都是要自尊的,贫协组长最后还是无奈地收起钱,快快地走了。二十郎当的我呀,好不懂事唷！

我后来又回过几次生产队。摸摸那袋土豆,冻得硬邦邦的,我知道完了,没戏了。

挑渠在春节前结束,接着是演剧队,再接着,到大队部当出纳,把铺盖都搬走了。开春后的一个上午,我回到那间小屋作最后的清理,打开扣上的锁,明媚的阳光从推开的房门泼进来,房间正中,那袋土豆的下面,有一摊融化的水。

"可惜了。"门外一个声音在说,是贫协组长。

是可惜了。那二厘自留地里将近一半的收成,就这样化成一摊乌黑的水。我这样想,有点心疼。

不久,我就离开了长湖。那块二厘大的羊卵子自留地,我就种了一年,确切地说,是种了一季。

我们的"家"

虞哲杰

三十五年前,我下乡到黑龙江省虎林县扬岗公社四队,当时知青的房子还没盖好,32个男女知青被分散安排到老乡家住。我和沈宝国、毛惠清、詹亚平四个人分到老吕家。老吕家只有一间房,房里是南北炕,他们全家四口睡南炕,我们四人睡北炕。每天晚上,老吕家人都要等我们睡下了,才吹灭了油灯脱衣睡下。住了几天,我们实在感到别扭,因为东北人习惯脱光了上衣睡觉,而老吕家的大闺女已经十七岁了,我们都是十八九岁的小伙子,这么同睡一屋实在是大不妥。我们决定搬出去住。

在村里转了一大圈,我们发现了一个废弃的"粮墩"。这是一个用泥垒砌起来的圆形土墩,一人多高,上面茅草盖顶,没有门,只有一个不到一米见方的"窗",是早几年队里储粮的,住四个人绰绰有余。大家高兴极了,立刻动手打扫,泥地上垫一层高粱秆,再铺上长木板就是床,又拉起挂衣服的细铁丝,"窗门"真正是名副其实,又做窗又当门,晚上拿一块木板,用木棍一顶,就关"门"了。我们有了自己的"家",为了庆祝,那天晚上还特地买了瓶"北大荒"老白干。搬进新"家",又喝了酒,晚上兴奋得睡不着觉,等迷迷糊糊睡去,该死的上工"催命钟"响了。一看表才凌晨三点,没办法,只好穿上棉袄,爬出"家"门,下地去干活了。

我们的"家"独门独户,这让别的知青颇为羡慕,却不知麻烦更多,吃饭、喝水、撒尿,进进出出的都要爬"窗"。这里的跳蚤大概是久不闻人味了,半夜里大军光顾,只得点上自制的煤油灯忙乱一阵;那时虽然已是四月,但东北的春天还是很"冻人"的,夜里冻醒了,就抽出皮带将脚后跟的棉被扎上;茅草屋顶很是破败,白天下雨还好,拿一只只脸盆接漏,晚上懒得起来,被子潮了,第二天捧出"屋"外,铺在草甸子上晒太阳;最糟糕的是半夜里尿憋急了,只得爬出来到广阔天地里去方便。有一个雨天,待在"家"里不出工,我正用橡皮膏补裤子,只听见旁边沈宝国一声惊叫:"蛇!"是条一尺来长的小蛇。毛惠清胆儿大,用一根木条先将蛇卡死,再把它挑起来,扔到"门"外,总算免除了一场"灾难"。

三个月后,"知青房"盖好了,我们告别了"粮墩"——我们的第一个"家"。

闲话在北大荒时吃猪肉

中兴大队

猪年到了,不禁又让我回想起当年在北大荒下乡时吃猪肉的事来。

记得到东北后的第一次吃猪肉,是在我们刚踏上北大荒的那天晚上,腰屯公社领导招待我们吃了顿晚饭,伙食是一菜一汤加白米饭大馒头。那菜大概是猪肉炒粉条,汤是酸菜白肉汤。这顿饭给我们的感觉真是香极了!或许是因为我们这一路车旅辛苦,直到晚十点才吃上饭,肚子饿急了吧,但那晚的一菜一汤绝对是最好吃的佳肴,尤其是酸菜里的白肉片,薄薄的肥肥的,同酸菜一起味道更显得鲜美,与东北柔软的大米饭嚼在嘴里感觉满嘴油灿灿香喷喷的。我们一个个坐在长长的火炕沿上吃了一碗又一碗,食堂管理人员端着菜盆拿着勺子来回不停地给我们添着菜,一口一个"慢慢吃,管够！管够"。当时我们那吃相真有点像是刚从贫困地区出来的样子。这东北的第一顿饭吃得真饱真舒服！大家把火车上带的剩米饭都悄悄地扔了。吃饱喝足后躺在大炕上,我还犯迷糊了:这北大荒还真不错哎！也许我们真的到了小学课本上描绘过的"棒打狍子瓢掏鱼,野鸡飞进饭锅里"这样的地方了。

本以为下乡后这样有猪肉的一菜一汤总会经常有得吃了。谁知道第二天到了队里,这以后虽然主食中的大米馒头偶尔有,因为我们是吃供应粮标准,有细粮搭配的,但副食中就再也没有猪肉给我们吃了,而且这一年中几乎没有尝到过猪肉的滋味。

其实那个时候吃猪肉本来就是奢侈品,即使在家里时也不过一个月凭票每人供应几两肉,那在黑龙江农村下乡吃不到猪肉也就不奇怪了。不过在东北农村倒是家家户户都养着几头猪,队里都有一两个"半拉子"当猪倌,出工前把每家每户的猪都统一交给猪倌去野外放猪,像放羊似的,晚上收工后各家再把自家猪领回。要是雨天,那猪就在自家门口自由自在地晃悠着,或是在门口脏兮兮的泥潭里满地"呼呼"打着圈,或是上简易茅房里找大粪吃。不知为什么,我们屯里的猪就是喜欢吃人粪,你要是蹲在茅房里面方便,总会有好几头猪在外面不停地踩着脚,"呼哧呼哧"着急地叫唤着,只等你一起身,它们就狂奔过来一扫而光。怪不得这露天的茅房里总是很干净的,那都是猪当了勤快的清扫员。"这吃大粪的猪长的膘肥啊！"那是老乡给我的解释。

几乎每天都与猪打交道,出门时要撵走或绕过挡在门口打着圈的猪,上厕所时要赶跑在茅房里找大粪吃的猪,走在道上也是穿来穿去的猪,可就是吃不到猪肉。"怎么还不杀猪啊?"我们总问,那每天总是吃素的日子真难受,都把我们吃成出家人了。老乡说这猪要养到过年才吃的。有时遇到谁家的猪得病死了,急急宰了后要是还能吃,会很客气地招呼大家去拿一些来解解馋。我们知青中有个别胆大的敢吃,我可不敢吃这吃大粪的病猪肉。自从有一次队里给我们拿来一块肉切开后发现有米虫,这以后大家就谁也不敢吃这病猪肉了,如今想起来还很后怕的。现在的我在区里兼任了十年生猪定点屠宰办公室主任,抓"放心肉"工程,深知痘猪肉对人体的危害,要是那时贪嘴,那后果真是不堪设想。

终于盼到了家家杀猪的日子,那大概是在阳历过年前后。当农家的大肥猪养得都快走不动路的时候,屯里热闹了,几乎每天都有几户要杀猪的人家,大伙互相帮着杀猪,杀完的猪肉储存到过年不用愁,那滴水成冰的环境成了天然的速冻箱。杀完猪后,大家又聚在一起吃"杀猪菜",记得在农村吃"杀猪菜",那真是比过年还热闹,杀了猪的人家会请帮忙杀猪的屠夫、邻居、亲戚朋友一起好好撮上一顿。我们知青在这段时间里也会纷纷被请去吃"杀猪菜"。那桌上摆着的有白切猪血灌肠,猪皮熬的肉皮膏,猪头心肝肺等猪下料,再炒上带肉的几个菜,加上一大盆白菜心豆粉皮凉拌,大伙围坐在暖烘烘的炕桌边,轮流喝着大碗里的高度白酒,一起天南海北地聊着,这个时候倒是一番"农家乐"的情景。吃主食时主人家都会端上新鲜猪肉包的很精致的东北水饺,配上捣得很稠的蒜泥,加上清酱与醋等调料,蘸着吃。吃完后再喝上一碗原汁的煮饺子的清汤,说是溜溜缝,那味道可真是不错。其实我也是在那时感觉到东北的水饺好吃的。

　　赶上这段好时光不容易,可惜我与另一位知青无缘继续享受,被抽到公社基干民兵营防苏修冬训,一去个把月。那民兵集体伙食更差,几乎天天都是冻白菜冻豆腐大渣子的,就连大年三十的年夜饭还是白菜豆腐,见不到一丁点儿荤腥,晚上躺在炕上,看到房东家喝着白酒吃着水饺和肥肥的猪肉守着岁,真是馋得我们直流口水睡不着觉。好在冬训结束后,知青点里做饭的大叔把队里分给的过年猪肉给我们俩留了一大块,我俩当天就包了饺子炖了红烧肉把它吃了个精光。

　　对于东北吃的方面,留在我记忆中最深的就数那酸菜白肉和猪肉饺子了,东北人说"好吃不如饺子",这我体会很深,东北饺子真是好吃,在家虽然也有东北水饺,可是不知是何原因,就是吃不出那个东北味。

婆婆丁

熊涤非

　　命运曾安排我在20世纪60年代末到东北一个贫困而又闭塞的乡村生活。当地生长着一种叫做"婆婆丁"的野菜。传说那是很久以前,有一个被撺在苦水里的媳妇,每天遭恶婆婆驱遣、干粗活重活、吃冷饭残羹,含怨死后变化而成。乡亲们为了纪念那位苦命的媳妇,把野菜取名为"婆婆丁"。每逢春季,这种野菜萌生于山坡、荒地、沟边、路旁,供那些揭不开锅的穷苦人采挖食用。没想到,就在下乡的第二年,我们几十名"老插"竟跟"婆婆丁"结下了一份难解的缘。

北国的春色一向姗姗迟来。虽然已是三月天气,但从山里刮来的风,挟着雪仍在肆肆扬扬地下个不停。天空一色的阴霾,透过旋转的雪花从窗口望出去,难以分辨哪是车道,哪是沟渠。只有高大的白桦树在风雪中摇曳着光秃秃的空枝,农家的鸡都蜷缩在小院的柴草垛下无力地哼哼着。

三天后,风雪玩腻了天宇下的追逐,终于停息下来。清早,老队长踩着没膝深的积雪给我们带来了一个坏消息:大雪压塌了队里的菜窖,贮藏在窖里的那些白菜、土豆,一夜之间全成了冰砣罗、雪疙瘩。吃菜的难题一下撂到了我们面前。于是,在日后"嚼咸菜、啃窝头"的日子里,我们唯有苦苦地期待,无奈地抵御日甚一日的艰难。

四月初的北疆仍未到冰河解冻、春潮涌动的时候。但你已能感觉到那种日落风起的寒意在渐渐地消退,冰雪日渐消融。偶尔瞥见枯黄的荒野有一星绿意点缀,那就是"婆婆丁"了。老乡告诉我们说:那野菜能吃。这消息对我们这些近个把月没能吃到新鲜蔬菜的人来说无疑是心情激动、喜出望外的了。趁眼下农活不忙,无需招呼,几乎队上所有的知青都加入了采挖野菜的行列,揣着工具、提起土篮、撒向村外。一个个蹲伏在地上,拨弄着枯草,仔细搜寻,每发现一株"婆婆丁"就小心翼翼地把它挖起,轻放进土篮里,仿佛担心惊动了那绿色精灵的美梦。不久,原野上响起了一串歌声,慢慢地那歌声像泛滥的河水,漫上了乡村的土坡、地头,向远处流淌。

当悬着一天的太阳感到疲乏,落到了地平线下,天边仅留一抹燃烧着的残红,各路采挖野菜的青年人也陆续回到了宿舍。

大盆绿莹莹的"婆婆丁"端上了饭桌,一只只的杯碗中倒上了香醇甘洌的北大荒酒。在亲身体尝了风欺雪虐,缺菜少粮的滋味后,眼前的一切,对我们来说都是那么美好。今天我还记得那晚的酒,谁都喝了不少,那晚的笑声,一直响到月亮落下了房后的树梢。

我终于落下了眼泪

应宜逊

1960 年深秋,"三分天灾、七分人祸"的后果终于降临农场。

大约 10 月底,我们被告知,11 月的粮食定量由 38 斤降为 36 斤,并且以后还要再降。果然,一个月后,我所在的大队开大会动员,再次调减定量,先由个人自报,然后再平衡核定。大队核定我为 31 斤。对于原来要吃 45 至 50 斤粮的小伙子,这 31 斤真是难办哟!

当时,我用一个特大号搪瓷杯蒸饭,量上米后,不淘洗便加满水上蒸笼。因为米糠中也有卡路里,舍不得呀!当时食堂发了购菜牌,每人每餐限购一份。起初还有白腐乳供应,每餐我买两块,拌在那一杯粥里喝下肚去。不久,连这白腐乳也没有了。不过,我凭着年纪轻、牙齿好,每当有鱼吃(这要感谢渔场)的时候,总是连骨头都嚼碎咽下,一点也不肯浪费。

在饥饿笼罩之下,我每餐吃完饭之后便匆匆离开食堂,尽量不去想有关吃的事。晚餐后,更是早早进入被窝,这也可节省一点卡路里。1960 年的冬天特别冷,正如农谚所说,"冬至月初,骨头冻酥"。又饥又冷的日子真是难熬,虽然劳动时间减为每天七小时,但是还是有不少人得了浮肿病。

一天晚上,开大会之际,大队领导宣布:"人造肉精生产成功,请大家尝尝,有无肉味。"接着,每人分到一小勺有点鲜味的酱油汤。本来,我以为人造肉精是一块块的"人造肉",哪知成了用淘米水培养某种酵母菌做成的酱油汤,大失所望。

当时应对饥荒的基本策略是"低标准,瓜菜代"。我们大队也做了多次"瓜菜代"的饭。番薯丝饭,虽则黑乎乎的,但毕竟甜滋滋的好吃,可惜番薯丝也是粮食,算不上真正的"瓜菜代"。萝卜丝饭,烂糊糊的,味道不好。番薯藤饭更不好吃,有点像猪食。最好吃的是胡萝卜饭,比较干,味道也好,可惜只吃过两次。1961 年早春,还吃过一次紫云英菜饭,味道还可以,可惜以后没有再吃。最难吃的是用革命草做的菜饭,又苦又涩,吃到嘴里便难受得直想吐。我硬着头皮往胃里灌,就权当吃"忆苦饭"吧！

当时我在基建队当泥水工，修造炉灶是我的职责。由于白天炉灶要用来做饭或烧饲料，因而修理一般都安排在晚间进行。晚饭本来就吃得有限，饿着肚子加夜班的滋味真不好受。好在有个规定，凡是加班过半夜十二点者，可以领到二两半米饭。因此，我最怕的是十点多就完工的夜班，什么都吃不着，只能又饿又累地上床就寝。

1961 年 5 月，情况稍有好转。有时食堂还有少量剩菜，需要者可等着购第二碗。中旬的一天，我又要去加班，给我做小工的是老搭档，下放干部余昌桢。晚餐后，老余便和我守在食堂里，等待买剩菜，好让肚子里的东西多一点。运气不错，终于如愿，承蒙食堂人员关照，我们各灌下两碗甜菜。

我们挑起泥桶、背起铁耙和刮子前往四里路外的猪舍。这天晚上的工作量颇大，要把炉栅与烟道全部拆除重新打造，经过七个多小时的奋战，终于在凌晨两点半左右完工了。

于是，我和老余便肩负"吃饭家伙"，踏着星光，一脚高一脚低地往回走。当时，虽则人已疲惫不堪，肚子又饿得直叫，但是看到工作成果理想，想到宿舍里又有米饭在等着我，心里还是蛮开心的。

三点半左右回到了宿舍，我放下家什就直奔床头。只见本来应该盖在饭钵上的搪瓷盆已经滑落，拿起钵头又发现里面的饭不知被谁咬去了三分之一，床上还散落着几根什锦菜。怎么回事？我赶紧请老余来看。老余说："八成是被老鼠吃了。"我听了，不知怎么办才好。

这时，队长贾高中醒了，过来仔细看了一下，说："被老鼠吃了，没办法的，只好算了！"顿时，好像一盆冷水从我头顶浇了下来，浑身发凉。这饭，吃也不是，不吃也不是，肚子饿得咕咕叫哇！我看着正在狼吞虎咽的老余，又看了自己被老鼠吃过的饭，心里真有说不出的难受。最终，我没有吃，洗完脚便躺到了床上。炉灶修理成功所带来的喜悦已荡然无存，有的只是疲惫的身子、咕咕叫的肚子和十二分的委屈。怎么会是这样呢？想着想着，终于，眼泪顺着脸颊滚滚而下，落到了枕头上，虽则男儿有泪不轻弹！这一夜，我忍受着强烈的饥饿煎熬，在泪水的陪伴下进入了梦乡……

番薯风波

秋雨轩

杭州人叫番薯,我们乔司兵团叫地瓜,谁要是脑髓不灵活,反应慢一点,"地瓜脑袋"的外号立马会不客气地飞过来。

那一年,老天当真照应,地里的番薯大丰收。那番薯真多啊!裸露在几百亩土地上,红红黄黄的一片,夸张一点,就好像番薯的海洋。

挖番薯其实也是件蛮开心的事儿!一铁耙下去,不知道地下的番薯是大是小,是多是少,好像在猜谜。特别是挖到奇形怪状,长得像猴头猪脸的,就更热闹了。大家比划着:这个像某班的张三,那个像某排的李四,笑声一片。这笑声给繁重枯燥的农田劳动带来了意想不到的乐趣,完全忘记了手掌上正流着黄水的血泡。

乔司是盐碱地,种出来的番薯也带有丝丝的盐味,烧熟了,俗称栗子番薯,很香!若生吃,硬如卵石,味同嚼蜡。

番薯挖出来之后,要分类,剔去小的破的,然后上秤装袋。那一袋袋装满番薯的麻袋,整齐地排列着,宛如海塘长堤。

教导员带着难得的笑容巡视来了,大伙儿立即鸦雀无声,埋头干活。教导员是我们这个营区管辖着五个连队的最高长官;高大的身材,嗓门宏大,长得很威严。"令行禁止"是他的口头禅。

当天晚上,营部下了命令:各连伙房一律只供应番薯。理由是够不上外运的番薯太多,破的小的也是粮食,不能浪费!

头两天,知青们那个高兴劲啊!争先恐后哄抢着往伙房窗口挤,一脸盆一脸盆地装,活像1962年遭遇饥荒那场面!

番薯这东西,吃几餐换换口味还可以,但要是天长地久、早中晚连续地吃,肠胃就要闹意见了。几天下来,看见番薯就直冒酸水,骂娘的渐渐多起来了。可营部仍没有收回成命的意思。愤怒的情绪在操场、在地头、在路旁漫延着……

一个晚上,熄灯号吹过不久,只听得外面很热闹,"嘭嘭"什么东西撞击墙壁的声音,夹杂着玻璃窗清脆的破裂声。跑出去一看,一些人躲藏在暗处,正往教导员家接二连三地扔番薯。有人看热闹,有人起哄,无人出来阻止。不多一会儿,教导员家沿操场一边的玻璃窗大多破碎。教导员家的锅、盆、碗、勺也被砸得"乒乒"乱响,小孩哭声一片,他老婆咒骂连天。教导员穿着短裤跑出屋外大声吼道:"干什么! 干什么啊!"大家"哇"的一声笑闹着散开了。

半夜时分,仍能听到零星的"嘭、嘭"声以及教导员愤怒的喊叫声……

第二天,知青们照例带着脸盆懒洋洋地去伙房——肚子饿总得有东西吃啊。可意外发现,各伙房都恢复供应饭菜了。消息传来,群情振奋,大伙儿赶紧丢了脸盆,换了饭碗一哄而上。生怕去迟了,又要吃那该死的烂番薯了。

事实上,经历了这场番薯风波后,各连伙房再也没有强硬供应番薯了。只有教导员那张脸一直黑沉沉的,冷冷的目光从知青身上扫过,让人从内心感到有种说不出的难受。

人往往会这样,好事儿经多了,麻木了,甚至会厌倦。一旦失去了才会醒悟,又要情不自禁地去想。

一些日子过去了,大家又慢慢惦记起番薯的种种好处来,性急的人耐不住又往伙房催促:"什么时候再卖番薯啊,我们都等得厌烦了。"

然而,那令人怀念、向往的番薯再也没有出现过,直到教导员默默地被调走……

当家汤

春风

当家汤就是白菜汤,在黑龙江几年,这当家汤相伴着我们春夏秋冬。主食大碴子、小米饭还有变化,汤却不变,有的冬天只有冻大白菜汤喝。

早饭完毕,我们炊事员棉帽、棉手套、大围脖全副武装,拿着麻袋扁担去菜窖抬白菜。白菜没入窖,在冰天雪地的菜窖顶上冻着,还盖着一层冰雪呢! 抬回来的冻白菜,放在菜墩上拿刀咣咣地剁碎,放到开水里焯一下,用清水洗两遍,就等下锅。

那直径一米的铁锅烧热,放点豆油(不到一斤),等油温升高放些花椒面炸锅,再倒入四到五桶清水。水烧开,放入切洗好的白菜,加些盐,烧开即可(黄瓜汤、西葫芦汤、豆腐汤做法相同)。

有一次,一只钻进白菜里被冻死的小耗子,和白菜一起被剁碎下了汤锅。正赶上停电,刘德林眼神虽不好,仍感觉到手中那碗汤里有块"肉",他没舍得马上吃。总算来电灯亮了,终于发现这块"肉"有问题,仔细一看,竟是尖嘴的耗子脑袋! 这样的汤,你喝过吗? 耗子汤我喝了可能不止一次,只是没发现。

火烧泡中的美味

明察暗访

火烧泡在鹤立河农场十分场和六分场之间,是那三江平原上再普通不过的一个小水泡,面积不过几十亩。

1975 年的冬天,快要过元旦了,那天冷啊,是个撒尿结冰棍的日子,反正出不了工了。我是闲不着的,那干点什么呢? 正琢磨呢,这时,我们的连长,牡丹江知青栗怀林提议去火烧泡捞"蛤士蟆"。我当时不知这是个啥玩意,只知是个类似我们南方小青蛙的东西。

"能吃么!"我问道。这是关键,不能吃谁遭那罪,零下三十几度。

"可好吃了,你们去捞,上我家做。"一说好吃,我顿时来了精神,好像晚上热炕头上好酒好菜就在眼前一样,立马从炕上扒拉起几个伙伴,带上冰镐,铁锹,还临时做了一个捞斗,全副武装出发了。

火烧泡离十分场有五六里地,隆冬里那水面早已结了厚厚的冰,就是个天然的溜冰场。到了冰面上,我们就忙乎开了。冰上捞鱼必须找水最深的地方,由于夏天没在那儿游过泳,也不知哪儿深哪儿浅的。我们就凭直觉选了三个点。第一个点打到底,只有一米左右深,连底都冻住了。

第二个洞在桥墩附近,打到八十公分左右有水渗出来了,我们真开心啊! 小心翼翼用锹、镐慢慢地把冰洞扩大,最后,一个五十公分左右漂亮的洞打出来了,清凉的水冒了出来,用网兜下去一捞,一些活蹦乱跳的小东西就上来了,往冰面上一甩,说话功夫那些个小东西就都变成了冰疙瘩。我们就这样捞啊,捞完了这洞,又接着打了一个洞,直到那小冰疙瘩装满了一面袋才凯旋。

到了晚上,在老栗家里,我们先用井水把那小冰疙瘩一泡,奇怪的事发生了,那些个小精灵个个都活过来了,在井水中游来游去,它长约四公分,形状和家乡的小青蛙一样,就是颜色是黑黑的。烧法也挺怪,不用剖,放点葱、姜,抓把盐,就活的一炖。它全部都能吃,由于处于冬眠状态,可干净呢!尤其是它身上有左右两块膏,是它储存的过冬能量,就像大闸蟹的膏,鲜美无比啊!

那顿美食让我印象很深。我后来才知道那小东西大名叫"林蛙"、"蛤士蟆",既是美食,又是名贵的中药,是补品中的上品,现在晒成干的价格好贵哦!就当年的那一锅野生蛤士蟆,搁现在还不得五千、一万啊!有一年的9月份我回黑龙江吃了一回,后来又吃了一回人工养殖的,但总也没了先前那次的鲜美味道了!

苦苦菜——让我又爱又恨的菜

阿米

在宁夏,最恨的是春天没菜吃,只好吃那又苦又涩的苦苦菜,而且要吃很长时间,它在我脑海中留下的记忆非常深刻,以至于以后吃什么野菜都不觉得苦。可是,当我三十七年后重返黄河滩时,最想吃的竟然是当年吃得厌极的苦苦菜,这难道是我的苦苦菜情结吗?

太阳暖暖如同春天般的时候,我不由得想起黄河滩来。记得早先黄河滩上春天来得晚,往往到四月中旬黄河解冻时大地才复苏,那时候,地里苦苦菜小小的嫩芽探头探脑地看着外面的世界,大家知道,严冬已经过去,播种的季节快到了。

吃了一冬天酸菜的人们是多么盼望春天的到来啊!可是春姑娘的脚步迈得又是多么迟缓啊!我们眼看着苦苦菜的叶子慢慢地舒展开来,慢慢变成一个个绿色的小五角星,小五角星慢慢地变大,直到整个河滩变成一片绿色,这时候,十二行条播机也在河滩上欢快地吼叫起来了,穿红着绿的丫头婆姨们嘻嘻哈哈地拿着小铲子,蹲在地角上,将条播机耕不到的地方铲松了再补上大豆。青壮汉子们脱下棉衣,挥着大锨,把冬天攒下的大粪均匀地洒到待耕的土地上。太阳暖暖的,冻了一冬的坚硬的土地变软了,条播机过后,油油的土地散发出一股淡淡的清香。这香气弥漫在暖暖的阳光里,充溢着每个人的胸膛。慢慢地人们的脸色变红了,眼睛变亮了,好像喝醉了酒似的,这时,队长的哨声响了,休息的时间到了。

休息的时候,丫头们只顾和小伙子闹着玩,于是河滩上就响起了一阵又一阵的笑声。婆姨们却不闲着,她们分散在田的四周,采着那些已经长大的苦苦菜。只见她们的手不停地翻动,她们身后的口袋渐渐地鼓起来,到再开工时,她们已将全家几天的菜备齐了。

苦苦菜很苦,做得好不好吃全看家里婆姨的能耐。响午吃饭时,汉子们捧着大海碗从自己的家中踱了出来,白白的米饭上是绿中带黄的苦苦菜,有的闻上去酸酸的,那是在酸菜坛里渍过的,酸中带点辣;有的脆脆咸咸的,那是当天的苦苦菜,采来后用盐搓一下挤出水分后滴上几滴香油做成的,当然,中间也有辣椒末。汉子们三三两两地在一起,那些受人欢迎的苦苦菜在你一筷我一筷中很快消失了,那些吃着白饭的汉子们脸上泛着红光,为着自己家里能做饭的婆姨,吃着白饭也是开心的。

我们刚到宁夏时,不会做宁夏的饭菜,更不会做苦苦菜。春荒时我们只好向杭州老家求救。于是,父母们纷纷寄来了包裹,里面装满了萝卜干、干菜、盐肉,家境好的还有段火腿。整个春天,我们就这么凑合着过,你的吃完了吃我的,大家都很潇洒,整个儿一个到了共产主义似的,全没想到在物品极其匮乏的时代,家里为寄这个包裹是多么的不容易。在田里劳动了一年后,我们才从内心里真正知道一饭一菜的来之不易,也知道在"文革"期间,背着成分负担的父母们要花多少心血才能寄这么一个包裹!

第二年的春天到了,地窖里的存菜也吃完了,在劳动休息的时候,我们也像宁夏的婆姨们一样,挖起苦苦菜来。不过我们是男女知青齐上阵,四面八方齐出击,那些肥肥的绿油油的苦苦菜引诱着我们,不一会儿,我们带去的几条麻袋全装得满满的。老乡们看得目瞪口呆,他们搞不明白,我们要那么多的苦苦菜干什么,后来他们看到我们吃饭时更是目瞪口呆,他们不明白,在春天没菜的日子里,我们竟会用大碗盛菜!当时,我们也不知道,农家吃饭的含义就是吃饭,菜只是点缀,就如萧山的农民在一大碗饭上放一根萝卜干,绍兴的农民在一大碗饭上放一撮干菜一样。

我们只是根据自己的记忆,在家里吃饭时,大碗盛的是菜,小碗盛的是饭。到了宁夏,饭量大了,只是把小碗变成大碗盛饭而已,并没有觉得有什么不妥。这个习惯在农村待了多年也没有改变,这大约是知青与农民的不同吧。

在暖暖的阳光下,我们也捧着碗游来荡去的吃饭(南北农村这个习惯都一样,可以捧一碗饭吃几家菜,这个味道是很好的),我们也在比手艺。那时我们都还未成家,比赛就成了男女知青之间的事。当时我们并没有想到这一比会让我们的生活变得温馨起来。

在农村待了一年多,我们做菜的手艺也大大提高。在做苦苦菜上,大家动足脑筋。最先是仿照杭州荠菜的做法,可是吃起来味道太淡,很快就淘汰了。接着是仿照宁夏的做法,可又觉得没有创意,只作为保留节目在需要的时候救急。最后是八仙过海各显神通,做出了酸辣型的、五香型的、咖喱型的苦苦菜来。还有混合型的,如和豆腐一起拌的,和肉一起拌的,甚至也有拌盐肉香肠的。创造激发了大家的热情,休息时大家精心挑选那些蓬勃生长的苦苦菜,以便在比赛中得胜。老乡们在吃饭的时候也捧着碗到我们这儿来逛逛,顺便也品尝品尝我们的菜。试想一下,在暖暖的阳光下,一大堆不同年龄的人,吃着不同味道的苦苦菜,碰到好吃的就一拥而上,父母时时教诲的"坐有坐相,立有立相"早被丢在了脑后。有吃不到的就哇哇直叫,非逼着把留在晚上吃的也拿出来。有的则捧着碗,嘻嘻哈哈地追着那些碗里有菜的人,非要分一点吃。在远离家乡的艰苦劳动中,充实我们贫乏精神生活的却是这不起眼的苦苦菜!

我不知道知青中有否因苦苦菜而喜结连理的,但对宁夏老乡在春天的河滩上众多的野菜中,独独钟情那苦苦菜的深意却有了深一层的理解。你想,能将苦苦菜做成人能吃且爱吃的菜,让一家老小能从从容容度过春荒,这样的女子能不是一个治家的好手吗?哪个小伙子不想娶这样的女子做妻子呢?可以说这苦苦菜象征了一种精神,这种精神被大西北的老百姓演绎成多种内涵:坚忍,顽强,节俭……那在河滩薄地上蓬勃生长繁衍不息的苦苦菜就这样走进了我们的生活,走进了我们的心里。

森林捕鱼

皇甫坚

　　森林捕鱼是我在大兴安岭生活中记忆最深刻的事情之一,说起捕鱼,你也许会想起新闻纪录片中朝阳下渔民在黑龙江、乌苏里江上撒网捕鱼,或在冰封的冰面上凿洞夜钓和下网捕鱼的美丽场面。可我不是渔民,既没有渔船,也没有渔网、渔具,在森林中捕鱼,完全是生存的本能和食物的获取。

　　1973年计划经济的年代,商品大都凭票证供应,大兴安岭除木头外,所有商品均靠山外供应,就更是异常艰苦。这年仲夏,我在新林机械筑路大队三连担任食堂管理员,为尽快打通翠岗17号线,连队派出推土机排进入老林深处打路型,同去的还有测量员、木工和炊事员等,三十多人每天承担繁重的体力劳动,可简易的伙房每天的饭菜,始终是大碴子(碎玉米)、炒土豆片,高粱米、煮白菜,一周才能吃一次馒头,才能在菜中加一个肉罐头。进山十余天后所有人都开始抱怨,想找好吃的,想改善生活,由此促使我参与了森林捕鱼。

　　捕鱼的主导者不是我,是余泽平,他是临平知青,连队测量员,因个子高、壮实,大家喊他大余,平时闲不着。休息天别人都躺在床上睡大觉,他却早早地进山,采蘑菇、黑木耳,挖党参、掌参,下套抓兔子,后来改抓鱼,有一天居然一人背回来五条两三斤重的大鱼,据他说要是路近背得动,捕回的鱼会更多。他将三条鱼送到伙房,深山老岭溪中的冷水鱼很有特点,只要在开水中一余,鱼肉和鱼骨就会分开,所以北方常有用鱼肉包饺子的,这种冷水鱼红烧后味道真的好极了,缓解了大家的辘辘饥肠。我吃着鱼,一种捕鱼的冲动油然而生。于是,我找余泽平提出一起去捕鱼的要求,余泽平爽快地答应了,但他告诉我这事艰苦异常,平时走路是小事,但在没有路的森林中负重来回走几十里,还会遇到意想不到的困难。当时年轻气盛,我心想:你能走我就能走。于是约好下一个星期日,再多带一个人实施捕鱼计划。

　　前期的准备也是在余泽平的指导下完成的,一是要带足干粮和水,这是生存最不可缺的;二是干净的内外衣裤和袜子,这是保证舒适和健康的需要;三是四只装好炸药和导火线的土手榴弹,这是连队严格禁止,必须悄悄准备的,还有自制的捞鱼斗、面粉袋,这就是全部的捕鱼工具;四是茶杯、铝锅、铁丝、砍刀和木棍,这是生活和防身的必备品,一分为三,分工负责。

星期天早上六点十分,我和大余、小章就出发了,沿着公路走了一段就转入山中,翻过一座山,进入一片草甸,深一脚、浅一脚,在草甸子上跳来跳去,不一会儿鞋和裤腿都湿了,太阳直接照射在身上,火辣辣的。大余边走边告诉我:"这是近路,刚摸索出来,看见前面的大山了吗?""看到了。""前几次我从那绕过去,足足多走两个小时,这里过去减少一半路程。"一路上,大余走在最前面,不停地用砍刀和棍子清除前进的障碍,虽说是近路,但我们仍然艰难地走了两个多小时。小章已经第三次表示走累了,希望能歇一歇,"大余,还有多远?"大余指着山边的小溪说:"快了,就在这条小溪的下游。"在一棵大樟松下,我们停留休息,补充水和食物,这里人烟稀少,只有风吹树叶的声响。我问大余是如何找到这里的,大余告诉我:"只要有人能便利到达的小溪,水中的鱼肯定是很少的,要想多抓鱼,抓到大鱼,就必须比别人更吃苦,走得比别人远。一般的小溪比较平缓,是不可能有大鱼的,只有在溪与河交界处,雨季河水上涨,溪水湍急时,鱼才可能逆流而上,在溪流拐弯被水冲刷的深潭中生存下来。"我被彻底震撼了,想不到抓鱼竟需如此丰富的实践知识。休息后我们沿着小溪又继续前行了一个多小时,经过了几处据大余说是他前两次捕鱼的深潭,我都没见鱼的踪影。终于我们在一个深不见底的大潭前停住了脚,大余穿着鞋从下游的浅滩涉水到对岸,这里溪宽七八米,浅滩处水深约40厘米,淹没过膝,虽说已是八月天,但溪水仍冰冷刺骨,只见他来来回回转了半天,才慎重地向我俩宣布此潭中有大鱼。这个激动人心的消息,立刻将路途疲乏一扫而光。按照大余的要求,我们在溪的下游水中用鹅卵石筑起一道围栏,将手腕粗的树砍成棍插入石块中,然后把带有树叶的枝条拦堵在树棍前,形成一个过水的大坝,一切准备妥当,我们仨作了分工,我负责监管水溪左边,小章负责监管水溪右边,大余负责扔炸药和在岸上观察指挥。大余跑到深潭边,从包中取出自制的土手榴弹,仔细检查了一遍后向我俩举手示意,我俩立刻严阵以待。只见大余吸了口烟,趁势点燃导火线,咝咝响着投入潭中,只听一声很闷的响声,潭中的水向上飞溅起很小的水花,他又投入了第二第三个,一切都与第一次一样。大余没扔第四个就跑了下来,他指着我的河面叫:"快!有条鱼漂过来了。"我真佩服他的眼力,每次都能最先发现猎物。顺着他指的方向,我也看到了,这是一条有两三斤重的大鱼。我的血一下子涌了上来,伸开双手,随时准备捕捉。大鱼确实被炸晕了,顺水往下漂,在我面前的树枝上卡住了,尾巴一动一动。我一把捏住,可它一挣扎,"噗通"掉入水中。决不能让它跑掉!我还想用此办法硬抓,大余一下蹿到我的边上,两手插入水中,轻轻托住鱼身,然后用力把它甩向岸上。"真是抓鱼老手。"我心里想着。按他的办法一试,果然灵光,又一条大鱼在岸上蹦跳了两下就不动了,小章也用同样的方法抓了两条鱼。冲下来的鱼还真不少,短短的一刻钟,我们三人竟然各自向岸上抛出五六条大鱼,浑身上下都湿了,在水中冻得牙齿直打战,可每个人都沉浸在收获的喜悦中。水面开始平静,我们在水中又找到一条,才意犹未尽地爬上岸。顾不上揉一揉冻麻的双腿,急匆匆地将战利品装入面粉口袋中,一数竟然有十九条,其中十三条超过两斤,其他的也有一斤多,森林捕鱼太刺激了。时间已近下午一点,三人脱下衣裤和鞋洗干净,挂在树上晒,换好衣裤,才感到肚子有些饿,大余利索地剖了五条鱼,用盐在鱼身上一抹,我和小章寻来许多干树枝,大余已将腌好的鱼穿在铁丝上,绑在两棵小树上用火烤,一会儿就飘出了阵阵鱼香,我拿出了白酒和干粮,三人席地而坐,一口酒一口鱼,美美地饱餐了一顿。餐后休息片刻,大余就提出往回赶,因为回去不能走草甸,要多走不少路,而且每人肩上一袋鱼,少说也有十来斤,天一黑路更难走,会受蚊虫毒虫叮咬。大余还建议减轻负担,可以穿的全穿上,可以吃的吃掉,没用的就丢弃,现在两点半,能在七点前赶回连队就是胜利。大余的决定是正确的,我们清理所有的东西,轻松利落地踏上归途。正所谓"百步无轻担",大余背得多走在前,我们跟在后,马不停蹄地走了三四个小时,好在大兴安岭夏天要八点才黑,我们咬紧牙关,跌跌撞撞地按时在七点多赶回了连队。这次抓鱼使我真正体会到捕获猎物时的兴奋,尝到了劳动收获的美味,也体会到做任何事都需有准备、有决心、有毅力,获取美味的同时需付出相同的劳动和艰辛。

诱捕草狐狸

国泰民安

在大兴安岭北麓,俄罗斯远东辽阔的泰加林中,生长着珍贵的狐种蓝狐和银狐。在小兴安岭腹地广袤原野的灌木丛中,生长着优秀的狐种红狐和棕狐。在松花江流域,合江地区一望无垠的沟沟埂埂里,生长着数量众多的草狐。"狡兔三窟,刁狐两洞",捕获这种智力超过同类的小兽,对于振仁来说真是小菜一碟。

草狐又名土狐狸,皮毛赤黄,常以鸟类抑或家禽为食。昼伏夜出,生性狡诈。

冬季,白天,阳光,微风,积雪覆盖的田野。我们咯吱咯吱地踩在雪地上,小心翼翼地搜索着狐狸花萼般的脚印。有了,只见一溜脚印消失在壕沟边高埂旁的枯草丛中。狐狸的巢穴有两个洞口,距离不远,相互贯通。一旦有敌情,它就会从这洞钻进,那洞逃出,这就是它的狡猾之处。因此只要发现第一个洞口,必须要尽快地找到另外一个洞口,否则我们前脚刚到,它早就从另一个洞口溜之大吉了。我蹑手蹑脚地在壕沟的内侧发现了它的第二个洞口。抓捕的办法很简单——烟攻。但也复杂,首先要确定哪个是上风洞口,哪个是下风洞口。上风洞是熏烟入洞的,下风洞是堵兜猎物的。这就是人的聪明所在。只见振仁伸出食指,粘上吐沫,在其中的一个洞口比划了一下,就已成竹在胸。他首先让我把早就准备好的扎紧裤脚的老棉裤罩住下风洞口,并要求使劲摁住。然后,他利索地将了几把枯草塞进上风洞口,掏出打火机点燃枯草,扇灭火苗,让浓烟顺着风势灌进洞中。顷刻间,一条狐狸呼啦一下窜进我布下的"裤阵"中,叽呀叽呀地嚎叫乱窜。振仁小跑过来协助我扎紧裤腰,横撂在雪地上,隔着棉裤,估摸着瞅准狐头,用脚上穿着的大头鞋抬腿一跺,呜呼哀哉也。有道是"再狡猾的狐狸也斗不过好猎手"。

事后,振仁说粘上吐沫的手指在前,洞口在后,经风一吹,指头前面部分冷嗖,就是上风洞口,反之就是下风洞口。

如何处置这臊狐狸呢?扒皮,吃肉,卖皮毛。将它挂在树上,用刀在狐脖上割一圈,然后双手捏着狐皮往下拽。掏净内脏,用树棍戳进胴体,放入点燃的大豆秸堆里用火烤。烤煳且带有臊味的狐肉没啥好吃的,还是烤熟的大豆来得香。鹤立镇上有家收购牲畜兽类皮毛的供销社,我们把攒多的狐狸皮卖给他们,小的割破的三元一个,大一点完整的五元一个。那个年代这可是发大财了。要知道那时候我们的月薪也只有三十二个大洋啊。

1992 年我在驻内蒙古满洲里办事处工作期间,曾到俄罗斯的伊尔库斯克和赤塔等地的集贸市场高价购买过蓝狐和银狐的裘皮。两下一对照,二十年前的卖狐皮和二十年后的买狐皮,这一卖一买在价格比上的确是大相径庭。但是最重要的是人的观念发生了深刻的变化,质的变化。遗憾的是,这些价格不菲的珍贵狐皮在回国时被俄方海关以"动物皮毛,禁止出口"为由无偿没收了。

歌的记忆

木之音

　　林场学校前不着村,后不着店,西面是一条通往火车站的路,东南北三面小树林围绕,很是幽静。有一阵子每每到了周六的晚上,知青老师就组织聚会,我们各自拿些家中寄来的咸肉、香肠、霉干菜、紫菜什么的,然后配上林场里的白菜、土豆等,按家乡的做法炒几个菜改善伙食,喝白酒,聊大天。学校外的一些知青朋友有时也会来参加,交流奇闻轶事,既慰解我们思乡的物质需求,也满足思乡的精神饥渴,颇有 party 的味道。有人悄悄地说林场学校的这帮知青是个小小"裴多菲俱乐部"。不过大多数东北老乡都同情知青,所以也没什么麻烦发生过。

　　唱歌是聚餐后的一个重要内容。王知青、顾知青都是现成的风琴手、手风琴手和小提琴手,所以开唱十分方便。老上海徐知青是主要的歌手,女高音,嗓音很不错。她喜欢唱《白毛女》中的选段,"北风那个吹,雪花那个飘……"一亮嗓,中气十足,高亢清越。她还特别喜欢唱京戏,会唱好多样板戏中的选段。她唱"智斗",男知青中搞乐器的多,能和戏的少,我们就来女声版的"刁德一"、"胡传魁",乱和一气,绿叶衬红花。她年纪比较大,后来,家里想办法给她在四川三线找了对象,她嫁过去,办了调动手续走了。"音乐会"缺了台柱子,过了好久我们都十分想念她的歌声。前几年,我和她意外地通过其他知青联系上,知道她已从四川回到上海。电话里说起她的歌声,她呵呵地笑,声音依旧洪亮。

　　汤知青是林场商店的,他看不上我们唱的"万泉河水清又清"、"大红枣儿甜又香"之类的歌。可是我们音乐基础差,会唱的歌少,只会唱这些当时的流行歌,而他会唱很多很多外国歌,尤其唱苏联老歌。比如《喀秋莎》《山楂树》《小路》《莫斯科郊外的晚上》等。他最喜欢唱的是《三套车》和《老人河》。他的嗓音一般,但是很入情,用低吟的方式慢慢儿地唱,总是特别能唱出感情和韵味。"冰雪覆盖着伏尔加河,冰河上跑着三套车,有人在唱着忧郁的歌,唱歌的是那赶车的人……你看吧,这匹可怜的老马,它要跟我走遍天涯,可恨那财主要把它买了去,今后苦难在等着它……""……我们流血又流汗,浑身酸痛受折磨,喝醉一会儿要坐牢,快来拉船扛包裹。但我决不悲伤痛哭,我一定要进行战斗,但老人河呀,你总是不停地流过。"他低沉的声音轻轻地在空中回荡,窗外冰雪皑皑,夜晚的松林远远地传来阵阵松涛声,像是呜咽,辽阔而无边无际。

汤知青是老高三,年纪将近三十了,比我们都大。当地东北人承继着农村的习惯,觉得男的二十出头就该结婚生孩子。印象深的是我们学校的东北人小邹老师,才二十四岁,整天最发愁的就是找对象,常说的话题就是自己太老了,东北老师也七介绍八介绍,他终于在别的林场找到合适的姑娘,赶快结婚调了过去。热心的东北老乡总觉得汤知青都快三十,再不婚就真不婚了,给他介绍的也不少,可是汤知青一个也看不上。所以汤知青一唱"田野小河边红莓花儿开,有一位少年真使我心爱",我们就嗤嗤地笑,笑汤知青的浪漫,都说汤知青最"修正主义"。事实上,那时谁也没想在林场安家,那是要有上山打柴火、冬天贮土豆白菜,还要能把这些整回家的本事的,对南方知青来说简直是可怕的事。尤其是汤知青那样格调的人,更难找到同样格调的对象,因此只能用歌声来抒发。虽然我们笑他,但谁知到了他这样的年龄,我们自己又能怎样?

一唱起歌来就常常唱到很晚,林场停电了,于是我们就点起蜡烛来唱。在那黑沉沉的夜里,蜡烛微弱的光闪着亮,歌声在那光中跳跃着,在不知未来的时候带给我们些许抚慰。

我基本不喜欢收藏东西,最怕收拾打扫成累赘,所以每次出差或旅游,大都是抄着手看别人买东西,饱过眼福了,就行了。但我却有一本老旧手抄的歌本,从黑龙江带回杭州,不论我上学、返城,几次搬家,都没舍得丢掉,它成了我仅有的少数"收藏"之一了。

那个年代歌特别少,商店里也很少有歌书,只有样板戏、语录歌之类的。在林场学校,几个知青常聚在一起唱歌,可是总不能颠来倒去地就唱那几首,谁有了一首大家以前没听过又都喜欢的歌,就都想抄下来学唱。所以好多人都准备了一本手抄歌本。我买了一本粉红色的硬壳面本,上海纸品一厂出品的,在那个时候也算高档,足见我对此的高度认真。那时我们几个知青每每回家探亲时,淘歌谱也是一项任务。南方歌曲流行得快一些,资料多一些,每人淘到一些,回到林场,大家就互相抄。

那些歌曲总的来看都比较抒情,旋律比较优美。优美的歌曲大家都喜欢,慰藉心灵的寂寞和迷茫。哪首歌是谁搜来的,又是怎样淘到资料书籍的,现在已经记不清了,相信每一首歌最终抄到手抄本上,都会有一个小小的故事,从中可以看出在音乐荒芜、心灵荒芜的当年,我们知青的追寻和寄托。

"文革"过去了,万物开始复苏了。优美的歌曲如开闸的水一泄而出,杭州城里有了一种传播歌谱的快速做法,就是歌谱印在三寸相片纸上,一次可以印很多张,上面还有歌唱家的头像或电影中的场景配合,很漂亮。在街头的小摊上,几分钱一张,可以选到好多首歌曲。这样我们就慢慢地很少抄歌了,好歌也抄不过来了。我常买来歌谱的小相纸,直接贴到手抄歌本上,简单方便。这样的歌片现在我还有二十来张,绝对是珍藏了吧。

那时,《杭州日报》等报纸为满足读者的需要,常常会把一些大家喜欢的新歌刊登在报纸上,我也把它剪下来贴在歌本上。再后来,流行歌曲出来了,歌曲出现的速度越来越快,音乐流淌过大街小巷,流淌进我们每日的生活,新华书店的歌书满架子都是,你想选什么就选什么,于是手抄歌本被搁至书架的暗角落里尘封了。

不少老知青都有过手抄歌本的经历吧。朋友,在书架或箱子的哪个角落里是不是还藏着一本啊?有空时翻出来看看吧,挺有意思的,每一首歌都有一个记忆,都收藏着一种久远的难以忘怀的情感。

西北原野还回荡着你美妙的歌声

凤箫吟

我们知青点离县城约有八里路。农村生活单调,唯一可去玩玩的地方就是八里路之外的县城了。当地农民管县城叫"街"(gai),去县城叫"走街"。起初我们不知道为何管县城叫"街",去了才知道它的确只能叫街,因为县城只有一条街,公路就从这条街上通过。严格地说,这街就是公路的其中一小段。街并不宽,两旁参差排列着县府、邮局、银行、商店、旅店、饭馆等,县城虽小,但也五脏俱全。这或许是规模最小的县城了,甚至不能把它算作一个城,因为它并不具有一个"城"的规模。当地人称它为"街"实在是很形象很确切的。

我们九月中旬离开杭州,到了插队的地方已是下旬了,也就到了西北农村收秋的季节。于是收割、打场、交公粮、入库、分口粮,足足忙了一两个月。等这个季节一过,冬天也就来临了。这里纬度高,天冷得也早,冬天白天很短,夜晚自然就长。冬季在农村称为"冬闲",农活很少,相对来说也要轻松得多。这种时候我们就会向队长请假结伴"走街"。那时候这是我们唯一可以消遣可以奢侈的地方。其实也就是逛逛商店,看一场电影,当然免不了要照顾一下自己的嘴巴,下馆子小小地撮一顿。农村生活是清苦的,尤其在西北边陲,走街下馆子是我们唯一改善生活的机会。

下乡的第一个冬闲季节,我们经常结伴走街。冬日苦短,还没玩尽兴,天就黑下来了。农民们歇得很早,当时还没有通电,点的还是煤油灯,为了省油,农民们早早地就熄灯睡觉。这时我们走在回生产队的路上,四处静悄悄的,广袤的田野在月色映照下泛着银白色的光,间或从庄子里传来几声狗吠。

在这种纯净的氛围里,知青陈胖子就会亮起嗓子放声高歌。他的嗓音清亮高亢,略带点鼻音。在那静静的夜晚,在那空旷的田野里,那歌声是无与伦比的美妙动听,说是天籁之音绝非夸张。他能唱很多当时流行的老歌,现在都已被公认为"经典"。我记得有《走上这高高的兴安岭》《新货郎》《乌苏里船歌》《赞歌》《库尔班大叔你上哪儿》等歌,一首接一首地唱,兴致极高。那时我对音乐艺术的了解还几乎是一片空白,陈的歌声是我第一次近距离听真人唱的最优美的歌声。后来我听过很多歌,其中不乏著名歌唱家的,但那都是在舞台上,在广播电视里,唱得再好、再动听,却再也找不回当年在田间小路上陈边走边唱带给我的那种感受。现在我经常回忆起当年那幕场景,是那样清晰,那样美好,使我终生难忘。可惜的是,陈的嗓子在以后的岁月里慢慢地变了,变得不那么清亮了,或许是生活的不如意,或许是过度吸烟损坏了他的嗓子。但当时那场景,当时的那种感受,却永远地留在了我的记忆中。岁月荏苒,陈现在也已是花甲老人了,再也不是当年那个激情洋溢、引吭高歌的青年。陈,你还记得当时的情景吗?月色下空旷寂静的田野,清亮高亢的歌声冲破夜幕飞向很远很远的地方。你还记得吗?

电影的回忆

李子

当知青的时候,看电影几乎是我们唯一的娱乐活动。我所在的连队在一个叫龙川的半岛上,三面环水,一面临山。无论去附近的哪个公社看电影,都要坐船横渡千岛湖(那个时候叫新安江水库)后,再步行十几里路才到。这一来一去,回来就是半夜了,第二天一早还要出工。

但这丝毫不影响我们看电影的热情。只要听说附近有电影,大家白天就奔走相告、翘首盼望,收工后草草地吃了饭就匆匆赶路。有好几次,头天晚上刚从姜家公社看电影,半夜里才回来,第二天得知同一部影片在汾口公社还要放,我们会毫不犹豫地赶几十里路再去看一遍。

我们去看电影,通常划的是一吨塘船,船两头尖尖翘起,前后各有一把桨供大家轮流划,其余的人分坐在船舷的两边。晚上在茫茫水面上划船,没有航标,黑灯瞎火,全凭感觉。但那个时候,仗着年轻气盛、艺高胆大,我们根本没有考虑安全因素。

终于有一天,悲剧发生了。

在晚上回来的船上,可能是太疲劳了,一个叫美娟的女知青不知不觉地打起了盹。睡意蒙胧中,她不小心翻入了水中。听到她在水中的呼救和挣扎声,终因为天黑风大,水深浪急,一船的人束手无策,只能眼睁睁地看着一个鲜活的生命被水吞噬。

这起事故在我们心里留下了无尽的自责和内疚,此后的很长一段时间里,我们都不再提看电影的话题。

有一年春节,我们几个知青相约去了美娟家,她妈妈拽着我们的手,老泪纵横,一遍遍喃喃念叨:"我们美娟要是活着,也有你们这么大了。"望着老人家花白的头发和悲怆的目光,我们都流泪了。

为了看电影,我们这些知青没少跟附近的农民干仗。如果是露天电影运好,反正处处都可站人。一旦遇上在公社礼堂里放电影,座位有限,就免不了发生冲突。

记得有一年,姜家公社放映朝鲜电影《卖花姑娘》,这在当时是一部非常轰动的电影,我们连队的知青几乎全去了。那天,公社驻地人山人海,把个不大的礼堂挤得水泄不通。把门的民兵不让我们知青进,我们硬往里面挤,一语不合双方就动手了。眼看着要出事故,公社领导紧急宣布再加映一场,这才平息了这场殴斗。等我们一个个红着眼圈(半是流泪半是熬夜)心满意足地回到连队,已经是第二天凌晨了。

后来,我们兵团组建了自己的电影队,轮流去各连队为知青放映。电影队由三个知青组成,他们挑着沉重的放映机、发电机和铺盖,一年到头跋涉在千岛湖的山山水水,的确辛苦。每逢电影队要来的日子,连队里就像过节一样热闹。我们再不用跋山涉水,在家门口就能看上电影了。遗憾的是,那个电影胶片是8.75毫米的,银幕很小,且放映次数又少(一年才轮到几次),实在不过瘾,免不了还要去附近农村蹭电影。

那时候的国产电影类型不多。最初是"三战一哈"(《地道战》《地雷战》《南征北战》和新闻片《毛主席会见西哈努克亲王》),后来是八个样板戏长期占据银幕。农民们不喜欢看"不说话"的芭蕾舞剧,于是,尽职的公社放映员,每当放映样板戏《红色娘子军》和《白毛女》时,就会用当地的淳安方言给电影配音。高雅的芭蕾艺术加上土话俚语的解说,实在是让人忍俊不禁,更是我们第二天劳动时的笑料。

偶尔的,外国影片也放,但仅限于和我们同一个社会主义阵营的。有一个流行于20世纪70年代的顺口溜,对这些电影做了个生动形象的概括:"朝鲜电影哭哭笑笑、越南电影飞机大炮、阿尔巴尼亚电影莫名其妙、罗马尼亚电影吵吵闹闹、苏联电影搂搂抱抱、中国电影新闻简报。"

奇怪的是,充斥影片的说教和宣言并没有掩盖故事本身的娱乐性。人们津津乐道的,是那些极具经典的对话,比如"打一枪换一个地方"、"高,实在是高"、"我胡汉三又回来了"、"面包会有的,牛奶也会有的"等。这些当时倒背如流的经典台词,我到现在仍记忆犹新。

到了20世纪70年代中期,"三战一哈"和样板戏一统天下的状况开始被打破。《海霞》《闪闪的红星》《春苗》《青松岭》等一批彩色故事片陆续上映,我们开始接触到越来越多的电影。

说不清这究竟是社会的进步还是倒退,电影早已不再是我们最大的渴求。精神文化的多元化让我们领略了另一种活法。当我们手持遥控器选择喜爱的电视节目时，当我们通过电脑在互联网上遨游时，当我们戴着 MP3 悠闲地欣赏着丰富多样的音乐时……我不禁由衷地感叹：有多姿多彩的生活相伴，真好！

九死一生风雪夜

李子

1972 年冬天，我们从抚远县城去佳木斯开会。

出发前，久雪初晴，正庆幸呢，看门大爷告诫说："别高兴太早，说不定会碰上大烟泡！"东北的雪又干又细，没"结壳"时遇上大风就会漫天飞扬，天地搅得白茫茫一片，当地人叫它"大烟泡"它的可怕绝不逊于沙尘暴。

车队有两辆大客和一辆卡车，县公安局黄局长领队。他先打长途问了地区气象站，说预计风力不大，于是决定出发。他让老弱妇孺进客车，年轻力壮的男人上卡车，让司机多带铁锹、绳索和防滑链。我们男知青很豪迈地上了卡车，用备用油桶和绳索堆成个挡风墙，二十来人蜷缩在一块大苫布里面，准备"顶风斗寒"一番。

出县城先是山路，车速不快，大家也有说有笑。到平地车速快了，寒风开始"刺骨"。盖顶的大苫布像一层薄纸，身上的几层棉很快被吹透。每开一段路，大家就得下来慢跑一段，身上热乎了，爬上车再开一段。

进入建设兵团地界了，那里的路况还算好，积雪被推到两边，堆成高高的雪墙，汽车就像跑在壕沟里。

中午，风大了，路边的电线发出呼啸，雪墙开始坍塌，旷野上的"雪面子"开始起舞，天地慢慢混沌起来。不好，起烟泡了！

风越来越大，"雪砂子"扑头盖脸，让人透不过气来。"壕沟"越来越浅，路面渐渐松软，汽车不时打滑、频频被陷。大家就拿工具下车，挖雪、拉车、推车。身上倒是不冷，心里却越来越沉：如果陷在半路上，后果不堪设想！

天擦黑，风小了。雪原被"大烟泡"完全荡平，一望无际，只能凭借电线杆子判断公路的走向。路面更松软，防滑链完全无用，我们干脆上不了车——得不断铲雪、拉车,靠人力给汽车开道! 和大烟泡搏斗了半天,人累了,肚子空了,所带干粮能吃的都吃完了。

挣扎到半夜,风停了,我们也陷入了绝境:汽车动弹不得;人们早已筋疲力尽、饥肠辘辘。极目望去,夜幕下的雪原一片惨白,死气沉沉像个大灵堂。怎么办? 这百十来号人今儿个要葬在这里了? 大家的目光都投向领队。

黄局长找几个有经验的人商量一番,决定派几个身体比较强壮的人组成两支小分队,顺电线杆子向前后两个方向跋涉,寻找兵团连队求援。

大家明白这个决定的冒险性:这么深的雪,让几个精疲力尽的人再去"拔雪罐子",寻找连影子都看不到的连队,他们很可能就死在半路,而我们也只能在此等死。但这是目前唯一的希望了!

好多人以慷慨赴死的决心抢着报名,领队挑选了六个,收集一些手电筒和干粮交给他们。他们分为两组,背负着一百多人的生存希望,悲壮地出发了。剩下的人挤进两辆客车,司机轰着小油门给车厢送点暖,帮大家把冻硬的干粮烘烘软。有人幽幽地说,在所有死去的人中数冻死的人好看,冻得神志迷糊时看到什么都当火炉,抱着它就喜笑颜开,所以死的表情不痛苦。没有人回应他,不祥的感觉压抑着每一个人。

在等待中煎熬了一个小时,司机说:油烧光了,熄火后得把水箱放空。大家明白——这大客车,即将成为大家的"公共棺材"! 有人开始低声抽泣,有人拿出笔来想写点什么,有人则开始梳头整容……悲观和绝望,充斥了整个车厢。

熄火的客车,冷若冰窖,车厢里一片死寂……

忽然,有人尖叫:"灯光! 灯光!!"大家一跃而起、拼命擦拭车窗:看到了! 终于看到了! ——右前方,远远出现几个亮点,看得出亮点在缓缓移动。车厢里顿时恢复了生气,一片欢腾。

灯光越来越近,能看出移动的黑影了,能听到拖拉机马达声了,能分辨出两辆车了,是的,是兵团的车! 是来救我们的!

总算把来车盼到跟前:四轮拖拉机好大哟,后轮有一人多高! 拖斗里装着汽油桶和水桶,一到跟前就忙着给我们的车加水加油、烘烤底盘。客车重新发动了,车厢重新暖和起来! 推土机很快推出一条路来,挂上第一辆客车就走,四轮拖拉机挂上第二辆客车跟在后面,我们的卡车挂上拖斗紧随其后。

终于到了建设兵团连队,小学教室已经烧暖,几个战士热情招呼大家进屋。只见炉盖上的大茶壶蹿着热气,火炉上烤着馒头。多好啊! 多温暖啊! 死而复生的喜悦和感慨一直激荡着每一个人。吃点烤干粮,喝点热乎水,顿觉浑身困乏、睡意袭人,大家借着那些小桌椅或坐或躺,很快发出了鼾声。

天亮了,连队炊事班送来了热稀饭和馒头包子,大伙用雪擦擦脸就吃上了,嘿,那个香啊,这辈子没吃过这么香的饭菜!

又出发了。兵团推土机为我们开道,一直把我们送到路况良好的地方。我们终于顺利到达了佳木斯,后来听说,救我们的连队受了表彰,而我们的领队吃了批评。不过我们都很感激他,如果不是他决定派小分队冒死求援,那晚我们都得死在雪原上。

大兴安岭知青生活二三事

莫凡

记得那是 1970 年的 12 月,也是我们这些杭州知青到大兴安岭新林区养路连的第二个月。快到元旦了,我想把自己的被子、床单给清洁一下。以前在家里也洗过床单衣被,但那是在青石板上刷的。在大兴安岭洗衣服上哪里去找青石板啊,想想也真麻烦。冬天的大兴安岭气温极低,这里年平均气温零下 3℃,最低气温零下 47℃,最高温度 36℃,无霜期只有 80—100 天。所以冬天没有水,所有的水源都冻上了,只能上小河刨冰块运回帐篷,在汽油桶改成的火炉上用脸盆慢慢化开取水。想偷懒不洗吧,可远在千里之外的父母再三写信来告知,一定要勤洗衣服被子,没办法,父母之命难违。

我灵机一动,心想连队后面的小河不是被冻住了吗? 那上面一马平川,可比家里的青石板大多了! 哈哈,好主意,说干就干。第二天上午,刚巧连队不出工,我想先洗床单试试看行不行,接下来就先上河床上刨冰,拉回帐篷放在脸盆里化水,然后在水桶中把床单泡上,我就拎着水桶拿着肥皂和板刷,兴冲冲地顶着寒风句小河走去。

到了小河中间我早就侦察好的地方,我放下东西,从水桶中拎出还冒着热气的床单,小心翼翼地把它平铺在冰上,涂上肥皂,然后开始使劲的刷呀刷呀,直到把整个床单从头刷了两遍,正面刷完了,应该刷反面了吧?于是我就拎起床单一角想把它翻个身,没想到我的床单怎么也不动。天哪,我仔细一看,原来床单已经和小河的冰床合为一体了!完了,我的床单彻底完了,难道它就要在这里过完冬天等来年开春冰化了才能回到我的身边?不行,这绝对不行!我非要将它整下来不可!把整个冰面和床单一起铲下来?不行!床单经过一冻,会发脆变成碎片的。想了半天,最后还是决定回帐篷烧一大桶热水,慢慢浇在床单上,然后再从冰上把它取下来。

经过一个多小时的化冰烧水,终于把一大桶水烧开了。我把它拎到床单旁,这时又想了一下:要是一点一点地浇,那会不会前面浇开了后面又冻上了?那不是又白费劲啦。想了半天,还是快刀斩乱麻,把一桶开水以最快的速度淋在整个床单上(其实单人床单也不大),嘿嘿,还真有效,床单被我成功地从冰上揭了下来。也就几秒钟时间,床单在我手上又冻成了和三夹板一样的硬床单,这可怎么办?要是手一抖,床单就会和冰一样碎掉。没有更好的办法了,这可恶的天气和床单已经折磨我半天了,最后,我只好小心翼翼地用双手拎着这冰冻的"三夹板"——我的床单,小心翼翼地走回了帐篷。那年我才十六岁。

转眼到了1972年7月中旬,由于气候干燥,一场山火从新林与塔河交界处燃起,火势较大,迅速地向中苏边境方向蔓延,大兴安岭地区防火指挥部紧急调兵遣将进山扑火。我所在的新林养路连也参与了这场战斗。全连同志正在塔源修路,接到参加救火的命令,除了留下六七人值守,其他一百多人分别轻装上阵(我当时没经验又不肯听当地老师傅的话,随身只带了一个小挎包,里面只有一盒火柴、几盒烟、一个茶杯),乘坐解放大卡车直接扑向起火现场。我们是中午出发的,大约坐了两个多小时的汽车就到了火场外围翠岗林场。听连长说我们将在这里休息一个小时,同时准备进火场的一些必备物品,然后分成两批,一批乘坐军用直升机直扑火场,另一批将徒步前进跟在大火后面走。(当时也不知道为什么要跟着大火后面走,后来连队的老人告诉我们,大火是扑不灭的,只能在火的四周开辟防火道不让大火蔓延开,防止大火死灰复燃。)

我被列入徒步的那一队,刚开始心里还不高兴,心想多好的机会能坐上直升机在大兴安岭的上空飞翔,那景色肯定不会比家乡的西子湖畔差吧!后来才知道,坐直升机的那些伙伴有多惨。轮到他们坐直升机是在晚上,窗外只有零星火光,别的啥也看不见。直升机一次只能坐 20 个人,所以就要排队。再说直升机上天后得飞十几分钟才能到火场,你说这十几分钟能飞多远?再说那都是山啊,一飞一个山头,十几分钟那得飞多少个山头啊。可怜那些坐直升机的伙伴,打火结束后就靠自己两条腿走回来,比我们整整晚三天才回到连队。

打火时的辛苦我就不多说了。我们在火场一共待了十五天,走了多少路,趟过了多少条河也记不清了,印象中就是随大队人马走啊,走啊……

记得那是打火的第九天傍晚五点半左右(那时我有一块从杭州带去的老掉牙的上海牌手表),我们走到了一处山坡旁,边上是一大片树林,远处四周都是山。大兴安岭白天长,夜晚短,那时天上还飘着白云,景色确实漂亮。我们几个要好的伙伴找了一处林子边上的小山坡,依着山坡搭建了一个人字形的窝棚,然后分配任务。有人负责找水,有人负责做饭,我负责做饭用的柴火。我带上小斧子往林子密的地方走去,一边走一边捡着树枝。走啊走啊,突然发现前面有一根碗口粗的站干(枯死的树),心里一阵开心,这下不用说做饭了,就连晚上烤火取暖的柴火都有了。一阵小跑到了站干的面前,我举起斧子就使劲砍了起来,不一会儿,站干就倒下了,足有四米多长。我扛起站干,四下一瞧,认准了来时的方向就往回走。走啊走啊,走了半天怎么还没到宿营的地方,心里一阵紧张,可千万别迷路啊。于是我就开始大声喊叫同伴们,可是叫了半天一点动静也没有。于是我就再辨认了一下方向,认准了一处就开始跑了起来。跑了将近有半个小时,累得把肩上扛的站干也扔了,终于跑出了树林。可一出树林我就傻眼了,眼前是一大片开阔地,一望无际的大草甸子,山在很远的地方。

我真的迷路了,这时候的心情真是难以形容。太阳已经下山了,落日的余晖照在大草甸子上,天空是金黄色的,草地上绿油油的一片,景色真迷人。我看了一下手表,已经七点多了,进林子已将近两个小时了。哼!这些平时挺要好的伙伴也不来找找我。(后来我才知道伙伴们进林子找了我一个多小时,看天快黑了也没找到,以为我上哪个窝棚找人聊天去了。)天色已开始渐渐地暗下来了,我知道八点半以后天就黑了,那时就更走不出去了。这时我检查了一下自己身上有哪些东西。其实不用查也清楚,除了手上拿着一把小斧子,一只老掉牙的上海牌手表,还有一盒火柴,其他啥也没了。

看着火柴,我心想,要不把林子点着,那就有人来救火了。再一想,不行!我是来救火的,不是来放火的,这件事万万做不得。那该怎么办呢?难道我真的要在这茫茫林海中冻死、饿死或被黑瞎子咬死？那远方的父母该多伤心啊。真不敢往下想。正在胡思乱想时,忽然听见远处有拖拉机的声音。这下我来了精神,听准了声音传来的方向,撒开双脚在草甸子上飞奔了起来。跑啊跑,怎么越跑越觉得拖拉机的声音离我远了？不行！我停下脚步,静下心来再仔细辨别声音的方向。突然我想起了在空旷的地方,尤其在山谷这些地方,声音往往会从山谷中拆返回来。明白了这个道理,我马上向后转,逆着声音的方向飞奔而去。跑了有半小时左右,拖拉机的声音离我越来越近了。终于,我看见了前方有一条开拖拉机的便道,可到了便道,我看不到拖拉机。于是,我像电影里的侦察兵一样趴在地上观察拖拉机履带是往哪面翻的。这时天已黑了,看过后我心里就有底了。我顺着拖拉机履带往前翻的方向一直朝前奔跑。终于我看到了灯光,是拖拉机的大灯,那可是救命的灯光啊！再看看手表,时间已是快到晚上十一点了,我在丛林中狂奔了五个多小时……

回眸

李若虎

四十年前,那是在大兴安岭呼中区的一个叫做"碧水"的地方——火车驶到尽头,换小火车(自加格达奇往北,两根铁轨的间距变窄了,要换火车),公路到头了走便道(运输木材的简单的路),在便道也没有了的森林里,赫然呈现一幢幢的帐篷,里面便住着知青,他们多是来自上海、浙江的,其中有我们上届的杭州市委书记、资深帅哥国平兄。我们是筑路队,开路先锋,只能与帐篷为伍,这样便于开拔,于是就无法享受诸如贮木场的生活待遇了,那里的知青们住的是板房,相对稳定。

帐篷里是胳膊粗的桦树杆搭就的通铺,一边一排,夜晚就是一条一条的人相邻而卧,常常是把自己的腿架到了别人身上,或者是脚丫子紧挨着谁的脸。没有桌子、没有凳子、没有书报、没有电灯,到后来才启用了柴油发电机。

在两排通铺的中间,有个巨大的铁皮炉吞噬着巨大的木头,炉子周身烧得通红,烟囱伸出顶篷,散发的温度让人无法站立在铺上——烫脸,但是垫被却无法掀起——被潮气冻在了桦树杆上。当年有不少人因此落下了腰腿病。冬季严寒在零下三十度左右,饮用洗涮之水,全靠自己拿脸盆去河边将刨碎了的冰装了来,放到那大炉子上化开,或饮、或涮、或浆洗,偶尔抓到只黄鼠狼,也用那盆煮来吃。那地方很贫瘠,除了河边有水曲柳,几乎全是落叶松,几乎没有飞鸟走兽,河旦也没有鱼。

那时的伙食就是土豆干、白菜干,全是脱水的,没见过新鲜的菜;鸡蛋是打开后冰在一起的饼状物,酱油也是像肥皂那样一块块的,叫固体酱油,需要的时侯用刀切下一点,用水化开来享用;每人每月有两斤大米供应,那是正宗的东北大米,望得见锅里一层若有若无的绿,吃这样的米饭总给人以过节般的享受;平时吃的多是高粱米、玉米面、玉米碴子,那玉米碴子饭其实就是把玉米粒碾碎了煮的饭。

家里人多心疼远方的游子,于是铁路托运的业务空前红火(很多知青的家长就是在托运部里认识成了朋友),时常会有满载卷面、霉干菜、饼干、罐头等解馋物资的包裹从四面八方运抵。而"分享",这一现在常说的词语,早已为我们熟用——约上一群人,在石块铺就的运材路上往返半天的时间,去将那包裹合力抬回来,然后顷刻就将美味"消灭"了。我那时丝毫没有想到,在杭州,我妈妈和年幼的妹妹,也是这样一步一挪地把包裹抬到火车站……她们的艰苦是为了慰藉儿子、哥哥,而我们,只是为了解馋。

当时我们所在的是男子连,早就忽略了另一半的存在,所以经常会毫不在意地裸身走在河边,夏天那河水也是彻骨的冰寒,有一次出于对游泳的渴望,我们几个在河的这边将浑身抹上肥皂,跃入了水中,刹那间感觉灵魂都被冰冻住了。

而与我们二十里之隔的女子连,据说在中秋之夜有过女生集体跪在搓衣板上面南而泣的轶事。当时听过倒没什么感觉,只是赞叹她们的条理——换了我们男的,大概直接跪在地上就拉倒了。但是随着往事的远去,每每念及,竟会引发很深的伤感并且伴有泪花。

说实在,那时候的人很少有后来的浮躁,内心平静得出奇,完全没有波澜,也没有任何诉求。我经常感觉自己再也无法回到过往的境界,可见人不一定都是进步的,在有的地方也会有意外,抑或这就叫时过境迁?

记得那是一个不用上山的星期天,我独自在森林里走进去很远、很远,直到内心生出了恐惧,才英雄就义般镇静地折回了营地。

有一个故事也难以忘怀:一年的冬季,正在山上挖土抬石头,伙房的师傅意外地挑来两桶热气腾腾的豆腐汤,激动之余,面对的就是没有碗筷的尴尬,我用鞋蹭了蹭铁锹,就去盛了一锹豆腐来,举手折了根树枝,就往嘴里划拉,心里想的只是不要浪费了这温度,全然忽略了风度。所幸那时,那里的泥土也算是"绿色"的,没有带来不良后果,至今还在庆幸。

说来好笑,那时候怎么会没有洗澡的概念的? 也是在那个时候,认得了很多人一辈子也无缘认识的小精灵——虱子。通铺为它们提供了良好的环境以惠顾到每一位哥们。

开会时,某领导(是当地肇州县人氏吧,常说"我们肇州比亚洲大"的)让大家提提意见,有人便将虱子的问题提了出来。领导一听,怒不可遏:那是虱子吗? 那是革命虫! 如果与工农结合得好了,身上自然会有那玩意! 此后每逢开会,我就使劲地抓挠身上,以示与工农结合得很好。

话说回来,看过了《北风那个吹》一类描述知青生活的影视,虽然多次被感动,但还是觉得我们、我所在的地方,比他们要艰苦得多,艰苦得太多了!

人生若只如初见,人生若只在当年,人生若只像眼前,也许会少了很多的波折,历史也许就没有了跌宕。

后人也许不复再有这样的经历了,幸哉? 不幸?

我至今还记得小时候语文课里的语句,那就是描写大兴安岭的:棒打狍子瓢舀鱼,野鸡飞到饭锅里。

小东西

yuxj

小的时候,听说过虱子,没见过虱子。

从书上看到描写,大概是鲁迅写的。冬季在向阳的墙角里,好像是阿Q之类的人物在晒太阳聊天,有人伸手从身上抓出一只虱子来,放进嘴里"咔嚓"一声咬成两截,嘴里还恨恨地说:"你吃老子的血,老子也吃你的血。"

后来到了东北见识了真正的虱子,才发现确实不可小视这种威力巨大的小动物。这东西虽然体型小且行动缓慢,但行踪诡秘,属于吸血鬼一族,非常难以捕捉和消灭。

刚到那儿的时候是没有这种小东西的。大概是在呼中生活了将近一年左右，小东西出现了，开始是零星个把只崭露头角，也未能引起大家的重视，去花力量防治。

结果，在几个月的时间里，这些小东西大量繁殖，几乎颠覆了整个连队（主要指男生）。到后来所有人都有些草木皆兵的味道，只要身上稍有些许痒痒，就把所有的内衣一股脑儿扔进沸水锅，或是干脆投入火炉中一把火了事。

当时，住在帆布帐篷里，12人一顶帐篷，在帐篷里每人6平方米生活空间。开始的时候大家睡小树干搭成的通铺，睡觉的铺位紧紧挨着。人类的这种生活状态非常适宜小东西的传播繁殖。

先是有人发现身上痒，还不在意。后来这痒是没完没了越来越厉害，开始怀疑不会有皮肤病吧。在老林区的指点下，小东西终于现出原形，被揪出来。小东西产生的痒是很有特点的，不在固定不动的一个区域，而是一种蠕动的痒，不断转移地方，有高手能精确判断其所在方位。个别人（比如小皮）能一伸手便从身上某个地方摸出一只小东西来，当众抛得远远的。有人还把小东西带回了杭州。

不过，当你的身体成为某种动物的饲养场时，确实是很痛苦的。

也有挺吓人的，据说有人把一件内衣扔进一盆滚水，水面上立时浮起一层白花花的活物，看得人无不浑身起一层鸡皮疙瘩。也有人内衣短裤上有一层密密麻麻的虱子卵，叫人见了头皮发麻。

一般总是认为男生比较懒，所以在身上喂养这种小东西的人比较多。女生相对勤劳，不太可能长这类小动物。可是有一件事使我改变了这一看法。

有一天，日近黄昏。大家下班后在帐篷中洗手准备晚饭。突然听到不远处女生帐篷传来一声凄厉的惨叫声，闻者无不毛骨悚然。全体男生都冲到帐篷门口，扒开门帘张望。只见女生帐篷边上，四五个女生围着一个披头散发的女生，那女生低头哭泣，众女生好像在她头上捉什么。

后来，听说大概是在头发上发现个把小东西了，于是众男生一哄而散。小皮鄙夷地撇撇嘴："搞什么搞，几个小东西吓成这个样。我腰上一抓一大把都没事。"开始，小皮是优秀饲养员，他喂养的小东西肥且壮，无人能及。后来，小皮成了良种繁殖场，成了播种机。他到了哪里小东西就泛滥成灾。最终，小皮成了一只臭名昭著的过街老鼠，所有的帐篷都拒绝他。

不知是真是假。小汪神秘地讲,曾在一件内衣上见到两只强壮的雄性小家伙在激烈地扭打,不远处一只雌性的小东西在观战。一番激战后,战胜者一手挽着雌性的小东西趾高气扬地走了。留下的战败者在孤独地哭泣。

在呼中生活了一年半到两年后,小东西完全绝迹。

矿工的澡堂

古朱

我第一次接触到有关井下采煤工的形象是在一本画报上。那时还在读小学,有一天,老师拿了本画报,上面有几个苏联老大哥的井下采煤工刚洗完澡,穿着浴衣戴着有色眼镜睡在躺椅上在享受太阳灯的照射。老师告诉我们说:在井下工作是见不到太阳的,人长期得不到太阳照射身体健康要受影响。苏联老大哥条件多好,对工人多关心,用人工太阳光予以补救……

我当了十几年的井下采煤工,从没见过太阳灯是个什么玩意儿。听老矿工说,大跃进那时有过,不顶屁事。

洗澡倒是每天下班后的第一大事,是必修课。老实说,修建一个澡堂子是现代煤矿建设的一个必要条件。我们矿的澡堂子就很大,一分为二:进门处为更衣室,里面像图书馆里的书架那样整整齐齐的码放着一排排更衣箱——全矿几千个工人,就得有几千个更衣箱。更衣箱与矿灯一样,也是定人的。要是井下有个三长两短,第一要查矿灯,矿灯不在,那人就有可能还在井下。再看更衣箱,如果只有干净衣服,而工作服又不在,那这人肯定还在井下无疑。

一道墙隔开里面就是澡堂了,有四个硕大的澡池轮换着放水,池子很简陋,没有城市里的澡堂那样贴着瓷砖、马赛克,只是简单地用水泥砂浆粉刷了一下,很粗糙,这也好,防滑。一到下班时,数百个工人就争先恐后地像下饺子一样泡在澡池子里,人声鼎沸。这是矿工们最放松的时刻。

北方人,尤其是那些干旱地区来的人,是没有洗澡的习惯的。在宁夏西海固地区,喝的水也要靠老天那点可怜的降水窖了起来解决,洗头洗脚都困难,更别说洗澡了。听说有几个在煤矿附近打工的女子,对那间大房子感到惊奇了:每天见那么多黑不溜秋的人进去,怎么没见有那些个黑黑的人出来啊? 那间房子的小窗不时地往外冒着热气,不知那些人进去在干啥? 于是搬了几块石头垫脚,想看个究竟,哪知刚探头一瞧就妈呀一声跑得比兔子还快。

其实我们每天洗澡也是任务,没办法的,根本不像现在洗澡是种享受。提心吊胆辛辛苦苦干了一个班,谁都想快点洗洗到食堂喂脑袋去,吃饱了不想家吗! 然后回到宿舍,躺在床上实实在在地美美地睡它一觉。但是采煤工不洗澡实在不行——上得井来,人们老远可以见到的是两只眼的眼白,那太白了! 要是咧嘴一笑,还能见到雪白的牙,哪怕那西海固来的那些氟化牙,也显得很白。剩下来就只有鼻孔下的两簇,老是出气,吹得这里的黑色就没有其他地方那么浓厚。一身的臭汗拌和的煤尘沾在身上很难洗去,特别是那些炮烟中夹带来的煤尘,颗粒极细,接近纳米级,会钻到人皮肤的毛孔里去,极难洗干净。往往下班时可以演包龙图的,洗完澡后只能演演小花脸了。

下班往往是同时的,要想先洗到澡,除了在井下健步如飞外,脱工作服麻利也是个制胜法宝。先洗澡不光为了能早吃上饭、早躺在床板上,还有一个重要因素是为了那池水。你想,有那么多人同时洗澡,带来的煤泥不是要以吨计了吗。洗得迟了,那水黑的看了都害怕,谁都想抢那干净的水。我在当采煤工前,在贺兰山深处铁路沿线当过外线工,为了在大寒天爬电线竿子利索点,不敢穿太厚笨的衣裤。于是就想出了坚持洗冷水澡,锻炼自己抗寒能力。这时就派上了用场,那四个池子里肯定有个盛满冷水的干净池子,水太凉,没人敢洗,就我一人洗。也有上当的,看我洗得开心,也跟着跳了下来,然后大骂着急忙离开,这时我虽然挨了骂但会更开心。

后来我当上代理采煤技术员,常年上零点班。下去转转,检查一下工作,一般凌晨四点到五点就可下班。洗完澡,里里外外一件件地穿戴整齐,回到宿舍再一件件脱掉睡觉,很烦! 我是个懒人,懒得天天重复这不好玩的动作,于是就把衣服团成一捆,光穿个短裤衩,拖着塑料拖鞋,抱着衣裤回到宿舍就钻进被窝。走出澡堂要路过调度室,调度室那些爷们没事就把我当做笑料谈论。有一天,他们商量好了,纠集了好几个上夜班的采掘队干部,将我堵截在调度室两扇门之间的走廊里,冻得够呛。但我还是面带微笑,毫无畏惧地站在那里,直到他们放行。

有句话怎么讲的我已忘记了,意思是说撑船的人虽然整天与水打交道,但他们皮肤最黑。采煤工虽叫做煤黑子,但不黑。井下采煤工因为很少日照,长得白白嫩嫩,一点不显老。不像现在,除了头发是白的,其他部位却一天天地在变黑,不晒太阳也会变黑。

　　嘿嘿,老了!

理发

吴江林

　　1969 年五一前,我还在浙江建德邓家乡插队,每次回家都要去理发店理发。五一节的那次理发是最后一次,随后就来到了黑龙江。到那儿以后才知道十分场是个新建的分场,除了睡觉的"马架子",什么都没有,没有商店,更不用说理发店了。

　　头发就像一蓬草,割了会长的,过不了两个月头发就可以扎辫子了。女孩还可以,我们这些小伙子可受不了啦。为理个脑袋来回走上十几里路真的是太不合算。有人不知从什么地方借来了剃头的家伙,知青中也有会一点手艺的,就轮流给大家理发。于是,每逢休息就排队等待,挨着个儿修理。那业余的理发水平自然就不能提了。

　　不久,每个连队凑钱各买了一套理发工具,一到休息日就找几个手艺略好的给大家理发。他们理发的时候我就在旁边看,我觉得理发也不难啦,于是萌生了学理发的念头,不时地拿起理发推子练练。可是,要想在别人的头上动真格的,谁也不干!

　　我终于物色好一个不知我根底的对象,高度的眼镜儿刘德林成了我的第一个试验品。我看他头发已很长了,于是抓住了他,说我给你理发吧!

　　他还怀疑地问我:"你会吗?"

　　我装着一副理发大师的模样:"哼,一般人我还不给理呢!"

　　我把他摁到凳子上,拿起围脖就给他围上了,然后摘去了他那 800 度的近视眼睛,这样一来他是什么也看不清楚了!

　　握推子的手好像那天就不好使唤了,推了半天,那脑袋上的头发比割麦子还不听话,地里割麦子留下的麦茬也比那头发齐,急得我一身汗。刘德林好像觉察到不对劲了,让我拿镜子给他看。我嘴说马上就好,心里蹦出个坏点子:干脆给他来个光头就看不出高低了。说话间,我手上的推子贴着他的头皮来了一下子,嘴里还喊着:"不好!"

这一推子倒是十分的听话,贴着头皮开出了一道垄沟。这样子刘德林才知道上了我的当啦,我说干脆理光头吧,我送你一顶军帽。他一看也无法挽救了,只好由着我推光头了!

推光头不用害怕推不好,胆子一大推子也听话了,拿那剩余的头发练练手艺还真有收获。不过,我也赔上了一顶军帽!

此后,我用不同的方法不断地寻找猎物,经过无数次的赔礼道歉,无数次的说好话,终于练就了理发的手艺,而且是越来越好,到后来不是我求人,而是人求我了!

此手艺就像骑自行车,学会了就忘不掉,走到哪儿都用得着。现在算算经我手理发的人头,总数没有一千也有八百了! 谁要是不信,哪天我给你理发,糟老头也能变成小伙子!

3 那一片热土

崔翰利沟

抚吉东河

我查遍了最详细的抚远县地图和网上所有的搜索引擎,仍然找不到"崔翰利沟"这个地名,甚至连发音相近的链接也没有。也许它只是当地老人们约定俗成的一种叫法,然而,它却在我的记忆里萦绕了整整三十八年,它是我心中的伊甸园。

从东河往南,沿着去别拉洪的爬犁道走三十里地左右就到了崔翰利沟。那是一片绵延不断的慢坡丘陵,纵横交错的小溪将方圆百里的黑土台地切割成高差相近、面积相当、地貌相仿的一个个土岗,岗上是遮天蔽日的森林,溪边是绵密茂盛的水草,清澈的溪水托载着五颜六色的落叶蜿蜒穿行在土岗间,汇入周边的沼泽湿地。由于崔翰利沟地处东河与别拉洪这两个相去甚远的居民点之间,在二龙山至抚远的战备公路修筑以前,除了冬季从海青来往抚远偶尔有爬犁路过外,平时几乎无人光顾,因此基本上保持着原始状态。1969 年 2 月,因为要给新来的知青盖宿舍,需要一些诸如梁柁之类的大木料,队里安排了一些劳力进沟伐木,我随着几挂马爬犁第一次进了崔翰利沟。冬日的太阳发出惨白而无力的光,天冷得出奇,湛蓝的天空中忽然飘起了细如砂糖的雪花。当地人告诉我,那叫清雪,只有在极寒冷的晴天才会出现。随着路途的延伸,地貌发生了变化,稀树湿地逐渐向成片的树林过渡,树木越来越粗,林子越来越密,终于,崔翰利沟到了。那是一片多么浩瀚的林海呵,银装素裹,无边无际。进到沟里,我立刻被那原始、粗犷、充满野性的森林震撼了。一抱多粗的大树摩肩接踵、满目皆是,高大的树冠即便是落尽了树叶,仍然枝节横生、勾心斗角、显得那么张扬、那么霸气。清晨的雾气在挺拔的枝干上凝结成珊瑚般的树挂、晶莹剔透、银光闪闪。树杈上、树桠间长着一种叫冻青的寄生植物,在寒冷的冬季结出一嘟噜一嘟噜红玛瑙般的果实,在这个银色的冰晶世界里发出耀眼的红光,妩媚动人。空山无人,万籁俱寂,我扯着嗓子吼了一句:"穿林海,跨雪原,气冲霄汉,汉……汉……汉……"就像有人唱和着,在茫茫林海中久久回荡,声波震落树上的积雪,飘飘洒洒落了我一身。一只狍子被我的唱腔惊醒了,在离我七八米远的草丛中探起身来,伸直脖子,竖起耳朵,瞪着大眼打量着我这个不速之客。我也是第一次近距离与狍子相遇,茫然不知所措。忽然,它意识到了什么,后腿一蹬,箭一般地跳了起来,白色的尾巴随着身体的起落一撅一撅的,消失在密林深处。这时我才发现,在林间的雪地上,纵横交错地布满了各种动物的足迹,这里的李大爷如数家珍地告诉我,这是狍子,这是野猪,这是兔子,这是狼……我问他,这片林子有多大,他说一天也走不到边。望着茫茫林海,我想,这儿的春天一定更美。

　　1971年春天,我打猎来到了崔翰利沟。春天的森林全然没了冬日的空灵,显得格外拥挤。高大的树冠枝繁叶茂、层层叠叠,犹如一顶顶巨大的华盖将天空遮得严严实实。周围黑幽幽的,充满着神秘。抬头仰望,阳光从树顶的空隙中一束束漏下来,在枝叶的晃动和雾霭的升腾中变幻着光线和色彩,稍纵即逝、光怪陆离。我端着枪,在树林里仔细搜寻着猎物。地面上铺着一层厚厚的腐叶,踏上去软绵绵、潮乎乎的,似乎能踩出水来。林木间荆棘丛生,杂草遍地,穿越非常困难,只有沿着溪边才能前行。溪水在落叶和草根的常年浸泡下呈现出一种特有的浅棕色,随着地形的蜿蜒起伏,悄无声息地向低处流淌。倒卧的朽木横贯在小溪两岸,斑驳的树干上长满了各种不知名的菌类。裸露在水边的树根盘根错节,蟠绕扭曲,覆盖着墨绿、紫红、橙黄色的苔藓,色彩斑斓。空气中弥漫着一种密林里特有的气息,浓重、绵密、沁人心肺。周围静悄悄的,偶尔响起一两声不知名的鸟叫,随着一阵扑拉拉的振翼声渐渐远去,一切又都恢复了平静。在春天的密林里狩猎,视野太小,加上没有经验,走了一个多钟头连根兽毛也没见着,我不禁有些丧气,在一块林间空地上找了个树墩坐下休息。这是一处被荒火烧毁的树林,方圆有几百米,从那些十几米高,仍然直立但已是通体焦黑的树干上,能依稀想见当年的繁茂。地面上已长出了密密麻麻的次生苗,尽管只有半人高,但十年后必定又是一片年轻的密林。大自然就是这样,在造物主的安排下,此消彼长、生生不息,只要没有人为的破坏,这种自我繁衍将永远延续下去。周围视野开阔,从远处观察树林,又是一番景色。自然状态下的树木,是按群落生长的,尤其是杨树和白桦,成百上千棵连绵成片,杨树林青翠碧绿,桦树林株白叶黄,远远望去,好像油画中巨大的色块,在春日的照耀下反射出生命的光彩。起风了,寂静的山林在春风的吹拂下活了起来,树影婆娑、婀娜摇曳,呼啦啦的林涛声从四面八方响起,犹如一首生命交响曲,在上帝的指挥下,歌唱生活、颂扬自然、赞美和谐,这是真正的天籁之音。我被深深地感动了,手中的猎枪似乎成了这首交响曲中的不和谐音。走吧,悄悄地,不要打破这里的和平与宁静。

三十八年后,我又一次踏上了这块美丽的土地,但当年那浩瀚的森林已经消失了,在人类贪婪的犁铧下永远地消失了。

生命中的一缕阳光——印象独木河

徐宗明

一缕阳光,一缕天籁般仿佛来自天堂的阳光,从云层中逸出,将一抹金色泻在一间间残雪斑驳的小屋顶上,远远看去,皑皑白色群峦怀抱中的独木河在阳光的照射下静谧圣洁,如诗如歌……这景象刹那间刻入了我的生命。后来我知道,那样的地方应该称之为桃花源或者香格里拉。

1969 年 3 月 14 日,知青专列五昼夜的颠簸,在每个人的脸上写满了困顿和倦意,但听说我们被分配到最靠近珍宝岛的虎头区,许多人生龙活虎起来。我们乘车前往离虎林二三百里地的独木河大队,记得路还是冻着的,车轮上裹着防滑链,驶离县城没太久,路变得笔直,看不到尽头。车窗外渐是一望无际白雪皑皑的荒原,甸子里,一些草塔头从雪盖中钻出,披头散发骷髅一般,远处灌木丛中的白桦赤裸着,粉白的树干,红红的树梢,与荒原的色调浑然和谐,空中偶有一两只鹰隼飞过,带来些许生机。记得接我们的是当时的大队支书张忠德,他一路回答我们好奇的提问,说现在的公路是以前鬼子修的铁路路基,所以那么直,铁轨早被老毛子当战利品扒去。靠近乌苏里江的路段,中苏边境近在咫尺,远远望去,江对岸苏联城市里的房屋多是白色。午后,从虎头再往独木河,路开始在山丘间迂回,渐渐上坡,能说会道的张忠德用"东北三件宝,人参貂皮乌拉草"、"棒打狍子瓢舀鱼,野鸡飞到饭锅里"编故事吊我们的胃口。过了三岔路,车至岭顶,张忠德将手指向坡下的一侧说,我们快到家了,山坳里的村庄就是独木河。我顺着他的手,透过林梢望去,只一眼,生命中就刻下了那番景象。远眺美丽的小村庄,我有些感动,以为那里将是我永远的家。

　　生活不会因为谁的浪漫而变得美好,十几分钟后,当车过了当时用木材搭建的独木河桥,我们的双脚踏上小村庄的土地,一切才是实实在在的。从这里开始的人生,每个亲历的人会有色彩各异的记忆和感悟。

　　生活的磨砺从这个春天开始。早春,村中的路白天化,晚上冻,变得十分泥泞。担水是第一件难事,站在溜滑井台边将水提上来,担子压得肩膀生痛,脚下的鞋被泥粘得如两个铅砣,踉踉跄跄,晃晃荡荡,一担水从井口挑到两百米开外小山坡上的知青宿舍,已洒去一半,也有女生好不容易将水担到门口,脚下一滑,水没了衣服也浸了,一屁股坐在地上号啕起来。刨粪让我们尝够了驴屎马尿的滋味,沉重的镐把一会儿就能让稚嫩的手掌鼓起血泡。要命的是大块的粪刨不下来,粪尿冰碴却直往你的袖口领口和嘴里钻,惹得浑身上下的牲口味。趁着地冻,我们沿着河套去东大甸拓荒,新开垦的地尽是草根,黑黑的,踩上去像踩在弹簧垫子上。冰雪渐渐消融,清洌的河水弯弯曲曲一路欢畅,河套旁的红柳条上萌出粒粒银色的芽苞,没等柳叶张开,孕在芽苞里的柳絮就飘了出来,村里村外轻舞飞扬,搞得人脸上痒痒的心也痒痒的,愈发思念故乡的桃红柳绿油菜花黄。

　　春天播下的种子在夏天生出希望。到了庄稼们最风骚的时节,我们像伺候二八月子般地呵护它们,在一眼望不到头的垅畦里为它们除草、培土,有的禾苗得用几乎是亲吻它的姿势趴在地上用手为它薅去杂草,好让它们鲜活苗壮。我们把那片黑土地当做粮仓,小咬、蚊子和瞎眼虻也把我们当做食堂,嗡嗡唱着轮番用餐。有的人不扛叮咬,一咬一挠头大了,红红如烫熟的猪头,后来下地都用块纱布蒙在头上挡咬,绿色军帽压着纱布,如当啷着布片的日本关东军军帽。夏昼好长好长,两三点钟放亮,七八点钟黑,四五点就得下地干活,这时我们最盼的是雨,雨天可以心安理得地赖在炕上。雨也捉弄人,好好地铲着地,乌云突然黑了半边天,大家飞跑着去抢救晾在河套边的土坯,手忙脚乱地码好盖上,落了几滴雨,天放晴了,还得搬开来晾,伤心的是跑在半道上,天上的水瓢泼下来,人成了落汤鸡,坯成了烂泥堆,我们又得重新和泥、端料、蹲地上用木模抹制土坯。缺少了这些当砖的土坯,我们盖不成新的知青宿舍。终于吃到新鲜的蔬菜了,一把菠菜、几根黄瓜、一碗豆角成了佳肴,刚起锅的新鲜包心菜青辣椒丝的滋味至今好像还在嘴里。

　　八月中下旬,割完小麦,秋天接踵而至。开始收获了,放倒苞米、大豆,挖出土豆、萝卜,砍下包心菜、大白菜,我们像耗子一样往自己的小苞米仓和地窖里倒腾过冬的食物。入冬前,生产队会派一些离得开家的男丁,到离村二三十里外的三岔路一带打牲口过冬的草料。草甸边的宿营是原始的,木杆子搭成的草窝棚,还是用木杆子架起离地一尺的铺,垫上草,铺上熊皮、鹿皮,再垫上褥子,支上小蚊帐,架上一口大锅,一切就妥了,一呆十几二十天。打草的工具是一张七八十厘米长的大镰,镰把比人的身子略长一些,和国外漫画中死神扛着的家伙一模一样,人站着用臂力和腰力挥刈,需要力气也需要一点巧劲。

草甸里的秋蚊多得不行,我们得扎紧裤腿、袖口、戴上手套和防蚊帽才能干活。成百上千的蚊子嗡嗡地扇着翅膀飞到我们身上,细尖的嘴在衣服上刺探,渴望亲吻我们的肌肤,饮血果腹,一巴掌下去可拍死几十只,太多了,到后来连拍都懒得拍。荒山野地里的秋天也有快乐。雨天雾天不能打草,浓雾中,我们到附近的林子里采榛子,一边挠着脸上蚊虫叮的包块,一边咂着采来的新鲜榛仁。下雨了,老社员干脆带我们到沼泽亮子里去甩钩钓鱼,运气好能钓回成筐的狗鱼鲶鱼,回到窝棚立即杀鱼熬汤。出外干活辛苦,队里供给白面,油汪汪的鱼汤就着香喷喷的白面馍,过节一样,半斤面的馍一口气能吃下两个,平时过年过节才吃细粮,这时不死撑的肯定脑子有问题或者肚子有毛病。

冬天来得很早,国庆节也许就飘起了雪花。南方人想来,北大荒的冬天是恐怖的,只有生活在那儿的人知道,冬天才是最惬意的。上冻以前,家家户户磨磨蹭蹭地收拾炉壁炕灶,在木屋土房的外墙抹上新泥,熬一盆糨糊,用纸将门框窗户上的缝隙粘封密实,猫冬了。冬天活少,主要是上山伐木,森林只有冰冻后才不会陷住牲畜爬犁,这个季节要伐够一年取暖和开伙的木柴。天越来越冷,年越来越近,油坊里飘出阵阵香气,豆腐房里热气腾腾,猪儿被宰杀前的嘶嚎在我听来像是饺子在唱歌,上山运猎物的爬犁一回村,大人小孩便围过来,打围的猎人吹嘘如何制服老黑瞎子、公野猪,猎狗在主人身边晃尾邀宠,我们则盘算着能分到多少斤两,怎么把猪肉、野味埋入大盆的雪中冻着慢慢享用。那时山上黑瞎子多,熊掌不是稀罕物,五角钱一斤,我曾带回一对孝敬母亲,褪掉毛雪白雪白的有点像人脚,炖烂了又粘又油又腻,感觉不到山珍海味。冬天,是探亲的季节,回家的同伴手提肩扛,大包小包,将山里的大豆小豆、蘑菇木耳、松子倭瓜子带去,有的还带去鹿茸、鹿鞭、鹿胎和山参。回不了家的,母亲们会托运来许多东西,她们知道孩子缺什么,只要搞得到,铁路能运,八千里地不算遥远。当气温降到零下四十来度,外面飘起大雪,猫在屋里才叫享受。我们把火炉烧得旺旺的,孵在暖暖的炕上,可以看书听广播、唱歌拉琴,可以光着腚捉拿裤腰带下作祟的肥虱,把它们掐得啪啪作响,可以细细品味母亲运来的点心,也可以呆呆地看着窗外飘舞的雪花,让自己的灵魂飘逸,眼眶慢慢湿润……早晨也许会推不开门,不是被大雪封了就是让我们撒在门缝里的尿给冻住了。

当春天再来的时候,知青集体悄悄地发生了变化。有人病退回城了,有人当兵了,有人当了教师、工人,上了学,也有人和我一样越来越像个农夫。下乡后的第七个年头,偶遇哈尔滨师范学院艺术系招生,在好心人和同伴的帮助下,我爱好音乐的美梦成真,那年留在村里的知青已不足十人。最后离开独木河的是杭四中的一个女生,在第一个冬天上山伐木的归途中,马爬犁翻了,坐在上面的她被压在了底下,差点丢了性命,伤愈后,本可病退回杭州的她毅然决然回来,在村里当了一名教师,直到1978年8月。后来她成了我的妻,因为我深信,与她牵手,生活中没有过不去的坎。

光阴荏苒,似水流年,我没有停止过对独木河的思念。当年下乡的90个知青中的30个再回到那里,已是另一个世纪的第四年。车又来到了岭顶,但视线无法透过盛夏茂密的树林,破灭了我重拾美景的梦想。驶过那座用知青们的辛劳和血汗铸成的独木河水泥桥便是村口,百十来号老社员已在村旁的公路上燃起鞭炮,真挚的欢迎,含泪的拥抱,你说我没变,我说你没老,其实心里明白,我们已从姑娘小伙儿变成阿公阿婆。瞅着当年上山打围的精壮汉子如今白了头弯了腰,看到仅剩半间长满蒿草被废弃的知青宿舍,物是人非,令人唏嘘。感到欣慰的是有人盖起了瓷砖贴面油漆铁皮顶的砖瓦房,许多孩子走出大山去了城里发展,乡亲们比以前富裕了许多,小村在缓缓地变。村里摆起了几十年不见的盛宴,能干的媳妇仨都来下厨,乡亲们和知青们举杯畅饮。可惜集体活动安排得太满,我们只在各家老社员屋里转了一圈就到了分别的时刻。车将启动,看到那个当年不足十六岁未成年的小知青与乡亲老友紧紧拥抱,热泪飞溅,泣不成声时,谁不热泪盈眶!

别了,独木河,我们再一次离它而去。也许有一天,我还会再去那里,去寻找生命中的那缕金色的阳光和桃花源般美丽的村庄,为乡亲们做点什么,因为,那里是我曾经的家。

把独木河的生活变成一段段文字,是一个很久前就有的愿望。看了以后也许有人会问,你怎么能把那段艰辛的生活描绘得如此轻松美好?是啊,我也问自己同样的问题,但这确确实实是自己真实感受的一部分,没有丝毫的虚伪,也许是我的血液里比别人多了一点点浪漫。

回味往事,如同咀嚼一枚青橄榄,咬下去涩涩的,慢慢地会有一丝甘甜弥漫开来。用勤奋的态度、浪漫的情怀,感恩的心情去面对我们红彤彤的夕阳,生活会是幸福的。

北大荒的冬天

蓝色大卫

今天是冬至,在节气上则表示一年中最寒冷的季节开始了。看到电视中的天气预报,哈尔滨的气温是全国最低的——零下二十度。这让我想起在北大荒的日子。北大荒的冬天,零下三十度是习以为常的。如果哪一天天气预报说明天最低温度是零下二十度,我们都会风趣地说,明天天气要"热"了。

天寒地冻,大地是白茫茫一片,树梢上的冰霜在阳光下闪闪发光。人们全都穿上棉衣裤,皮大衣,头上戴着皮帽,手上戴的是棉手闷子,一个个全像狗熊似的。知青都戴上了大口罩,可是这口罩也冻得硬邦邦的。在室外的时间稍长,男人的胡须上全挂上了白霜,女人前额上的刘海也是白霜绺绺。

这时要是向地上倒水,你可以看到,水向四面流开去,但越来越慢,一会儿,像胶水一样,很快结成了一个圈。再倒水,就再加上一圈,也算是东北奇观。打水的井台上,高高地隆起那么一座小冰山,经常有人在这里滑倒。

也好,在这么冷的天,贴布告什么的,是用不着糨糊的。只要在纸上抹上一点水,往墙上一贴,布告就贴上了。

还有千万不要用舌头去舔铁器,你的舌头会粘在铁上无法分开,稍一用劲会撕下一层肉。在外劳动可不能打盹,不然,上眼皮跟下眼皮冻在一起,睁不开眼,可得用手捂好一会儿才能睁开。

我们的宿舍离大食堂有 100 米远。从食堂打饭到宿舍,只见米饭上面是一层白花花的霜。好在宿舍里炉火正旺,重新热了再吃。

最不好受的是上厕所。一般厕所离宿舍至少十几米,而且四面漏风。在零下三十度的风雪中上厕所,真是苦不堪言呀!

在这么冷的天,还干活吗? 干! 天大冻,人大干! 冰冻三尺的土地,跟石头一样。要用镐头狠劲地往下刨。一镐刨下去,只是一个白印。照准这个白印,一下,两下,三下,渐渐地,终于有了一条细细的裂缝。不过,头上已经开始冒汗了,虎口震得生疼。稍稍歇口气,再刨,裂缝一点一点大起来,最后可以插进镐头尖了。狠劲一撬,算是撬下一小块土来。

干活时,满身大汗,衣服湿透,但稍一休息,寒气袭人,汗湿的内衣会结成一层冰壳,贴着皮肤,更是冷得要命。所以,要么不停地干,要么到室内去休息。

北大荒的冬天,白天很短,下午三点多,天色开始暗下来。所以在冬天,劳动时间是很短的。不过,漫长的黑夜更是难以熬过去。没有电,一个村庄就埋在黑暗之中,像一个巨大的坟墓,死气沉沉。只有幽灵般的小油灯,陪伴我们熬过漫漫长夜。

在这样的地方,我竟熬过了整整十年! 而且是人生最宝贵的十年——二十岁到三十岁。

北大荒——我恨你!

野稗子

小学五年级的时候,学过一篇课文:《北大荒的"雁窝岛"》,没想到六年后,"扑通"一声,我掉到北大荒这块黑土地上。我这时才知道了什么是遥远,我这时才明白了什么是寒冷,我这时才知晓了什么是亲情,我这时才感觉到什么是孤独与无助。

从那一天算起,十年——三千六百五十个日日夜夜,我看着天上的星星,掰着手指数着日子,一天一天地熬过,一天一天地企盼。北大荒你虽然大度地让我吃饱,你虽然慷慨地让我穿暖,可是在我的心里藏着对你的恨,是你滔滔的江水吞没了我们的手足兄弟,是你熊熊的荒火吞噬了我们的骨肉姐妹。我恨你,北大荒的洪水! 我恨你,北大荒的烈焰! 你张开贪婪的大嘴咬住了我们的青春,细细地嚼磨慢慢地吞咽,把我们一群十六七岁的青年人撕咬磨砺得坚强干练。你贪婪地吸尽我们青春的岁月、我们青春的笑颜、我们青春的血汗,把我们的青春埋葬在你广袤千里的黑土地。北大荒——我恨你,恨你冬天暴风雪的无情,恨你夏日里豢养的卑鄙的蚊蝇,恨你千顷地里的长豆垅,恨你三三制老玉米地里灼热的蒸笼,恨你把拖拉机、康拜因油封,打一把小镰刀——让我们山呼着"万岁"玩命! 恨你听潘大主任(黑龙江省革委会主任潘复生)的混账话,让我们吃了半年长着绿毛的烆窝头,恨你年轻人谈恋爱却道是资产阶级的柔情,恨你——北大荒——我恨你!

一恨就是十年的光阴,一恨就是三千六百五十白昼与黑夜,心里祈祷着早晚会有一天,会有一天我一定要离开你,谁也别想相劝,谁也别想阻拦,我再也不想见到你,我再也不用去恨你,我要彻彻底底地从心头把你抹去。终于我等到了这一天,这是三千六百五十天的最后一天,我准备好空空的行囊,我准备好了胜利的"逃亡"。

当我的脚踏上那条走了千遍,印上了万次足迹的山路,我看见路尽头挥手相送的乡亲,我看见路两旁白杨树的眼睛在流出的泪水(树干上长着无数的大眼睛),我看见那山路的每一粒石子上都印刻着我的指纹(上山炸石就是为了铺这条山路,险些命丧黄泉)。黑土田间的那葱绿的每一棵庄稼叶上都挂着我的热汗,那宿舍墙壁上还留着我每个时期感受的涂鸦(因屋漏地湿,我在门上的墙上题字:沼泽地,并画一丛芦花)。我就这样地走了吗? 头也不回地走了吗? 那田间的蝈蝈、林中的杜鹃,我再也听不到你们的歌唱,那渠畔的黄花、路边的百合,我再也闻不到你们的花香,那东边的朝霞、西边的落日,我再也看不见你们的灿烂,那蓝蓝的天、白白的云,那一张张可亲的面庞,那一声声揪心的呼唤……

北大荒——我恨你,恨你慷慨地放行了苦行十年的我们,恨你残酷地把我们的心留在那片黑色的土地上,恨你窖藏了我们的苦难,却酿成美酒的甘醇,恨你让我四十年后还魂牵梦绕地对北大荒挂念,恨你让我睡梦里还百遍十遍地对着黑土地呼唤,恨你一直到死你都不让我摆脱对你的眷恋,北大荒——我"恨"你,北大荒——今生今世我"恨"你!

大兴安岭随笔

刘华

　　每年五月始,冬眠中的大兴安岭,在春风轻轻的拍打下渐渐醒来。静寂的山林从白色的被窝里起身,为去参加盛夏的狂欢,往身上涂抹着各种色彩。

　　笔挺的棕红色树干的落叶松,枝杈纠结的灰色树干的鱼鳞松,在高贵的,有着腊黄树干常年郁郁葱葱的樟子松的注视下,不约而同地套上翠绿的春衣。远处成片的白桦树则在枝头炫耀着鹅黄的嫩叶。林间树底挤挤挨挨居住着"都柿"、"酸奶子"、"山葡萄"等灌木,其间有一种不知叫什么名的植物,在开完淡黄色小花后,会结出犹如珊瑚珠的小红果,可爱得让人心痒痒。初春的灌木枝上,缀着无数颗嫩绿的小圆点,那是尚未舒展的叶子。不要小看了这些灌木,就如那个叫"都柿"的,它会孕育出一粒粒蓝色的圆嘟嘟的果实,这果实就是近年风行大都市的高端美容水果——蓝莓,绝对的野生无污染哦。

　　在林间或山谷中,结结实实睡了一冬的小溪小河也开始活跃起来。清澈的水流始终在冰面中间无声地流淌,斗转星移,水流的声音越来越大,在落差大的地方还唱起"哗哗"的歌,尽管河的边沿依然结着白色的厚冰。水很冷,手浸进去感到刺骨,依然能看到手指般长的小鱼,灵活地穿行于河底卵石间。仔细看去,这些灰黄色的小鱼身上有两道黑色的纹路从头装饰到尾。河底不长水草,也不见比它更小的鱼虾,真不知这些小鱼吃什么过活着,生命力甚是顽强。到了初夏,清晨的河面上会升腾起大团大团的水雾。这些雾不似平原地带的雾连成一片,朦朦胧胧遮挡视线,它们一大团一大团地游走在林间树梢之上。透过乳白色雾团的缝隙,可以看见蓝宝石般透澈的天空,以及停留在天空上粉红色的朝霞。每次目睹此情景时,脑中便会滑过一个不太贴切的词:云蒸霞蔚。

　　大兴安岭上也不是任何一处都长满松树或桦树的。有些向阳坡地,冬日里覆盖着洁白的雪被,当春风把雪被揭开后,满目是随风摇摆的绿草。草长得很快,不消一月,这些绿草的头上便顶起一朵朵六张花瓣的花,在阳光的映照下,反射出一大片一大片艳丽的黄色,这便是萱草,大伙儿叫它黄花菜。此时,花的上空,有翅上缀着圆斑翩翩起舞的蝴蝶,飞绕着蜜蜂及蝇类的昆虫,忙忙碌碌,一派勃勃生机。不光是昆虫闹春,徜徉在林间山谷中的还有土黄色的傻狍子、黑乎乎的楞熊、俗称"四不像"的驼鹿,以及一惊一乍的野兔、松鼠……

睡过了漫长的冬季,所有的生命在平和的春风里苏醒,所有的狂欢在浓烈的夏季展开。

任老汉

立强往事

有句俏皮话叫"秃子头上的虱子——明摆着",宁夏人是这么说的:"秃子头上的虱子——有处吃,没处睡。"这句话给我印象太深刻了,这么多年头过去了,还是经常会想起来。

1969 年,那个黑白颠倒的非常时期,我们插队落户生活了四年的县农场青年队突然成了臭知识分子成堆的资产阶级土围子,被县贫下中农毛泽东思想宣传队勒令解散。队里的一百多名从杭州两所有名的重点中学下乡来的知识青年全部被打散,分散到就近公社的各个生产队重新插队落户接受贫下中农再教育。实际大家都明白,我们并没有招谁惹谁,主要原因是经过我们这几年的辛勤劳作,这一大片荒草丛生的黄河滩已被我们改造成旱涝保收的标准机耕良田了,谁见了都眼红。再说这么大一帮子大男大女聚在一起光搞点农业,连吃饭问题也解决不了。常言道合久必分,也合乎常理,虽然大家心里都想不通舍不得但也无计可施。说起来我算幸运的,县里贫下中农毛泽东思想宣传队进驻的时候,我正在外面挑渠干苦力,不仅躲过了通宵达旦的大批判大辩论大字报的洗脑筋运动,而且给贫宣队留下了一个肯吃苦的印象,分队的时候被优先分到一个拥有半个芦柴湖且一个劳动日可分一元多钱的富裕生产队。

生产队里无闲房,虽然随我们下放有一笔安置金,但数量很少,早被挪用了。队长跟我解释说,造房要等黄河封冻,去东山拉来石头才能起墙根才能盖房,你一个人随便怎么先设法将就一阵。这就遇上了"秃子头上的虱子——有处吃,没处睡"的问题。我不愿到那些不认识的老乡家去挤统炕,只得先到生产队的饲养房里暂栖。

队里的饲养员是老任,老任跟我一样也是光棍也是外乡人,老家是河北任丘的,早年被国民党抓丁流落到宁夏,新中国成立后就一直在此地扎根生活,是这个生产队贫下中农协会的副主席。他人显得很老,又黑又瘦还佝偻着腰,明显的罗圈腿,使人一看就想到是当骑兵出身;瘪着个嘴,牙掉得没剩几颗了,与其不相称的是上嘴唇留了整齐的八字胡;戴了一顶已分辨不出原来是什么颜色的解放帽,皱了吧唧,帽檐子上一圈土黄色的汗渍,棉袄腰间和裤腿上都用草么子捆着。给我的第一印象说好听点叫其貌不扬吧,一个窝窝囊囊极其普通的农村老汉。其实细算起来当年他年纪并不是很大,远没到我现在的年纪。我在炕上铺我的铺盖,他在一边站着傻笑,也不吱声,看到我的口粮袋,好像眼睛一亮:在这青黄不接的时候,还能有这么多口粮真是值得骄傲的。

说是饲养房其实那是书面用语,说实在的不过是半间窝棚。进门一溜儿统炕,室内净高不足一米八,像我这样的个子不时要低一低头。屋里整天点着一盏灯,虽说为了照看牲口方便也有窗,但那只是在墙上留了一个洞,平时都得用草捆给堵住。住在饲养房里最大的享受是四季如春——牲口吃剩的豆秆草料、排泄的粪便,都是填炕的理想燃料,真正的拿摩温一级品,且数量充足,怎么填也烧不完。屋里整天烟雾弥漫,悬浮颗粒物和有害气体总量远远超过人所能忍受的极限。但我已经心满意足了,平时在外挑渠经常是这个待遇,要比秃子头上的虱子强了不知多少倍。

生产队里干活与青年队里大不一样,虽说都是一样的农活,可青年队里过的是集体生活,一起干活的都是杭州老乡,起床听钟声,出工听钟声,在田里干活,听见敲钟就可收工赶紧回到食堂打饭。每逢星期六还搞搞文艺活动。平时再苦再累收工后还要打打篮球玩玩排球。生产队里是按天象安排作息时间的,三星晌午就得起来干活,完了回来吃早饭。一天三出工,晚上要等太阳落山后才能收工。老任每天为我做饭,我呢,为了报答也帮他铡铡草喂喂牛饮饮马干些零碎杂活。

时间长了我发现,老任其实是一个热水瓶式的人物,表面冷冰冰内心却是古道侠肠的热心人。可能因为他也是少年离家与我遭遇相仿,要不就是老光棍和小光棍惺惺惜惺惺吧,对我特别关照特别好。老任是远近闻名的席匠(我弄错了,他不是骑兵。罗圈腿是长期蹲着编席所致)。宁夏川古有七十二连湖,遍长芦苇,可是少有人会对芦苇进行深加工,芦苇收上来后只能当造纸原料卖掉或当柴火烧掉,最多编编芦苇帘子。老任从小在白洋淀边上长大,编苇席的技艺可是从小就会的童子功——他不但会编普通炕席,还会编花席。到了这里以后,就把技艺传了开来。所以在沿立强湖一带凡是会编席子的不是他的徒弟就是他的徒子徒孙。别看他平时不声不响不言语,人缘关系好得很。他编的苇席是质量信得过产品,送到供销社里属免检产品,全是一级品。拿到集市上去卖,可比别人的多卖几毛钱。而且经常会有盖房子或娶媳妇的人家来叫他定做。我因为经常要去集镇寄信,因此也常常给他捎苇席去供销社卖。生产队与供销社签有合同,社员向供销社卖苇席就可记工分,有了工分就有工分粮可分配,卖给私人虽可多得些钱但口粮就会成问题。供销社也视收购的苇席的质量数量来决定给生产队化肥农药等农资的供应量。

　　不知什么原因,他从来没叫我跟他学编苇席的手艺,我有时闲了站在一边看他也就是天南海北地瞎扯,一根接一根地抽烟,最多也不过帮他推推碾子压压苇材。当然,根据我的性格,我再穷也不会去学编苇席,像老任那样猫起个腰蹲在那里,直蹲得腰成个罗锅腰,腿成个罗圈腿才算完。他很乐意我蹲在一旁陪他聊,给他递递已加工好的苇材。因缺牙漏风,他说话我最多能听个七八成,但我还是喜欢与他在一起,因为我们有一个共同的话题,我们有各自的故乡。就像爷儿俩,我们住在一个窝棚里,吃的是一锅饭睡的是一条炕。

　　转眼又到了严冬,白天苦短黑夜苦长。田里的活计少了,按当地的习惯改吃两餐饭,一天两出工了,天不亮起来往地里送肥,太阳出来收工吃早饭。早饭后再干,一直到太阳落山。在饲养房里晚上睡不了一个囫囵觉,马无夜草不肥,地球人都知道,一晚上起个四五回给马添草添料又冷又困,很是辛苦。我耐不得寂寞又受不起这苦便想起了杭州,那里有虽贫困却充满温馨的家,等不得生产队里的年终分红,我变卖了点口粮凑了点盘缠约了几个朋友就开路回杭州探亲过年去了。

　　作为知识青年一无所有,唯独在时间上很富裕。等我从杭州探亲回来,已是初夏了,回到生产队推开饲养房的门,惊奇地发现饲养员换了,新的饲养员告诉我,老任在政治上摔了个大跟斗,不但饲养员当不成了,连贫协主席也给抹掉了。这种事在那时候并不稀罕,偶然说错一句话写错一个字都有可能被打成现行反革命,但是老任? 他是一个三棍子打不出一个闷屁来的人,他会惹祸? 原来是老任当光棍时间太长了有点守不住,一心想找个老伴,经好心人撮合,年前相中了一个,女方什么条件都可以,就是成分"高"了——是地主分子而且是戴帽现行的。在以阶级斗争为纲的社会里,这样的结合肯定得不到上级的认可。而老任犟侉子脾气上癸了就不管三七二十一了,大有点不爱江山爱美人的气概。结果呢,贫协副主席给撤了,政治地位没了这倒不当紧,但饲养员当不成,饭碗没了。在农村的八大员中,饲养员是仅次于保管员的重要岗位,特别是大牲口的饲养员。你想,这一群价值二千的牲口,一个生产队的活计全靠他了,弄个不可靠的人喂养能放心吗!

晚饭后,我带了点家乡的糕点去看老任。他现在住在村外的一间小破屋里,看来生活还不错,小院里拾掇得很干净。我怀着忐忑不安的心推开了虚掩的门,老任蹲在地上编席子,老任的新娘子还在锅台上洗涮。见到我进门,他们把我当成什么贵宾到来似的,老两口子都出来迎接。老任一定多次提到过我,大娘急忙扫炕让座,一边又忙着沏茶卷烟招待。老任捋着八字胡在一旁傻笑,幽幽地告诉我说犯了一个路线上的大错误,大队书记说他是头脑发昏,绵羊搂着狮子睡,还好这几天下来还没被她吃掉。我很佩服老任在这样的困境下还能这样幽默,我禁不住笑了,大娘也在一边笑了。我看了一眼那个使老任犯错误的"红颜祸水",一个普普通通的农村老太太,大手大脚的,一看就知道是干活出身,一点没有革命样板戏中阶级敌人那样骇人的样子。任大妈是河南人,家有几亩地,雇了几个长工,土改时评了个地主成分,女儿是地主子弟,在当地不好嫁就嫁到宁夏来了,于是她也就跟过来住女婿家了。不想在"文革"初期被揪出来了,说她是逃到宁夏的地主婆,是一个隐藏得很深的阶级敌人,挂上白袖章被监督劳动,一开批判会就得上台陪斗。虽然女儿女婿都很孝顺,但也住不下去了,听人介绍老任,她什么条件也不讲就嫁过来了,也算有缘分,老两口过得还不错。

我依然是居无定所,成了队里的差油子,挑渠、跟勒勒车跑运输、搞副业,什么苦差都轮得上。我天生比别人条件好——铺盖一卷全家搬走,队里一有出门的事就差我。再说没了老任的饲养房住着缺少生气,我也乐意出门。但只要我不出门在队里干活,我还是在老任家搭伙,我去了也好热闹点。

我那时二十刚出头,还不甚懂事,也可能我也出生于非无产阶级家庭,有人批评我,说我路线斗争觉悟不高,与阶级异己划不清界限,我还是经常去。晚饭后盘腿坐在炕上,炕桌上的笸箩里放着烟叶和供卷烟的纸条,沏一缸子酽茶就天南海北神聊开了。老任从来不停手中的活,一直聊到我有困意了才散场回去睡觉。有了女人的生活就是不一样,老任家的伙食明显改善了。同样的物质条件到了仁大妈手里就会变花样,面条蒸馍烙饼饺子米饭,还有一种是我最爱吃的当地叫调和的饭——将稀饭煮开再搁入面片、菜和调料,几乎餐餐不重样。她还养了几只鸡,下的蛋除了换取油盐酱醋外,不时拿来改善生活。我觉得不好意思,就按干部下乡的伙食标准付了点粮票和人民币。任大妈坚决不肯收,推了半天只收下全国粮票。那时的全国粮票是个宝,到粮站每五十斤还附加供应半斤食用油。

老任婚后精神好多了,话也多了,整天乐呵呵的。任大妈也很快活,在这天高皇帝远的地方仗着老任的人缘和他众多的徒子徒孙,再不用戴白袖章挨批斗受侮辱了。但毕竟年岁不饶人,饲养员不当,大田的活是干不动了,生计也就成了问题。再说任大妈虽说不再挨批斗,但还是"黑人",没有户口没有口粮而且无权参加劳动参加评工分。老任于是就没日没夜地编苇席。人老了腿就硬了,眼也花了手脚也不利索了,编的苇席质量也远不如前了。有好几次,我被供销社的人怀疑是背了其他人的苇席冒充老任的席假冒名牌来抵数。到后来,竟连等外品也验出来了。为了不伤他的自尊,我悄悄地贴了几毛钱骗他说全是三等以上。他看着我,摇摇头,叹口气一副回天无力的样子:"这是在卖我的老面子。我知道,有几张最多是等外品。不知怎的,力不从心了真丢人。"这事使他很沮丧。

又是一年春天到了,大人物们争权夺权批林批孔似乎忘了我们小乡村里的阶级斗争了。再说时间长了,队里的贫下中农也接受这个外乡地主婆了——也挺善良的,不像传说那么可怕。而老任家的窘迫却成了大家关心的事。生产队长两口子都是老任的弟子,据说还是学编席时谈的对象。他们当然不会忘了恩师,就派了老任去立强湖看湖。立强湖是生产队的聚宝盆摇钱树,方圆百十来亩,一条战争年代留下的供部队行军的官道将湖劈成两半,我队占了一大半。看湖人的责职主要是管住大小牲口不要糟践芦苇幼苗,秋后还要防火防盗。那地方荒凉得很,看湖人要耐得住寂寞,经得起蚊叮虫咬,不过对老任来说却是美差,活不累责任强点,虽说工分低点但刮风下雨天天都有,他俩高高兴兴地举家迁居湖东去履新职。

自老任去了湖东,我们的见面机会就少了。有时老任来生产队办事,就在我那儿吃我做的快餐。每次也是匆匆来匆匆去,这十几里官道一定要在天黑之前赶完,不然蚊子会把人吃了去。我有次随队里去湖东修官道,特意去看望了他俩。在一片稍高于苇湖的荒地上孤零零地矗立着一间小土窝,又黑又潮,老任在煤油灯下编席,任大妈还是那样忙里忙外。看来他俩在这儿生活还过得去。养了几只鸡鸭,垦了一小块荒地种种蔬菜。那些调皮的小牧童经常逮些麻雀小鱼之类的给他们开开荤。

那年深秋，我终于盼到了上调，到一个国营大煤矿去干"地下工作"，离开了生活将近四年的小乡村，离开了老任。走的时候太匆忙，去县里检查身体到公社迁户口粮站转移粮油关系千头万绪，根本无暇去与老任两口子告别。我只把处理不掉的一些口粮，托保管员转给老任，就不辞而别了。

老任的大名叫什么，我怎么也想不起来了，忘得一干二净。可是我永远不会忘记他的那副音容笑貌，那段难忘的日子，是我整个知青生涯中仅有的一段温馨的生活。我在矿山上时也经常会想起老任，但苦于他在荒漠的立强湖畔邮路不通，再说也没什么好写的，写了老任也识不了几个字，这样渐渐地就失去了联系。我在井下工作时曾省下一双矿工靴和几双纱布工作手套，想托人带给老任，他在湖边生活劳作是很需要的。但一直没有便人，也就搁下了。在我离开矿山的前几年辗转听说老任已死了，是无疾而终，就死在立强湖畔那个窝棚里，葬也葬在湖畔那个窝棚边了。老任死后，任大妈也回她女儿那儿去了。反正在当今世界里，到哪儿都不用担心戴白袖章开批判会被监督劳动了。

东北人

游子

在黑龙江大庆，到市场去买菜，一摸口袋钱没带够或没带钱，卖主会主动地说："拿走吧，钱哪天方便给我捎来。"我这个人总是大大咧咧的，出门忘了带钱也是经常的事，所以这种事情我是经常遇到的，当然大多数时候我还是说："对不起，我今天不买了。"我说的这是离我家比较近的一个市场，其实平时见到他们也是不打招呼的，就是见面有点儿面熟，好在我大咧归大咧，但欠人家的钱是记得很牢的，有过这样的几次"有欠有还"。两件关于买东西的小事，正能看到东北人爽直的特质。

20世纪90年代初秋的一天，上午我打印完所有的材料，下午没事在单位大门口闲聊，看到财务室的同事去公司送报表，我也跟着去了。公司离我们厂大约有三十公里，小车跑了三十多分钟，办完事后我们几个来到农贸市场，这是一个规模中等的呈 S 形的露天市场,卖货的农民有的在马车上卖,有的在驴车上卖,没有车的就地铺一块塑料布,把菜堆在上面或者放在柳条编的筐里卖。那时的市场不像现在这样物质丰富,品种齐全。但因为是秋季,市场上的品种也很多,像茄子、黄瓜、西红柿、豆角等都有。我独自来到一个卖蘑菇的摊前,这种蘑菇是小矮杨树林里生长的小草蘑菇,看来是他们自己采来卖的。我打算买回家用盐腌了冬天烧菜吃,我装了满满一布袋子(这种布袋子是用我们发的劳保套袖做成的,用于平时单位分菜来装菜的),一称有六斤多,又抓了一些,正好凑够了十元钱的,我摸口袋掏钱,哎呀,没带钱,当时走得急,钱包在办公室呢。卖蘑菇的人说:"没钱不要紧的,你拿走,明后天你买菜来给我捎来就行,我这几天都在这儿卖。"这话我在市场里总能听得到,眼前这位老兄也是这么说。我笑了,说:"你知道我在哪儿住啊,你要让我拿走,要是没机会来这里给不了你呢?"他说:"不会的,再说不就是十块钱吗。"这时同事已走过来了,帮我付了这十元钱。这十元对他们农民来说不是个很小的数字,他们干一天的工资也可能只有这十元钱。

也是 20 世纪 90 年代冬天的一个傍晚,我下班直接去市场要买些牛肉回家包饺子。虽然五点钟刚过,可天色已经黑了(冬天的黑龙江天黑得早),我走到卖肉的铺子,那里点了一个小小的煤油灯,我挑了一块里脊肉,老板称完后说是八元钱,我心里想:三块八一斤的肉,正好是八元钱?别黑咕隆咚的他也看不清的,我就说:"秤你看清楚了?"他说:"看得清楚,不会少给你的。"我一摸口袋还是老毛病——没带钱,卖肉的老板说:"你拿去吧,钱哪天给我捎过来都行。"我觉得非常惭愧,刚才还不信任他,但他却这样信任我,我不该说那句话,真的是"以小人之心度君子之腹",当时如果是不买的话,肉已经切下称好了,我还是没付钱把肉拿回了家。第二天我把钱送过去时,店主的儿子在店里,大约十五六岁的样子。我说:"昨晚我在你家买了肉没给钱,现在来付了告诉你爸一声。"他说:"哦,没事儿。"我细想那老板也是没事儿的,因为头天晚上很黑,我们连对方长的啥模样都没看,第二天我去送钱也是凭着大概的地点,幸亏卖牛肉的就这一家,别的都是卖猪肉的,要不然真不好找了。在东北人的印象中,我们南方人比较精明,还有点计较。这不,这下可让他们"验证"了。为了这句不该说的话,我后悔了十几年。

与东北人相处这么多年,他们这种豪爽、大气也感染着我。虽然只是多年来在我心中埋藏的两件小事,但这不就是我们生活中一直在说的"诚信"二字的真正体现吗?我想,这种相互之间的大度和信任也是我们现在更加需要的。

土月饼

吴桑梓

在那艰难困苦的岁月里,月饼是奢侈品。但不管岁月如何艰难,中秋节还是要过的。

那天,知青点的伙伴们都回家过节了,我因为家里遭遇查抄的原因,在当地受监视不准回家。这一天的月亮竟出奇的好,我孤零零地坐在门口,望着旷野上的明月发呆。忽地,一个怯怯的声音在叫我:"姐,我娘叫你去吃月饼。"这是我搭过伙的一家农户的六岁女儿的声音。因为怕连累他们,我好久没去她家了,想不到,她会在今天来叫我。我知道凭她家的境况是不可能有月饼的,但此时此刻诱惑我的不是月饼,而是家的温馨和小妹妹期盼的眼神。

趁着月色,踏着高低不平的小路,钻进了她家的草屋。昏暗的灯光下,灶间热气腾腾的,一股甜甜的香气扑面而来,我叫了一声:"娘!"禁不住泪水涟涟,但我知道农家的禁忌,过节不能流泪,就赶紧偷偷地擦掉泪水,强作笑容。

此时,娘端出一个盘子,上面整整齐齐地排着六只黄澄澄的圆饼。我知道这是一种用糯米做成又用油煎后淋上糖水做成的土月饼,与真正的月饼差得很远,但在这个时候能有这饼真是很不容易的。说话间,从灶下钻出了爹和他的儿子。娘在桌上放好了五双筷子,我看了看他们全家,不敢落座。爹说:"过节了,谁还管你?坐,吃!"我坐在了他们中间,那种家的感觉围绕着我,而那只月饼是和着泪水咽下的。桌前五个人,盘中六只饼,按以往的规矩,那一只是爹的,他是家中正劳力,吃食该双份。

可临走时,娘却用荷叶包了那只饼塞给了我,爹还跟在我后面,一直送我到知青点。这一晚,因为有了这个荷叶包着的月饼,我不再感到孤独。

断指

ZJ

记得是 1973 年吧,不知是什么时候,也不知是为了什么,我把指导员给得罪了。得罪指导员,拿现在的话来说相当于得罪了公司的老总。由此,我被发配到连队的采石班。

采石班的工作是为全团的基建备石材。因为采石班的劳动强度大还有一点补助,因此都是清一色的男人,而且都是老男人,基本没有男知青。带我的师傅是老张,一位从内地移民到黑龙江的近 40 岁的中年人,老张是个结巴,平时话不多,有个毛病,无意识的老耸肩膀,肩膀一耸眼睛一瞪鼻子就一抽,到现在我还没有搞清楚是什么病。他穿着破破烂烂,埋了巴汰,空下来就用他孩子的草稿纸放上老烟叶卷起来,再用唾沫一抿手一撮,一支喇叭烟就成了,再用洋火一划就抽上了。有了鼻涕就用手一拧鼻子往鞋底一抹就算擦鼻涕了。

刚开始我还不太习惯,几天后我就完全适应了山上的一切。冬天的时候我也和老帮子们一样,穿一件老破棉袄(采石是很费衣服的),腰上系一根草绳,这样胸口不冷,再戴一顶破帽子,就分不出男女了。

老张和我行多言少。由于全班就我一个女的,所以大家对我都特别的照顾。采石这个活比较危险,也很辛苦。打眼、装药、点火放炮,用钢钎撬石头等,干每一样都需要有一定的技巧,否则就很危险。

到采石班后,我用很短的时间学会了采石的所有技巧,而且做得蛮专业了,炮眼应该怎么打,眼打多深,药放多少等等。最牛的时候我一次点过两个炮。尽管这样,每次上山排浮石时,老张都让我站在他的身后,等他把最危险的浮石处理完后才让我上。

当时对老张的这个做法我并没有感觉到什么,当发生了断指事故后,我才体会到了老张的用心。

记得那一天是个下午,一炮刚放完,我和老张爬到山中腰处理浮石,还是老张在前我在后面。一米多长的钢钎在老张手里一上一下,石头哗啦哗啦的往山下滚。正干着呢,我无意中抬头往上一看,松动的石头正往老张站着的地方下来,我赶紧大叫起来同时就抓住老张往后退,但还是晚了一步,石头砸在了老张的手上,只见老张血淋淋的手上挂着一块断了的中指,所幸的没有伤着生命。当时我也不知道那里来的勇气(平时我见血头晕),抓住老张的断手指,拉着老张往山下跑,当把老张送到团部医院时已经是几个小时后的事了。

　　如果是今天,老张的手也许会接上,如果我当时的力气再大点老张的手不会出事,如果,如果……可是已经没有如果了。当我再看到老张的手时,断指已经愈合,愈合的指头就像装满粮食的口袋——两头尖。那指头的模样至今都清晰地印在我的脑海里,我老在想难道手指的缝合都是这样的吗?事情已经过去30多年了,每当想起过去的这些日子,都会勾起我很多的感慨。感慨也罢,激动也罢,都已经成为历史,历史已经过去。

母爱

凡人

　　在支边内蒙古的时候,我的师傅是位女性,与我母亲同年,属猴,现已年过七旬。她对我政治上非常关心,工作中非常严格,在我心里,她不仅是工作上的良师,她的仁爱与善良,更像是我亲生母亲。

　　我是1971年去内蒙古支边的,当时才十六周岁。师傅收我为徒之时,也就多了我这个儿子。那个年代很艰苦,我们吃的主食百分之三十是细粮(白面),其他的就是窝窝头和少量的陈年小米了。一个月只能吃上一次肉(是土豆炖肉),但就这一次肉也只有小小的三四块,打打牙祭而已。看着我瘦小的身躯,知道我们这些南方孩子咽不下硬邦邦的窝窝头,师傅总是心疼得流泪。在以后的数年里,只要家里有好吃的,师傅一定会拉我去。而且她家里还多了条不成文的规定:家里吃饺子一定有我,我又是吃得最多、最饱的(师傅有两儿两女,其中两儿一女比我还小)。对于在那个特殊年代中一个身处异乡的孤独少年来说,那感觉真的是温暖至极。

北方那时有串门的习惯,我们晚上除了学习、开会,就是去师傅家串门了。盘着腿坐在大炕上一聊就是几个小时,有时说好要去她家的没有去,师傅就会不安,次日就会早早地来探,担心是否病了。碰到下雪天,一进门师傅一边唠叨着"看把孩子冻得",一边拂去我身上的白雪。

回杭州后,和师傅一直保持着联系,特别是这几年,师傅年纪大了对我就更牵挂了,半个月不给她去电话,她就心里不安,就会在清晨五点多打来电话,说只要听到我的声音,知道我平安,心里就很开心,踏实。

我在二十余年的执法中面对过许多的利益诱惑,没有违背良知,因为我始终记住师傅每次电话里说得最多的一句话:"孩子,不是咱的千万不能拿。"这是一位母亲对儿子的爱,是最朴实而真挚的大爱,无论生活怎样沉浮我都铭记于心,像一盏指路明灯。

滴水之恩,涌泉相报。如今我也陆续给师傅买了电视、VCD 等,让师傅老有所乐,特别是 2002 年买的进口血压计在非典时期的家属院发挥了大用途,许多老人不敢上街,都到师傅家来测量血压,可把师傅高兴透了。但我知道,这点孝心,对于师傅那时给予的关爱来说并不值得称道,因为在艰苦岁月里,那让我们倍感幸福的每一个饺子都是从师傅嘴里省下来的,那千方百计保护我们,不让我们挨饿受寒的无私而博大的母爱是无价的,永续的。

愿老人家健康长寿。也衷心祝愿所有在那个特殊年代关心知青的师傅们安康幸福。

瓦其卡河上的历险

寒蕙沟小草

记得那是 1969 年的夏季,我们到东北的第一个夏季,那儿长长的白天,长长的劳动时间让我们年轻的心总想着能有点新鲜的事情提提神。早晨的太阳两三点就已经升得高高的,四五点钟我们就开始劳动。中午有一个相对较长的休息时间,我们曾偷偷地溜出去到离驻地两三里地的瓦其卡河的桥洞下戏水纳凉。有一天,我们几个终于又有了更好的活动，这儿反正没有人，这么好的水我们何不来游泳呢。

我们知道这举动场领导肯定不会同意。这天我们早早吃完中午饭，准备了毛巾、换洗衣服等，分头溜出了驻地。上了二抚公路，我们就像溜出校门逃学的学生，心已经飞到了瓦其卡的河上。公路两边的树林、草地已经郁郁葱葱，远处的瓦其卡河水波光粼粼，那粼粼的波光，清冽的河水似乎在向我们招手，让我们这些爱水的江南人心里痒痒的。到了瓦其卡河边，我急着往河里跳，LXY 胆子小，起先坐在小桥上看我游泳，ZAM 忍不住了，卷起裤腿说，往里面走走，看有没有更开阔的河面能游泳。她沿着河边，手里捧着我脱下的衣服和带来的毛巾，LXY 拿着 ZAM 的鞋子在河边的路上一起往里走。我们都不知道看似长着草的河边下面是深不知底的沼泽，我们一个在河里游，一个在沼泽上行走，一个在河边的小路上走，说着，笑着，闹着，不知危险已经向我们袭来。

大约往河的纵深处走了十几米，ZAM 的双脚开始往沼泽里陷下去了，她先招呼 LXY，L 离开小路走向她，可是她马上发现无法靠近 ZAM，我听到她的招呼声，从河里爬起来，试图去拉 ZAM，但是她比我个头大，我拉不动她，稍微靠近一点连我自己也陷下去了。这时，ZAM 的腰部以下都已经陷在沼泽里了，我们还是没有意识到事情的危险。ZAM 把手里的衣物等高高的举起，学着电影里的情景说："同志们，把粮食留给后面的部队，不要管我——"我接过她手里的衣物交给 LXY，还和 L 说笑着，让 ZAM 再坚持一会，我们还逗她："你还有什么要交代的，我们一定转告党。"ZAM 交出手里最后一点衣物说："这是我的党费，请转告党组织，同志们继续前进吧。"我们嘻嘻哈哈地接过物品，说，你放心吧，我们一定会胜利的。但是这时我总拉不动她，有点担心起来，ZAM 已经陷到胸部了。我着急地喊："你别动，我拉不动你呀！"LXY 急得只是说："我不会游泳！"

正在这时，只听到二抚公路架在瓦其卡河的木桥上传来急吼吼的叫声："都不要动，谁都不要动！"我们顺喊声望去，是我们场里的老职工丁连合，他去县里办事，搭着海青的便车回来，在三岔路口跳下走回瓦其卡，正好路过。他先在树林里找了一根树干，沿着河边的小路走近我们，他用树干不断地敲打地面，试探路面，靠近 ZAM，一把就把她拉上来了，一直拽到河边的小路上，然后回头招呼我。我说我会游泳，我已经回到河里，往公路游回去。丁连合匆匆走到公路上，不放心地又交代了几句，让我们穿好衣服马上回去，并且还吓唬我们，如果半小时之内还见不到我们归队，一定要告诉领导，处分我们。

我们又惊又怕,立刻草草洗理了一下,提心吊胆地归队了,又提心吊胆地过了几天,没事才放心。

后来我们都听说了,看似美丽的瓦其卡有大片的沼泽地,那里就像红军二万五千里走过的草地一样,陷到里面尸骨都找不到。想想真是后怕。

后来我和陈为之回到东北,赶到石头窝子去看望丁连合,代表ZAM、LXY去谢谢他。时隔三十年了,丁双耳重听,那是他在后来放山炮时被震聋的,我们的交谈很费劲。我述说这件事,他想了一会说,有这么回事,ZAM有劲,很能干的。我说我们那时不懂事,我们都很感谢你。他呵呵地笑着说:"你们也帮助我,给我好多粮票呢。"我和陈为之愣住了:多朴实的老乡啊,帮助人,给予人的,他没记,别人给他的,他时时都记着。我们和他们夫妇在他们的小屋前留了影。

淳朴善良的老乡啊,不知怎样才能更好地表达我们的敬意和谢意。

寄食

姜勤功

在我做知青之初,村干部给我找了一户姓孙的人家寄食。我这人很不讨人喜欢,叔叔婶婶,大伯大妈,老伯阿婆,我是一概不叫的,对孙家男主人、女主人也不例外。孙家的一些家务杂活,我从不插手,不是懒惰怕吃力,实在是不会主动找活做呀。幸好我在吃的方面相当知趣,也许可以挽回些许不良印象。饭,饥饱不论,一餐两小碗,不让自己的肚子太奢侈;吃菜更是随便,桌上除取之于自留地的素菜外,总有一碗荤的(蒸腌肉或鲞),我对荤的从不主动下箸。

有一次与几个小鬼头一块玩。一位十二三岁的放牛娃问我:"你吃饭,他们说'你吃呀,你吃呀',你吃不吃?"我大度地点点头。"他们叫你吃,你就大胆吃,不用客气。不过你要注意,第一次叫'你吃呀'你可以吃;第二次叫'你吃呀',你也可以吃;第三次叫'你再吃呀'(这四字语气加重)时,你不可再吃了,表示主人被你吃肉痛了……"如此"经验之谈"是我闻所未闻,而且出自孩童之口令我惊讶。我之所以饭定量,吃素食,心里是这样想的:已经给他们添了不少麻烦了,一定不能再让他们经济上吃亏。每当我看到别的知青在寄食处毫无拘束津津有味地饱吃时,心里有种说不出的酸楚。后来村里给我们几个知青定口粮,我定得最低,理由是我最不会吃。

一年后,开始吃派饭,一日一轮。女人们戏谑道:"水水你比皇帝还海威(神气的意思),要我们大家供你吃。"其实吃派饭是很不方便的,到谁家吃饭,虽然有个秩序排定,但如果生产队长忘了交代清楚,那就苦了我了。我不会主动提醒队长给我派饭,更不会大胆地走进这户人家屋里说一声:"阿婆,今天我在你家吃饭了。"有好几回,我吃饭轮空,这时必有知情的孩童或妇女,热心帮助去交涉妥当。这一招还算灵,队长再不敢粗心。吃派饭还最怕派到邋里邋遢的人家去,看看屋里,看看人相,早已没有了胃口。但又不敢逃避不吃,吃着吃着,碗里忽地出现女人的头发丝,破碎的抹布片,饱满的老鼠屎,忍住不呕吐,眼泪差不多要流下来了。

过了半年光景,知青小屋建成,便自己烧来吃。至今想想,真是有趣。我对帮我烧过饭的女人们,特别是不计得失毫无怨言母亲般无偿为我服务了一整年的孙家女主人,心里充满着感激。

黑猫桀

宁夏小屋

它趴在我和吉信的知青小屋前整整守了两年多,门前是低矮破旧的柴火房,两棵树干细嫩的沙枣树在北方的风沙中摇曳,那是我刚生完大女儿后吉信从林场挖来,亲手栽下的"扎根树"。我和吉信去银川当合同工后,黑猫就一直守在门前苦苦等待着我们回来,替我们看守着这份现在想来十分可怜却至今怀念的家业。

黑猫不是猫,它是一只黑色的土狗。

它从哪儿来,是谁送的已经记不清楚了。一起来的还有它的兄弟,一只白色的狗,温文尔雅,给了同村未成家的知青点知青们,因为它脾气温和有绅士风度,取名"尼克松"。它弟弟"黑猫"的名字是我取的,因为它行动敏捷身材苗条。

回村拿粮食时邻居告状,说我们走后黑猫很凶,从不让任何人从房前屋后经过,发现有点动静,就会以风一般的速度猛扑上去。所以左右邻居十分害怕,多怨恨它,却又十分佩服它的忠诚,因而反倒怪自己家的狗没出息,不能好好看家。

回生产队拿粮食是件十分麻烦的事,要从石嘴山坐车到银川,再转车到永宁望远桥,从望远下去,只能靠两只脚。每每这时我的心情就会坏到极点:哪里是我家?归宿在何处?

一次到望远,天已晚,田野已被广袤的黑暗笼罩,营养不良的我是个夜盲症,只能让吉信拉着我的手前行。过横渠桥后,更是伸手不见五指了。黑暗渗进我心里,害怕和凄凉同时升起。"倏!"风一样的声音袭来,接着是急促起伏的呼吸声。"黑猫!"吉信惊喜叫到。温热潮湿的东西舔着我的手背,我的眼泪喷涌而出,滴落在这只不是人类的生灵上。那时的世界,只有这生灵是我们的亲人。

第三年回生产队拿粮食是白天。走到民生渠坂远远望去,我们的知青小屋已隐约可见,渠坂上空然无物,只有冬日的乌鸦在光树枝上发呆。两人被不祥的预感抓住——"出事了!"

不出所料,回村后再没见到黑猫,拖拉机手高学理的婆娘姗姗踱来,忽闪着两只游移的大眼睛:"黑猫因为不肯离开你们的小屋,被打狗队拉去,吊起来打死了!""以前你们问我借过一簸箕粮食,狗皮我收了。"

我像被电击了一下,顺着那面斑驳的泥墙一屁股滑落下去,瘫倒在知青小屋的墙角。"记不得我什么时候欠过她粮食。"半天,吉信轻声喃喃道。

三十年过去了。

"它真傻,屋里什么也没有,早该逃命去。"我常对吉信说。屋里真是什么都没有,一只盛粮食的空栈子,一副空炉台,一盘空炕。唯一的移动家俬——杭州带来的破藤箱和一块缺角案板,已经被我们带到厂里。屋里真的什么也没有,它守着干吗?早该逃命去。

那两年它是怎么生活的?吃什么?它生前受过多少棒打?它有对象吗?临死前它希望我们去救它吗?想我们吗?还是怨恨我们?绳子勒它时它痛苦吗?这些内疚、负罪的念头不时出现在我们偶然想起它的时刻,折磨着我们的心。

如果有来世,希望它不要再投胎到这卑贱的灵体。愿它投生成骏马,奔驰在黄河滩上;愿它投生成雄鹰,翱翔在黄土高原上空。

想念你,黑猫,我们的朋友!

谢谢你,黑猫,苦难时忠实的伴侣!

无言的战友

邹毅

我们老潮河林场三连有位无言的战友 ——那就是食堂的小毛驴。

三连拉磨的小毛驴,拴在食堂边上的木刻楞房里。它全身灰褐色、支棱着两只长耳朵,那和善的大眼闪着柔光,似乎能看懂人的心思。它的主要工作就是拉磨磨豆浆、做豆腐。

大兴安岭的冬天,零下四五十度的气温,外面冰天雪地、朔风呼啸。木刻楞房内也不烧炉子,铺得粗糙的地板上,有水的地方结着厚厚的冰。四壁土墙上挂着白白的霜花,这样的天气,室内和室外一样的嘎嘎冷。小毛驴守着冰冷的大磨盘和一堆干草住在里面,它或站着或卧着,睁着温和的大眼睛,嘴里不停地嚼着干草,呼出的鼻息冒着一团团热气,脊背上和尾巴上的毛却挂着缕缕白霜。有人走进去了,它驴蹄子"的哩笃落"转来转去地避让着人。

我走进木刻楞房,有的时候看它在拉磨,围着磨盘一圈一圈地在转圈子。大铁锅把浸泡豆子的水烧热,食堂的余会飞在往磨盘的小孔中拨拉着热水浸泡的豆子。随着磨盘的转动,白花花的豆浆像小溪似地从磨盘四壁淌下来,随着磨盘底座的槽再流到下面的白铁皮水桶里。因为天太冷,石磨上的豆浆一会儿就结成了冰碴子;马上再往石磨的孔里浇上热水和豆子,就这么一圈一圈周而复始地磨着。在磨豆浆的日子,木刻楞房里的铁锅烧着水,锅中冒着雾样的蒸汽,温度似乎比外面略高一些,但起码也有零下二三十度。

这就是三连小毛驴的工作和生活。可三连的一百多号人,到食堂里买豆浆、买豆腐汤吃的时候,谁也没有注意到它的存在。注意到它的是我们几个贪玩的臭小子,有时想骑它,骑不上它时还故意踢它一脚,看着它不知所措地转来转去觉得好玩。大概有这么一两回我也参与了。

当知青们顶着漫天雪花、踏着没膝深的大雪从开发中的贮木场回来,走遥烧着炉子的帐篷,拍拍黄棉袄上的雪花,脱下冻得邦邦硬的棉胶鞋,围着炉子烘烤鞋和毡袜的时候；当知青们围着炉子喝着虽然油水不多，但还算可口的热豆腐汤的时候；当知青们把帐篷里的炉火烧得旺旺的，钻进热被窝舒服地进入梦乡的时候——小毛驴却一直在那间像冷库一样的挂着白霜的木刻楞房里，孤独地嚼着干草，拉着磨盘，或站或卧着，用自己驴的体温抗衡着西伯利亚寒流的侵袭。

　　我不会忘记：在我们知青最寒冷孤苦、食物最短缺、工作最艰辛的支边第一个冬天，是小毛驴默默地奉献着、陪伴着我们一块走过的。它和我们一样挨着严寒，忍着孤独，受着苦累，甚至比我们更寒冷、更孤独、更苦累。我想驴的身体和人的身体对西伯利亚寒流侵袭的感受应该是一样的，只是它不会思想不会说话而已。它这种吃苦耐劳、只知付出、不计报酬的精神，就是中央一直宣传号召要人们学习的"傻子精神"、"革命精神"。所以知青程根荣和人斗嘴时曾有过"雷锋同志是'革命的傻子'，我就要做'革命的驴子'"之说，从而赢得了"毛驴根荣"的雅号。

　　其实，毛驴子确实是很温和敦厚、耐苦耐劳、奉献多、需求少的牲畜，其精神一点不比老黄牛差。可人们却认为它脾气倔，耿直不会要滑，而将它列入另册，并把倔脾气的人也称为"犟驴"或"毛驴脾气"。有段时间，我们知青也和东北的老乡、军工一起，把脾气像毛驴子一样倔的叫成"马户"，互相逗乐子。郑荣就是郑马户、余会飞就是余马户、小毛头就是小马户。其实都知道，马户就是驴，就是我们木刻楞房里那位敦实温厚、吃苦耐劳的无言的战友，并无多少贬义。

　　三连的小毛驴最后到哪里去了？谁也不知道，并且谁也没有注意到。好像当年连队也没有杀过驴和吃过驴肉啊？可谁也没注意小毛驴它就不存在了，就像当时谁也没注意它的存在一样。三十多年后的今天我说起它，我想知青战友们应该会想起我们三连曾有过的一头小毛驴，它无愧为我们无言的战友。

4　此情可待

西和村的玫瑰

荒漠孤驼

我喜欢玫瑰。

在宁夏农村插队时,读过一本前苏联作家巴乌斯托夫斯基写的书,叫《金蔷薇》。首篇讲一个法国老兵为了拯救一位失恋的孤女,千辛万苦地从制币厂扔掉的垃圾里拣出一小撮金粉,请金匠锻制了一朵金蔷薇,最后使她获得幸福的故事。这虽然是一本谈创作的书,但我对蔷薇花,也就是西人通称之为玫瑰的,有了特殊的好感。

而使我真正对玫瑰产生了感情的是一段浪漫的经历。

1966 年的初夏,我、十二队的陈胖子还有其他两位知青同被派去修包兰公路,住在一个叫西和村的小庄子里。该村在永宁县城南面,被白杨树怀抱着,显得温馨而宁静。从庄口往南约两公里有个大玫瑰园,据说是过去马鸿逵的别墅。时逢玫瑰花开的季节,一到黄昏,当晚霞倒映在琼浆似的渠水中,长脚鹭鸶在白杨树尖盘旋准备落窝时,一阵阵浓郁的玫瑰花香便会随风袭来,令人心驰神往。我们好想亲眼看看这个玫瑰园,但直到离开西和村,都无机会。

我们借宿在老乡一间闲置的灶房里,睡在铺着柔软麦草的地铺上,用小提琴盒作枕头;那个年代,行为怪异、几本外国名著加一把小提琴,便是我们对浪漫的诠释。当时庄上还没有电,天一黑就阒无人声了。西北五月的夜晚是温馨而富有情调的,黑暗中缄默的房屋和树木影影绰绰,繁星就像钻石似的在夜空中闪着光芒,空气中弥漫着蒿草打围的甜甜烟气,掺和着玫瑰花香。年轻人总是浪漫的,每晚这时候,我们就取出小提琴,来到村舍之间的一块空地上,陈胖子是首席,在星光下演奏一些当时的流行歌曲,沉浸在星夜琴声中。

我们同村里人没有联系,但那一夜发生的事情却使我们大跌眼镜:那是个清凉如水的夜晚,庄子已沉沉睡去,只有琴声还在黑黢黢的夜空中幽幽流淌。突然,我们听到了另一种声音,隐隐约约的,仿佛是歌声!再细听,是两个女子的歌声!那声音刚开始怯怯的,逐渐地便大了起来,脆甜清亮,和着夜风送来的玫瑰花香,撩拨着我们年轻而又敏感的心弦。当我们惊讶地停下手中的弓时,她们也停止了歌唱,我们再拉时,她们又唱起来了。这歌声令人感动,更令人遐想不已。

此后每到夜晚,只要琴声响起,歌声就如期而至。我们曾在晚饭后、日落前的间隙,借散步满庄子的寻访过她们,但都没有结果。西北农村比较封建,要寻找她们比较难,年轻女子从不随便跟陌生男子搭话。她们似乎只用神秘的歌声昭示自己的存在。

每每夜深人静时,我们就用琴声诉说内心的惆怅,诉说我们青春炽热的情怀。有时一曲《草原之夜》会把自己感动得泪流满面。我们渴望从她们的歌声中得到某种回应,竭力地捕捉那歌声以外的、微妙的难以捉摸的东西。正当我们为读书人的这种自作多情感到可笑时,一个更为令人惊讶的事出现了。

那天傍晚,我们从工地拖着疲惫的身子回来,无意中打开琴盖,突然发现琴盒里有一束紫红色的玫瑰!是刚刚剪下来的,新鲜的叶片上还沾着水珠,四五朵将开未开的花骨朵,闪着丝绒般的光泽,异香氤氲。我的心狂跳起来,浑身的疲惫一扫而光,一股甜蜜的感觉涌上心头。我们很自然地把这花和夜晚歌声联系起来。我想起《金蔷薇》的故事,法国老兵从阿尔及利亚把团长的小女儿带回国的途中,告诉她有一天神秘的金蔷薇会给她带来幸福。也许这两个女子并不知道这个故事,她们只是把当时盛开的玫瑰放在我们的琴盒里而已。但我毫不怀疑她们的善良动机和美好祝福,在这束含苞待放的玫瑰花枝上,我甚至感觉到了一种蓬勃萌动的情愫。神秘的玫瑰令我们激动万分,我举起花枝,体验着一种从未有过的温情和幸福。我把玫瑰花举在唇边,努力地发挥想象力,我把她们想象成最美丽的西北姑娘。毋庸置疑,她们一定是我未曾见过的最美丽的西北女子。

我们没有再去那块空地上拉琴,也许怕这份美好的感觉被某种莫名的东西破坏,也许还在期待着什么。

就要离开西和村了。那是一个中午,所有的民工还在一起会餐时,我们却早早收拾起铺盖离开了那间温馨的灶房。肩上小提琴盒的端头,挂着一串黄澄澄的油饼。在度过许多浪漫之夜的空地上,我们伫立良久。然后拐过一间土屋,跨过一道覆盖着白花花盐碱的洼地,上了坡,坡顶是修好的公路。当我们在坡顶回转身来时,蓦地,发现就在刚才拐过的土屋旁,柳树下,有两个女孩。我的心剧烈地跳荡起来！只见她俩扯下红色头巾，使劲地朝我们挥动。一个月来，曾使我们魂牵梦绕多次寻访都未露面的女孩，这会儿就在眼前。她俩是那么妩媚，那么可爱，那么令人心动……那阵，我真想扔下铺盖张开臂膀奔过去，但我没有也不敢这样做。

就这样傻傻地看着、看着，看着她们跑进村去。我问陈胖子看清没？他摘下眼镜，揉揉有些湿润的眼，然后不好意思地说"没有"。其实我和他一样都是近视眼，都没看清她俩长的啥模样。但这一幕已深深地烙在我的心底。

我在宁夏三十年，马鸿逵的玫瑰园我没再想过要去看看，因为每每这时候，我的目光总不能越过西和村，它是我心中玫瑰的归宿。我把玫瑰花夹在书中制成了标本，后来竟成了我平生第一封"情书"的信物。那是两年后的事，我把这枝玫瑰送给了一个本不熟识的女孩，写了一句话："请允许我免去一切华丽的辞藻，让我们成为朋友吧！"结果是石沉大海，这是情理中的事，因为这枝玫瑰只对我有意义。我为失去这枝玫瑰而深感愧疚。

也许是这些温馨浪漫的经历，使我喜爱玫瑰一度达到狂热的地步。1980年，我在上海一所高校进修，在一个春雨霏微的夜晚，我在丽娃尼丹河边剪了一些开过花的月季花颓枝，插入水瓶，置于窗台阳光处。一个月后，枝条下便生出白生生的根须来，再植入盆中。每日学习之余，看着这些玫瑰不断地萌芽、抽枝、含苞，耳边就会响起西和村的歌声，会在想象中浮现那俩女孩的俊俏模样和她们略含忧伤的眼睛。

我将这些玫瑰带回到宁夏，但它们经不起西北的干旱和夏日阳光的曝晒，相继枯萎死去。此后，我便不再养玫瑰了，虽然我已回到了气候宜人的杭州。生活中有许多事例告诉我，也许，真正美的东西是在真与幻之间的；过于虚幻难免被人厌弃，而过于真实则最容易遭到毁灭。

写在桦树皮上的情书

文如其人

整理旧稿时无意中发现一张发黄的信纸，才记起那是当初一封情书的底稿。我写信向来无打底稿习惯，那回忽然异想天开，弄来一片桦树皮做成信纸，将写好的信抄于其上,才留下这封珍贵的也是唯一的情书。三十余年过去了,收信人也已作古,借此机会以寄托我的哀思。

　　××:

　　我可以想象,你收到此信后那种惊喜快乐的样子。你看,有谁会用树皮写信给你呢? 除了我,你的天才的幽默的,也最爱你的情郎,世上还能有谁会这么费尽心思讨你欢心呢? 为了这封特殊的信,我要上山选树皮,新鲜的树皮滑溜溜的还很不好写字,我又得专门特制信封,还需亲自下山去县邮局投寄。为了爱,我愿为你做任何事,你明白吗?

　　收到你寄来的水壶,仿佛从里面倒出你无尽的泪水。上次信里我不过略微提到,在山里干活,有时无水解渴要找水坑残留雨水来喝,竟然使你心疼得哭了一天,还去买来水壶寄给我。但我忘了告诉你,我们每人都发有一个军用水壶,我甚至还有两个(早先从家里带去一个)。只是早上出发带的那点水,不到中午便已喝干,以至下午就只能去小溪灌水喝,有时离溪水远便不得不找水坑喝雨水。但你不知,水坑的水虽脏却无细菌,我们至今均安然无恙便是证明。所以不要为我担心,不要为我流泪。其实我有时也喝很高级的"饮料"。你可能连做梦也梦不到,我会像"知了"那样喝树汁吧?

　　有回正好跟老职工在一起,他教我节约喝水的窍门,每次只喝一小口润嗓,这样一壶水便可维持一天。而我们不懂,一觉渴就大口大口猛灌,故没等中午水壶便空了。他还教我一个应急办法,找一棵粗壮桦树,斜割一道口子,将水壶绑在口子下,等过会儿便可接到足够的树汁解渴。新鲜树汁虽然味道不很好,却有股独特风味,尤其在口渴时,简直是世上最好的饮料。

　　好了,不能再写下去了,亲爱的,要说的话还很多很多,可这片树皮太小太小,它怎能容得下我对你的爱呢? 别再为我担心,别再为我流泪,我会每天带着你的水壶,不,你的心。这样,每当我渴了就可以与你口对口,不但解了口渴,也解了相思之渴,更能从中汲取爱的力量。

　　我不想和你说再见,我只想和你真正见面,等着我吧,我可爱的爱流泪的小姑娘! 亲吻你老爱噘起的小嘴唇!

　　　　　　　　　　　　　　　　　远离你却也贴近你的 XX

静静的栀子花

白蓝

　　那年,我接到入学通知书,报到后提着简单的行李一路打听来到寝室门口,却发现自己被学校行政安排在男生宿舍。与此同时,班里一位男生却被安排到女宿舍。原来,那男生的名字让人家以为他是女生,而我则因为名字里看不出性别,所以把我们两的宿舍给换了位。大学几年,这件事常常被同学们传为笑谈。

　　那个与我同时被搞错性别的男生也是老三届毕业生,高高的个子,眼睛里带点淡淡的忧郁,是那种让人看起来很顺眼的男孩,说话时很认真很坦率地看着你。他长我两岁,当了四年电工,带工资读书。他学习很用功,晚自习总是最后几个离开教室,除了第一年寒假,每个假期几乎是大家都回去了,他才最后一个离开,为了一个人静静地复习。

　　工科类专业女生少,我们班四个女生,分在三个组,我在他那组,他是组长。当时我已经有男朋友,全班三十个同学中,就我信多,于是同学们不久就都知道了。可是似乎只有他不知道,有意无意地,总喜欢与我说话,邀我一起去教室晚自习,上图书馆,还不时地推荐一些课外复习资料什么的。不过仅此而已,我心里倒也踏实。

　　他家与我家所在的城市在同一条铁路线上,第一年寒假,由同学们前呼后拥地送到车站,他与我做伴回家。同坐一趟火车,一路话题不断,他知道我喜爱文学。春节前,收到他的信,还有诗。清清淡淡的,使人想到一朵洁白、清香的栀子花。以后的日子里,在校园里,我常常感受到一双默默注视我的眼睛。

　　那年闹"批林批孔",下乡参加教育,我与他还是在一个组。白天劳动,晚上搞"教育"开会。一日,帮助农民种油菜,我与他同种一垄,我在这边,他在那边。我们一边种菜,他一边给我讲故事,一个连着一个。很随意的,他说起毕业后的分配意向,他说他是要回家的,建议我也去那个城市,因为我家离那里不远,同一个地区的。我听出了点什么,我也给他讲一个故事,这是我生平第一次将自己的情感经历当做故事讲给别人听。他听懂了,没有再说什么。

我们的住处是在当地的一个礼堂里,当中用竹簟一拦,就成了男女两间,女间小一点,男间大一点。数十人挤在一起,也其乐融融。当天晚上,只听隔壁有人在拉《梁祝》。下乡的男生里,只有他带了一把小提琴,好久好久,拉得人心慌意乱。正准备上床,却听见邻班女生在门口叫我的名字,说有人找。我知道是谁。那天月亮好极了,他邀我去散步,我说不去,太晚了;他说今天月亮多好,我说冷;他说我带了大衣,我说,我在写信,他立刻就神色黯然。我知道自己有点过分,当时确实没有别的更好的办法给他、也给自己一个拒绝的理由。于是,小提琴再次响起,一直到深夜……

后来,开始修水利,挖河。学生、老师、教授一律下河底挑泥,他负责往筐里装。每次,他只给我挖两锹,便不肯多加,我怕同学们看出点什么,便到别的男生那里去装。那晚收工,他从后面赶上我,接过我挑过河泥的空担子,与我同行。

月黑风高,路上三三两两都是浑身泥水的大学生。我们走在人群里,他轻轻地问我,累了吧？我说还好。说真的,那晚,我第一次从一个男生口中听到这么大胆的对自己的夸奖。最后他说,你知道吗,你聪明,好强,叫人不知道怎么爱护你,但是你又给人一种凛然不可侵犯的感觉。他停了一停,似乎在考虑如何表达,我不敢出声。终于,他很艰难地说,他想得很多,知道不应该,但是我们是朋友,以后也是,就是工作了,也还是的。他问我对吗,我说是的。

我突然想哭,宿舍门口的灯光救了我。

1976 年底,我偷偷地结婚。之所以“偷偷”,因为按校方规定,在校学生结婚是要被开除的。忘不了当我告诉他我结婚的消息时,他眼睛里的忧郁和失望,那是可以用“凄惨”来形容的。此后他很少再来找我,甚至在我们小组到重庆搞毕业设计项目的时候,他都只是在埋头尽力完成自己那份设计分工,好像我不再存在。1977 年我们分配,当时我们班有三位同学被分配到同一个大工程,其中有他和我。

第二年,当我产假期满,抱着儿子去厂里办理调离手续时,他匆匆赶来看我。他抱起我的儿子,也不顾当着众人的面,在我儿子的小脸上左一口右一口一个劲地亲,嘴里喃喃地说“阿舅抱,阿舅抱”,那情景使我几乎落泪。

后来,听说他结婚了,太太是在武汉工作的同乡。可是当他想尽办法,把太太从武汉调回来,还没等孩子出生,他却得了肝炎。1981 年 5 月,他去世了,那年,他三十三岁。那年早些时候曾遇到过他,他说他在写小说,写完了要先给我看看。可是,他竟去了。那部未写完的小说初稿应该还在?

闻讯,我只是发呆,不相信这个人会从世界上消失。我没有去参加他的追悼会,至今甚至连他的墓地在哪里都不知道。

当我经历了许许多多坎坷艰难,走过地狱的门口,走到今天,记忆里的好多人和事,已经淡忘,像开败的花,凋落了,可是心灵深处的这个人,这些事,却始终像栀子花般在那里静静地散发它的清香。

呵,我生命里那一朵美丽的栀子花……

锄草抒情曲

弓长秀夫

一区最东边那两条地仍然是水田,种的当然还是水稻。水稻在五月初播种,到了六月十九号,才不过一个月多一点吧,秧苗就已经钻出水面老高,远远望去,一片新绿,十分好看。微风吹过,不见了池水的波纹,却见稻苗起伏,像波浪一般翻滚。每个池子的排水口清清的池水都在哗哗地流淌着,时不时地还跳出一条小鱼来。白鸥又飞来了,在稻田上空翩翩飞舞,突然俯冲下来,然后又急速飞起,展翅向远方飘去,最后和蓝天融在一起,再也看不见了。

这一段时间是连队里最美好的季节。天已经很暖和,风吹在脸上,麻酥酥的,浑身一点点发痒,有一种说不出来的舒服。冬衣早就脱下,勤快一点的人都晒过收好了。晚上收工后,农友们都换上干净的单衣,穿上白底黑面儿的懒汉鞋,到北大道、南水壕溜达散心。或作诗,或吟赋,谈天论地;或约朋友,卿卿我我,找同学,志趣相投,真正是难得的好时光呵。一想到明天就要到水田锄草,更是兴奋不已。一年四季那么多的活,盼的就是锄草。那种活儿太令人喜欢了,一点都不累,干得还快,出活。四个人一伙,一头牛拉三台锄草机,前边一人赶牛,后边三人扶机子,有说有笑的。这哪里是干活?简直就是在田里散步聊天。水不冷不热,刚刚漫到膝盖下边,凉丝丝的,舒服极了。大家都穿上那种深蓝色的短裤衩,裤腰里三条橡皮筋,把腰勒得紧一点。桃红色的跨栏背心,松松地塞在裤衩里边,就更显得肩宽腰细,臂粗腿壮,感觉特别英俊帅气。没有这种深蓝裤衩的都要托人立即从杭州买过来,急不可耐地穿在身上。有的人头上戴一顶小草帽,走起路来左右稍微摇晃一点,好像电影《51 号兵站》里的小老大,很有味道。有的就干脆不戴。太阳又不毒,还是暖洋洋的呢,不如晒一晒更舒服。大家都这样打扮,要这样穿戴才是锄草的样子。女生们负责喷农药,全都赤着脚,高挽起裤脚,露出健壮的小腿,站在碧绿的秧苗之间,一个个扎着小撅撅辫,脸色红润,神采焕发,那才是一幅洋溢着青春健美活力的美人戏水群像写意图哟。丰满的身躯,背着喷雾器,女生们在离老远的池子里东一片西一片地喷,不过眼睛也不怎么看脚下的稻苗,却总是盯着锄草的男生。男生锄到哪里,她们就看到哪里,一直看到地那头,也不怕耽误了自己的活。男生们就越发来了精神,吆喝牛的声音特别响亮,隔着水渠从这边一直传到喷农药的那边。锄草机走得更快了,也不知道为的是什么。

这两条地的北头有一条东西方向的引水壕,引水壕的北边紧贴着又是一条排水壕。两条水壕都不过三四米宽,水最深也到不了胸口,排水壕里还经常能摸到一斤重的大鲶鱼呢。过了排水壕,就是菜园队的菜地了。你说巧不巧,地里种的就是大片的西红柿。男生们锄过一趟回来,站在引水壕堤上,喘口气的工夫,也不过是随便瞭望一下,谁知道往北搭眼一看,鲜红的西红柿竟历历在目,极为诱人。这个时候能吃几个甜甜的西红柿,既尝了鲜,又解了渴,真是再美不过的了。知青们都忍住了,谁还不知道"三大纪律八项注意"?咽口唾沫,转身走下壕堤,赶起老牛又极快地锄起草来。收工了,男生们把牛送到牛号去。女生们也喷完了农药,用眼睛把男生送进了牛号,才慢腾腾地往回走,一路打闹玩笑着。

转天早晨,锄草的男生们起得格外早,没用连长周光华催促,就急急忙忙扒拉几口饭,匆匆上工去了。周光华心里十分高兴,叫人操心的知青们真的是懂事了。只是女生们还是稳稳当当不急不慌,磨蹭得叫人上火。新的一天就这么着,在新的希望中开始了。稻田地里依然是水绿苗壮,天蓝云淡,白鸥的飞舞更能引起人们无限的遐思。男生们锄草的速度比昨天还快,锄得又干净,又不伤苗。晚上收工,女生们脸上的神采更美丽,笑得也更清脆。一连三天,锄草进度之快大大出乎周光华的预料,农药喷得也均匀。连队里处处回荡着甜美的笑声,简直像过节一样欢乐。

可是好景不长。第四天,菜园队的王队长怒气冲冲地找上门来,吵嚷着要周光华赔西红柿钱,居然把周光华搞了个晕头转向:此话从何说起啊?王队长嚷叫着:"你快去看看!你看看,你的人锄草,为什么把我的西红柿偷得干干净净?"

没用多费周折,就调查出了锄草的男生们的作案真相。原来天天起大早,为的是偷西红柿!其实呢,偷几个吃,也就吃了,没有啥了不得。可气的是,竟然偷了那么多,还竟然郑重其事地送给了喷农药的女生。女生们哪里憋得住满心的喜悦呢?早把好消息传扬出去了,搞得满分场人人皆知,这才惹出了麻烦。

知青时代的爱情

陈建国

20世纪70年代初期,我正在浙江兵团务农,在同一连队的十多位老乡中,林峰算是和我关系较密切的一个。

林峰人长得很帅,身前身后总引来不少姑娘艳羡的目光。他劳动积极性高,春播秋收无论干什么农活,事事抢在别人前头。不久,他因表现突出被连队党支部吸收为预备党员。我们几个老乡都为他感到高兴。然而万万没有想到,后来突然发生了一件不愉快的事,不仅断送了林峰的政治前途,也断绝了我俩的朋友情义。事情是这样的:那天下午我因有事,便提早从田里收工回来。在路过畜牧班工棚时,我无意中听到里面有隐隐约约的声音,怪怪的,还夹杂着女人低沉的挣扎声。我停住步,心里倏地紧张起来:不会是出什么事了吧?我见工棚门虚掩着,出于好奇,就大胆推了进去,然而我做梦也没有想到,眼前会出现这么一幅情景:林峰正和畜牧班一位叫小芹的杭州姑娘相拥着倒在床上,两人蛇一般缠绕在一起……我顿时脑子里轰地一下,失声喊了一句(当时喊什么话,现在真的想不起来)。这时,林峰和小芹姑娘像触了电似的身子抖动几下,猛然坐了起来。小芹满脸绯红惊惶失措,顾不及整理凌乱的衣裳,低头跑了出去。林峰很尴尬地站着,脸色一阵红一阵白,他以一种敌意的陌生目光看着我,许久才嗫嚅了一句:"你怎么不敲门就进来了?"我也感到尴尬,我说畜牧班工棚旁边就是猪圈,我怎么知道你躲在这里?"你……"他气愤地瞪我一眼,一甩手走了。

几天过去,林峰一见到我就脸孔阴阴的,也不搭话。

星期天,林峰突然邀我到附近小镇上吃饭,他要了好多酒菜,自己却不吃。他坐在我对面,双手托着下巴,神色凝重,一副痛苦不堪的样子。我见他这样子,便劝他放宽心不要怕。我说,你就把我当做瞎子聋子好了,我什么也没看见,什么也没听见。林峰苦笑,一个劲和我干杯,再三嘱咐我千万要保密,千万不能将这事泄露出去。我满口答应了。林峰似乎松了口气,他重重地拍了拍我肩膀,说我是他亲兄弟,够义气。

我心里觉得好笑。我想,我和林峰是同学又是战友,朋友之间最重要的是宽容和信任。人非圣贤,孰能无过,偶然有些过失也是可以原谅的。再说,我也不是一个爱揭别人短处的人。我理解林峰的担心是有道理的,那时候青年人思想没有像现在这么开放,男女谈情说爱总是遮遮掩掩的,林峰担心这事一旦传扬开去,会毁了小芹姑娘的声誉,给她带来终身遗恨。再说兵团属部队编制,那时虽然没有明令禁止男女战士谈恋爱,但男女青年偷情无论怎么说不是件光彩的事,何况林峰已被列入党员考察对象,个人的生活作风问题在这阶段至关重要。

从这以后,我以为林峰会慢慢将这事淡忘,想不到他竟一蹶不振,背上沉重的精神包袱。他出工时无精打采,出勤不出力;开会学习经常迟到缺席;平时也很少和人说笑,一副孤寡懒散的精神状态。

有时候,林峰远远看见我和别人说话,就跟着我追根究底:你刚才都说啥了?我说没说啥,反正说的和你无关的事。不管我怎样解释,林峰都是疑虑重重,一双警惕的眼睛在我身上掠来掠去,好像要找出一点诽谤他的什么证据。那样子真叫人看了啼笑皆非。

那是一个星空明朗的夜晚,田野上飘荡着阵阵油菜花的清香。晚饭之后,林峰约我到附近运河边走走。一路上,林峰埋着头闷声不响,他走得快,脚步重而有力,田埂上的小草被他踩得发出吱吱响声。这使我的心情也变得沉重起来,一种不祥之兆向我袭来。果然,在河边一棵老槐树下,林峰停住了脚步,他完全用一种仇视的目光望着我,使我感到胆战心惊。

"你都向别人说了?"他问得很干脆。"没有啊。"我说。我当时的表情一定很虔诚。"没有,没有我怎么会入不了党?"他愤怒的目光逼视着我。"没有,小芹为啥会调到别的连队去了?还有,连里那些姑娘为啥远远避着我……"我看见林峰说话时,眼里噙着泪水,我的心发酸。我想再解释一点什么,却觉得没有什么话好说。林峰一挥手打断了我:算了,咱朋友的情义到此为止。说完,他头也不回地走了。

叁 迁徙的人生

1 再回首

黄河滩上

古朱

黄河九曲,自巴颜喀拉山一路奔腾,过了宁夏境内的青铜峡后,流入了一马平川的宁夏平原。宁夏平原东边是鄂尔多斯台地,西边是贺兰山,呈两头尖尖狭长的条状,黄河沿着东山蜿蜒流淌,三十年河东三十年河西。那几年,黄河向东涮了过去,在河西淤下了一大片肥沃的土地。

离银川不远的黄河滩上,有个永宁县农场,1965 年秋,112 名杭二中、杭四中的应届高、初中毕业生,插队落户来到这里,组建起一个青年队,开荒平田,进行农业生产。青年队的地,都是从农场其他几个生产队划出来的滩地。地分两种,黄河大堤内的是基本农田,堤外的滩田,也叫闯地:不收皇粮,有收没收全看黄河的脸色,汛期早了,颗粒无收,还得赔种子,汛期晚了,就是大丰收。

黄河的径流量变化很大,大水来时浩浩汤汤,横无际涯,而大部分时间,要想看到黄河水,翻过大堤还得走一二里地,大片河床裸露在外。为了抢时节,我们只在靠近堤坝的地方种些成熟期相对较早的大豆,而大部分滩田,就成了牲口的好牧场了。

我就在那里当过牧马人。

黄河滩上放牲口的大都是些小嘎子,只有一队放牲口的是个瘸子,与我同龄但个子瘦小得多。他是黄河滩上的头,不管是哪个队的,也不管是放羊的还是放牛的,一群小嘎子都服他管。这人对我很好,每天我把马赶到滩上,他就会过来与我扯磨(谈空天),什么火车汽车的,我也就楼上楼下电灯电话的海吹一番。马儿跑开了,他自然会招呼那些小嘎子为我赶来。这些人自小未离开过黄河滩,对城市的概念还是从几个月看一次的露天电影里得来的,对什么都感到新鲜。

也有让我感到新鲜的事。

那些放牲口的小嘎子都是烧豆子的高手,豆子刚开始结荚,他们就会到豆田里去找那些饱满点的豆秧,连根拔起,找些柴火点着了烧。烧完后脱下衣服使劲扇几下,扇掉灰烬剩下来的就是烧好的豆子,然后大家围成一圈蹲着拾豆子吃。

烧豆子有很多讲究,要视豆子成熟程度来增减柴火,等到豆子老了,还要摘去豆叶再烧。吃豆子也有讲究,要把豆子扔到空中,用嘴接着吃。我没这本事,有次放马归来,半道上遇到队长问我:"又偷豆子吃了?"我连忙否认,他说:"还不肯承认,看你的嘴都吃黑了。"不过那么一大摊的豆子吃掉点本也没啥,大人们管得也不是很严,有时给队干部发现了,也不过吓唬一阵,然后也会蹲下来,与我们一起拾着豆子吃。

烧豆子吃多了上火,屁多,天天吃总也有个吃厌的时候。有时候,瘸子会叫几个小嘎子骑上毛驴去掰些青玉米来,不剥皮不去须放到火堆里烧。那味道比豆子好多了,甜甜的带点烟火味,我们往往连玉米芯都忍不得扔掉,也要细细地咀嚼一番。

黄河滩上,我们捞到什么烧什么,印象深的还有烧土豆烧蚕豆都很好吃,最不好吃的可能要算是烧鱼了。

秋天了,大田的水都要往黄河排,那群嘎子平时没事就找个水坑,在出水处插一排柳枝让水流不让鱼过。哪天高兴了脱个精光,一群人在水里跳起踢踏舞,搅得水坑里的水都成了金黄色,水中的鱼儿被这泥沙呛得憋不住气,纷纷浮上来换气,这时的鱼行动非常迟缓很好抓。其实这种原始的抓鱼办法,说出它的名称来肯定大家都熟悉——这就是大名鼎鼎的浑水摸鱼。

摸上来的大部分是一种当地叫马蔺棒子的鱼,约一扎长,肉滚滚的。捉上来后也不洗,找根柳棍从鱼嘴穿入就拿到火里烤,烤熟了就剥皮吃肉剩下骨头内脏。虽然这些小嘎子每次都会热情邀我尝尝,但我还是没有勇气,只是每次都在边上享受他们的愉快。

这都是四十前的事了,当时我刚满十七周岁。

那一年我十八岁

情系虎林

20 世纪 60 年代末,毛主席向全国发出了"知识青年到农村去,接受贫下中农的再教育,很有必要"的伟大号召,一场轰轰烈烈的上山下乡运动立刻席卷全国,"到农村去,到边疆去,到祖国最需要的地方去"成为衡量当时青年是否革命的一个重要标准,按照政策规定,每个家庭中只要有在初中、高中、大学读书的子女都将面临一个艰难的抉择:独生子女的可留在本省农场,两个以上子女的必须有一个到边疆去,另一个才允许照顾留在本省农场或农村。学校里工人阶级宣传队天天找学生谈话,动员你尽快报名到边疆去,一到晚上,街道、居民区的干部就领着一批人敲着锣打着鼓逐门逐户地做宣传动员,在工矿企业上班的父母被停薪停职回家做子女的工作,做通就回来上班,做不通继续在家做,你可知道停了薪拿什么去买米买盐啊,这不是逼上梁山吗? 一时间家家户户怨声载道。当夜幕降临的时候,一家人围坐在昏暗的灯光下,有的在掩面而泣,有的在唉声叹气,既无策也无奈啊……

我家兄弟姐妹六个,我排行老六,当时正好初中毕业,我哥比我大四岁,也正好高中毕业,在我们兄弟之间按当时的政策规定,必须有一个到边疆去,另一个才可以照顾到本省农场,那到底让谁去呢? 做父母的真的难以抉择。在家中我是最被父母宠爱的,从小生性好动、贪玩,每次放学回家,母亲只听到我的脚步声一响,紧跟着一只书包甩进了屋,而根本就没有看到我这个人。等到吃饭的时候,母亲就会叫我姐或哥四处找我回来吃饭。一进家门,母亲看到的不是衣服挂破就是脸上有伤的小儿子站在面前,常常解下围裙,用手轻轻地将我脸上的灰尘擦掉,悄声问:"疼吗? 快洗洗手好吃饭了。"父亲有个习惯,每天睡觉前总要喝杯酒才睡,几十年一直这样,于是,每次晚饭前母亲就会留出点菜来好给父亲下酒。临睡前,母亲就把酒和菜端到父亲的面前,倒一杯黄酒让父亲慢慢喝,每次喝酒前,父亲总把我叫到面前,夹点菜送到我嘴边,边夹边说:"小馋猫快吃吧,吃了就去睡觉。"我张开嘴连嚼也不嚼就把菜吞到肚里了,转身就回屋去了,父亲心疼地在后面喊:"慢慢吃,别噎着啊。"每到星期五晚上，慈祥的父亲喝完酒，走到我的床前，看我睡得正香时，他就会拿出一角纸钱放在我的枕头下。你可知道，当时一角钱可以买一只烧饼两根油条呢，这对我来讲是够奢侈的了。每个礼拜天，父亲就早早地把豆浆和油条买来，并在豆浆里放点白糖然后再扣只碗，放在我的床边，我一起来就喝上甜甜的豆浆。少年的生活虽然过得贫穷和平淡，但却充满了幸福和快乐，让我久久不能忘怀……

咚——呛——咚——呛——咚咚——呛，震耳的锣鼓声不时在巷子里响起，声声敲在父母的心上。居民区的干部几次到家找我父母说："大伯、大妈，你们好好想想把，叫哪个儿子去赶快定下来，不要再拖了，再拖也拖不过去的。"有天晚上，我一进家门，就看到父亲和母亲在低低私语，好像在商量什么，看我回来了就像没事一样走开了。看到父母无奈又伤感的表情，我的心真的很痛。晚上，我躺在床上久久不能入睡，不久前发生的那件刺透我心的事在眼前浮现：

那是一个初秋的夜晚，天阴沉沉的，清理阶级队伍的浪潮正一浪高过一浪，各家各户吃了饭都早早地关上门，小孩子都被大人们管得死死的，一步也不让出去。狭窄的巷子里路人稀少，偶尔有个人走过，在昏黄的路灯下现出一个长长的身影，身影由短到长，再由长到短，慢慢地消失在黑黑的巷子深处。我难得吃了饭没有出去，在屋里画画，母亲在灯下缝补一条白天我穿着的也不知道什么时候挂破的裤子。大约七点左右，突然，一阵锣鼓声伴随着杂乱的脚步声在我家门口响起："打倒国民党军统特务×××，揪出国民党军统特务×××是毛泽东思想的伟大胜利！"口号声不绝于耳，我放下画本，惊恐地向门外望去，只见两个身穿绿色军装，头戴军帽，戴红袖标的人正往我家的墙门上张贴标语，听见喊打倒自己大女儿，母亲惊得连针线也来不及放下就出了门，她小心地上前问："怎么回事？我家招娣怎么啦？""怎么啦，问你们自己啊！"那两个人没好气地回答，贴完标语这伙人又敲着锣打着鼓走了。等这伙人走后，我搀着母亲回了屋，母亲怔怔地望着我，嘴里不停地叨叨：怎么回事，怎么回事……

招娣是我大姐的小名，她十六岁就进丝厂做工，当时已是一家大型丝绸厂的副厂长兼工会主席。当红色风暴席卷大地时，她被关进了牛棚停职反省。劳累了一天的父亲迈着蹒跚的脚步下班回到家，也惊呆了，他做梦也不会相信自己的女儿是军统特务啊，可看到门上贴的标语，他嘴唇哆嗦着一句话也说不出来。我三姐那天下班回来，也是刚进弄堂口就看到外面的墙上贴着两条醒目的标语，在名字上还用红笔画上两条红叉叉,街坊邻居个个在交头接耳,议论纷纷。她急急忙忙地赶回家想问个究竟,看到父母都在低头抽泣,她进屋一屁股坐在自己的床上顿时号啕大哭,凄楚的声音在寂静的夜晚传得很远很远。要知道,在那个红色的年代,家里被揪出一个军统特务,就意味着整个家庭就是反革命家庭,家庭成员都是反革命家属,那真是一件天大的事情啊。

这两条标语犹如在整个巷子里投下了一颗重磅炸弹,也像一支利箭深深地穿透了我的心。当时我想,完了,这下我可彻底完了,我还怎么抬起头来,一个国民党军统特务的弟弟,你还有什么资格像往常那样去参加学校里的文革活动。在学校里,我是个很要强的人,在一个造反派组织里搞宣传工作,每天刻钢板、油印小报、抄写大字报,也算是个活跃分子,这突如其来的事件,一下子把我打到了谷底。我仿佛看到对方派别的人指着我的鼻子在骂:小兔崽子,这下你完了吧,再也神气不了了吧。一股自卑感、屈辱感、失落感顿时重重地压在我的心里,使我透不过气来。我的精神似乎将要崩溃了,受不了了,真的受不了这样的打击。再这样下去,不如报名到边疆去算了,走得远些别人也就不知道情况了。

主意既定,第二天上午,我到学校找了工宣队,在报名到边疆插队落户去的大红纸上签上了我的名字。回到家里,我把报名到边疆插队落户的消息告诉了母亲,但没敢把报名去边疆的原因告诉她。母亲听了,眼泪顿时就像断线的珠子一样流下来,她解开围在腰上的围裙,边擦着眼泪,边哽咽地说:"你啊,这么大的事你为什么不和家里商量商量呢?"晚上,父亲拖着疲惫的身体回到了家里,年近七十的父亲,一直在街道办的公共食堂里做炊事员,父亲每天的工作就是买菜、卖饭,当时食堂内除了我父亲,其余四个职工也都是上了年纪的大妈,因此,食堂内的大部分力气活都是我父亲做,一整天几乎都是站着干。父亲回到家刚坐下,母亲边端着杯茶一边就把我的事说给父亲听,父亲接过茶杯喝了一口,长长地叹了口气,好长时间也没说一句话,黝黑而布满皱纹的脸上没有一丝表情。当天晚上,父亲破例没有喝酒早早地就睡了。第二天一早,母亲悄悄地告诉我,父亲整整伤心地哭了一夜,连枕头都湿透了。

我知道,父亲是心痛啊,他舍不得他的宝贝儿子离开家,到那么远的地方去。老实又不善言语,待人又很热情的父亲在街坊邻居中口碑特别好,整条街上只要一提起父亲的名字,没有一个人不夸他的。那个年代,粮食是定量的,到食堂买饭,只能按自己的定量买,多一点也不行的,有些人吃了不够,想再吃又要超定量了,每每看到这种情况,父亲总会偷偷地在那个人的碗里多加点饭,有时还把自己的饭票送给他们。事后,这些人一提起父亲,就会深情地说:"大伯这人真好!"父亲工作的食堂是我去读书的必经之路,放学后,我经常到食堂去玩,父亲看我来了,平时不太爱笑的他就会走到我面前,从口袋里拿出一毛钱塞到我的手里,笑着对我说:"去吧,买根棒冰吃,吃完就回家吧。"有时,父亲就像变戏法那样会从口袋里摸出一块麻饼递给我,食堂里面的人一看到父亲的脸上堆起了笑容,就知道准是他的小儿子来过了。

出发的日子越来越近了,母亲忙着给我收拾整理一些日常用品,为了让我吃得好些,多增加些营养,那几天母亲几乎天不亮就出了门,她是到肉店去排队买肉。那时,所有的生活用品都是凭票供应的,去晚了就是有票也买不到了。家里的肉票不够用,母亲就四处托人找关系,买些不用肉票的猪下水等。多少次,为能买到质量好些的猪肉,母亲半夜就起来去排队,当我一觉醒来时,她已经在灶房里忙开了。看到母亲忙碌的身影,看到她额头上陡然新添的白发,我倚着门框劝母亲,不要这样忙了,东西也整理得差不多了,你就歇歇吧。母亲放下手中在洗的菜,用围裙把手擦了擦,走到我面前摸着我的头哽咽地说:"儿啊,你就要离开家了,妈也再不能这样照顾你了,以后你自己就多保重自己吧。"说着眼泪就止不住地淌了下来。望着母亲那深情而慈祥的目光,我的心碎了,眼泪也禁不住地往下流,母亲见我这样推着我的肩膀说:"好了,别这样,来,把菜拿着准备吃饭吧。"

临出发前二天,想到自己要到边疆去了,我跟母亲说,我想去看看大姐。自从大姐被厂造反派组织说是国民党军统特务,然后被关进牛棚后,家里人再也没有看到过她。去的时候我把两个外甥领着,到了厂里面,我把情况跟他们讲了,希望他们看在两个孩子以及我要去边疆插队落户的面上,让我和大姐告个别。谁知道这伙人听了我说的情况后,不但不同情,反而暴跳如雷,一个穿着军衣,戴着造反派袖章,歪戴着军帽的高个子手里拿着一根军用皮带,一脚踩在椅子上,指着我的鼻子凶狠狠地说:"你还敢来看,你的立场到哪里去了? 到现在,她还没有老实交代呢,你必须马上同她划清界限才对,快走,再不走,对你也不客气!"两个小外甥吓得紧紧地抱着我的腿不放,我怕吓坏他们,赶紧拉着他们的手,回头瞪了那个人一眼,低声骂了一句,转身就出了厂门。回家后,我怕母亲伤心,只是轻轻地对母亲说,他们不让进去,母亲听了叹了口气,一句话也说不出来。

为了让日常物品有地方放,母亲叫人用木板给我钉了一只板箱,箱子钉好后,她在箱子四边用糯米纸糊好并在底下放了厚厚的一层草纸,她说草纸一来可以隔潮,二来平时也好用的,东北是没有草纸卖的。平时我替换的衣裤,母亲整整齐齐地叠好放在箱子里,又把樟脑丸一颗颗用报纸包好放在衣服旁边。她又托人买了好几块西湖透明皂,用纸包好后放了进去,再三告诉我,衣服一定要常洗常换,破了不会补的就寄回家。我知道,母亲是放心不下我,因从小到现在,我从来没有自己洗过衣服。临走前的那天晚上,天很冷,阴沉沉的,好像要下雪,屋子里面阴冷得很。母亲准备了一桌饭菜,哥、姐、姐夫也回来了,但一家人的心情都很沉重,满满的一桌菜都没有怎么吃,母亲不停地把菜夹到我的碗里叫我多吃点,可我也真的吃不下啊。因太冷,父亲早早地就上了床,母亲用盐水瓶装满了热水放进父亲的被窝里,好让父亲暖暖脚。父亲白天没有去上班,自从知道我要去边疆的消息后,他几天来吃不下饭,也睡不着觉,脸色憔悴,一夜间仿佛老了好几岁。母亲每次打个鸡蛋水给父亲吃,父亲总是推开不吃,有时还震怒地对母亲说:"我不要吃,你留着给儿子吃,知道吗!"母亲听后一声不响地把碗端了回来,眼泪也一点一点地滴在了碗里。

　　夜,黑黑的,静静的,几个好同学来看了我也回家了,母亲默默地还在给我准备着什么。她在我的一件衬衣口袋里塞了三十元钱,用针线把口袋缝好,放在衣服的最下面,悄悄地对我说:到了那边,如真的过不下去了,你就用口袋里的钱买张车票回来好了,不到万不得已的时候不要用它,记住。我点了点头,心里涌起一股酸楚,转身回到房间里闷着头哭了起来。在迷迷糊糊的睡梦中,忽听母亲在我耳边低声地唤:"儿子啊,到时间了,好起来了。"我揉了揉惺忪的双眼,看了看桌上的闹钟,已是清晨六点钟了,我知道,离家的时候就要到了。我刚刷好牙洗完脸,母亲就把一碗热腾腾的糖氽鸡蛋放在了桌上,"快吃吧,不然要凉了。"母亲在一边催促着,我三口两口就把这碗糖氽鸡蛋吃了,赶紧动手把行李物品放到三轮车上。想到马上要离开家了,我走上前去和母亲告别,母亲边拭着眼泪边示意我去和父亲告别。父亲一早就没有起床,一直半躺在床上。我慢慢地走到父亲床前,叫了声:"爸,我走了。"话刚说完,我的眼泪就止不住地流了下来,父亲紧紧握着我的手,嘴唇在哆嗦,眼泪从他那憔悴的脸上直流下来,好长时间才用嘶哑的声音说:"哦,你走吧,别惦记我,自己多注意身体,到了那里马上来信,需要什么就告诉。""噢。"我哽咽地答应着,眼泪一直在不停地流,慢慢地松开和父亲握着的手,转身就向门外走,伴随着耳边传来的一阵阵低沉的哭泣声,坐上为我送行的三轮车向火车站奔去。

　　天刚刚放亮,一路上行人很少,不到一小时我们就到了集合地点——杭州城站火车站。车站里人山人海,人声鼎沸,熙熙攘攘的人群将整个站台挤得满满的,列车的车窗上挤满了伸出半个身体在向亲人告别的青年人,车下,亲人们拉着孩子的手久久不愿放开。叮嘱声、哭泣声、欢送的锣鼓声此时汇成了一曲壮观的送别交响乐章,在车站上空回响。车站超高音喇叭里播送着歌曲,车上车下不断地互诉离别之情。当火车鸣笛即将开车的那一刻,时间在嘈杂中突然凝固了,全场瞬间鸦雀无声,当车轮开始滑动的瞬间,全场爆发出声嘶力竭的哭声!声音压倒了高音喇叭、压倒了周围的一切!知青专列真的离开了亲人,离开了故土,列车吐着沉重的白烟喘息着……此时整个场面达到了难以言表的高潮!我们走了,给故乡和亲人留下了无限的悲痛和刻骨铭心的牵挂。此时,天阴了下来,不一会儿就下起雨来,雨越下越大,雨水夹着泪水在人们的脸上流淌,他们也顾不得擦一擦,任凭泪水冲刷对亲人们的惜别眷恋。列车徐徐地开动了,送别的人们还在不停地挥手,一部分人还跟着列车在跑,边跑边挥着军帽向车上的人告别。我含着眼泪向前来送我的亲人、朋友挥手,心里默默地说:再见了,亲人、朋友;再见了,美丽的故乡。列车载着逾千名到边疆插队落户的知青,在亲人们依依不舍的泪光中,顶着大雨呼啸地向北开去。历史将永远记住这一天——公元 1969 年 3 月 8 日,那一年,我十八岁。

难忘知青岁月

吴桑梓

　　四十年前的知青岁月已经成为历史,但是这段历史却给我们这一代知青留下了不可磨灭的记忆。

　　那是 1964 年,我才十九岁。当时我正在萧山县宣传部办的阶级斗争展览馆当讲解员,而我们这批讲解员都是要下乡的对象。作为宣传员的我,当时很有点雄心壮志,觉得在农村这个广阔天地可以施展我的才华,最主要的是还可以洗刷我"资本家"这个家庭出身的污点。

　　于是我写了一封要求下乡去接受锻炼的信,寄到了我的家乡临浦镇居委会,据说居委会收到我的信后就在大会上宣读了，并把我当做了典型。我也就顺理成章地成为了临浦镇第一批下乡青年。

我们一批五十名知青在 11 月 3 日前往浦南的茅潭大队。往一个只有一百多户村民的生产大队输送五十名知青，在当时也属破天荒，现在说起来可能有人表示怀疑，但这是一件确确实实存在的事。

这是一个被浦阳江环绕着的生产大队，离我们临浦镇仅三华里路。浦阳江的潮涨潮落让这个生产大队的周边多出了许多土地，于是这里的村民人均拥有的土地是全县最多的，也是因为这个原因，我们五十名知青来到了这里。

当载着我们的渡船来到茅潭时，村里的实际情形与我们想象的生活离得很远很远。这里虽然土地多，但因为沿江的田地是江潮涨时堆积起来的黄土，土地相当贫脊，收成也差。

我们五个知青被分到中茅潭的三队，当天就参加了他们的小队会。那时村里没有电灯，在昏暗的煤油灯下，我看到了一张张饱经沧桑的脸，有两个老伯还是烂眼眶，一个女人拖着一双像水桶那样粗的大脚疯腿。

在介绍时，他们都有外号。什么"志尧大货"、"雪顺老爷"、"张荣闭眼"等，这让我想起了赵树理笔下的弯弯绕和秋丝瓜。我们当然是不敢叫他们外号的，只能问他们姓什么，知道对方姓张，就叫他老张伯，可后来一问中茅潭似乎全姓张，我们就只能带着名字"志尧伯"、"张荣伯"地叫了。

原来茅潭人世代并不专以农耕为生，他们靠着浦阳江，在江上撒网捕鱼和放浮钩钓鱼是他们的经济收入之一。所以他们的祖先都有经商意识，茅潭曾有很多人外出做以贩布为主的小生意。

那时候茅潭还没有通电，知青屋也没有建好，我们被分散在农民家里搭铺借宿。当天晚上我们就开始想家了，可虽然只有三华里路，却隔着一条江，回家并不容易。

撑渡船的是一位叫宝灵的老人，我们叫他宝灵伯。他是茅潭的五保户，是免费为队里撑渡船的。可对知青就要收费，特别是那些到茅潭来看我们的朋友、亲戚和家长，他就会狮子大开口。而且有时明明知道我们在对岸叫他，他也不肯及时前来摆渡。所以每次想回家都很怵这个宝灵伯，因为我们没钱。虽然江对岸就是我们的家，却只能望家兴叹。

后来，公社为了方便交通，决定把一截不影响航道的江面填成江塘，成为通途，我们知青是最积极的响应者。为填那一截江塘啊,我不知挑破了几双畚箕,肩膀也压出了老茧。

当初我们以为下乡是来接受再教育,改造世界观的,农村需要我们,我们也需要农村。其实错了,我们的到来给农民增加了负担,他们本来就不多的粮食要分出一部分给我们,所以,他们对我们并不友好,常常有意无意地捉弄我们。

比如,有人会用嘲讽的口气问我们:"你们是知识青年,有文化吧,我要问两个字。"我们暗想问字好像不会太难吧,可他却问:"一天之中的中午,我们叫(ai)这个字怎么写? 下午太阳快要下山了,我们叫太阳(guo)山冈,这个(guo)又怎么写?"这两个字都是地方口语,当然难倒了所有的下乡知青。于是引得他们哈哈大笑而我们无地自容。

后来他们就讲了乾隆皇帝带着纪晓岚游江南来到萧山的故事,说乾隆皇帝要纪晓岚写这两个字,纪晓岚说:"日中为(ai)上面一个日下面一个中就是,太阳(guo)山冈就更容易了,下面一个山字上面一日字,不就成了吗?"这个故事在当时听起来很有趣也很新鲜,所以我牢牢地记住了。

当然村里还是没有文化的人为多数,但他们宁要自己村上连名字也写不清楚的人记工分,也不让我们知青做拿笔头的事。我们的工作就是参加劳动,因为我们不懂农活,体力又差,所以每天所得的工分是最低的。

11 月份正是农历霜降的节气,本地有农谚:"有稻无稻霜降放倒。"就是说到了霜降时节,一定要完成晚稻的收割工作。我们在学校时下乡支农干过割稻,这个活不难。难的是正是霜重的冬天,田埂上铺着一层白霜,农民都赤了脚,我们的脚却怎么也不敢伸到地上去。而且这里的水稻田里还有积水,那水真是冰凉彻骨,但生产队的农民们就在旁边看着我们,我们大家一咬牙也就赤脚下了田,幸亏干起活来一下子就热了,脚下也就不那么冷了。咬着牙几天干下来,每天赤脚竟也习惯了。但手上的镰刀却欺生,一不小心手就割破了,此时,边上有抽烟的农民会走过来,撕下火柴盒黑的那层纸贴到你的伤口上,身上撕下一缕破布扎上,说一声"不要紧"就走开了。此时,只能忍着眼泪和伤痛,继续割稻。

割完了稻要种麦子和油菜,叫做种春花。种春花以前先要施肥,我们要做的农活就是挑猪粪。原以为我们临浦人吃浦阳江水长大,人人从小就会挑水,挑粪的活难不倒我们,可偏偏又让村民们难倒了。

他们说:"不怕挑不动,就怕轻头重。练了轻头重,什么担都挑得动。"于是,他们给我们装粪时,常常一头轻一头重,让我们走不稳,挑不了,而他们却说是锻炼我们,一边乐得笑。我们中有一个在家没有挑过水,人又长得比较羸弱的女生,赤脚走田埂已经让她受不了,再加上轻头重的担子,一下滑倒了,连腿也骨折了。

春天的雨季,农民叫涨桃花水。下乡的第二年涨桃花水时,浦阳江上游山洪和下游的涨潮一起冲击了茅潭江,沿江围堤岌岌可危。那是一个雨夜,我们被一阵阵铜锣声敲醒:"塌塘了!塌塘了!"

锣声就是命令。我们披上政府发给我们的新蓑衣打着赤脚就出了门。一只只草包被装满了泥土,由劳动力好的男人背着上堤扔进要塌的缺口里。在风雨灯下,有几位男知青也在背泥包,这种带水的泥包起码有一百多斤,他们稚嫩的肩膀怎能背呢?但这是在抢险啊!忽然另一头传来消息说,另一边塌得很厉害,让劳动力先去那边堵缺口。那个缺口一下子涌进了水,几个知青穿着蓑衣很勇敢地跳下去堵。

除了劳动考验,我们还面临着吃饭难题。我们这批人名义上是青年,其实有几个还是少年,除了两三个年龄在二十岁以上,其余都在二十岁以下,有几位才十五六岁,按农村十六足岁才可以吃到成人口粮的规定,那几位小知青只能领到小人口粮。

有了口粮要挑到机埠头去轧成米,有了米还要变成饭,可怜的我们面临烧饭大难题。当时知青是五六个人住一间屋,有点像工厂里的宿舍,只能每人一张铺位,有一间厨房也只有20多平方米。而我所在的知青点有33个人,大家都挤在一起烧饭。

我们用的是泥缸灶,烧火用的是稻草,小小的泥缸,稻草塞进去都成了烟。于是一顿饭烧下来,人变成了黑包公。往往出工的哨子响了,而锅里的饭仍是生的,大家只能吃了夹生米饭去出工。

喝水也成问题,本来到村民家里去讨碗水喝也是平常事,可那时候茅潭村民平时不烧开水,而是在饭锅上蒸一大碗水,倒进热水瓶作为饮用水。那水如果让我们喝了,他们自己就没有了。幸亏那时年青,水也没污染,喝冷水是常有的事。

后来,这些情况引起了公社的重视。公社主任亲自来到茅潭,帮我们办起了食堂。我们的知青点有33个人,菜都是从家里带的咸菜、萝卜干,霉干菜蒸肉和咸肉算是上等菜肴了。食堂只烧饭和开水,每人每顿要吃多少就交多少米。烧饭是轮流制,轮到谁烧饭,就用谁的柴火。开头倒确实还不错,轮到的人认认真真地烧饭,大家也有了一种大家庭的感觉。可轮着轮着就不行了。烧了夹心饭和生饭的事常常发生。当身体疲惫劳动归来,捧起了夹生饭,就有火气,特别是几个脾气暴躁的男生,于是,最后只得散伙。大家仍然回到了各自单干的生活。我找了一家农户,与他们结了干亲,爸爸姆妈一叫,就有了搭伙的地方,这一搭搭了十多年,一直搭到离开为止。

后来发生了"文化大革命",我们这批年轻人一齐变成了造反派,出去串联了。在外出串联的过程中,才知道上山下乡运动是那么普遍,知识青年是那么多,而且一比较才知道我们茅潭的知青不算苦,有很多知青被分配到边远山区,他们所遭受的罪,真是触目惊心。

大串联后,我们又陆续回到了茅潭。但我们的造反派身份又与村民成了对立面,外出串联时的口粮被全部扣住,那时候扣了粮食就是断了命根子啊,后来是县里来了人才得到了部分解决。

经过了这一折腾,我们也懂事多了,开始静下心来劳动。大队办了个毛泽东思想宣传队,宣传队以我们知青为主,也有茅潭青年,我不会唱也不会跳,但我能为宣传队写快板、对口词,也填一些如吴江调、杨柳青调的曲子,所以我也成了宣传队员。我们敲锣打鼓到处去演出,可以说,那一段时间,是我下乡后最开心的日子。

村民们建议我们排一出戏。于是我们选中了《三世仇》这个本子,这是一出写贫下中农受地主迫害的戏。这时知青真的派上了用场,有会谱曲的,有会乐器的,有抄剧本的,大家白天出工,晚上排戏。这出戏是很成功的,因为在公演时,我看到台下很多村民边看边哭。这出戏我们演了好多场。

经过了《三世仇》这场戏后,我们与村民们的关系更缓和了。我们中有几位当上了生产队的会计,我也是其中的一个,有一位还当上了赤脚医生。虽然会计和赤脚医生是不脱产的,仍然与平时一样参加劳动,但总归得到了他们的认可。

农村真是一个锻炼人的大熔炉,几年以后我们这批知青都成了真正的农民,特别是有几位男生样样农活都能拿得起,工分也与村民们一样了。

再后来,知青开始陆续上调,我一直到1979年的8月份才顶父亲的职被抽调到临浦食品厂,这一年我已三十四岁了。

我们三十三个知青里,我是最后一个上调的。从1964年到上调,整整十五年的知青生涯也就告了一个段落。

下乡:梦飞草原跑牛羊

凤箫吟

20 世纪 60 年代,轰轰烈烈的上山下乡运动席卷全国城镇,"知识青年到农村去接受贫下中农再教育"成了当时唯一的出路。那年的仲秋,我离开了生长于斯的故乡杭州,远赴西北宁夏的永宁县插队落户。那一年,我还只是一个十六七岁的少年,对现在的父母来说,把一个还未成年的孩子远送到五千多里以外的大西北去生活,恐怕是不堪设想的事。但当时的社会风气如此,那是现在的人绝对理解不了的。

还记得当时城站热烈的欢送场面:父母送子女,兄姐送弟妹。人很多,纷乱嘈杂。我父亲送的我,相对无言。我还不懂事,只是觉得有意思。以后我父亲还送过我许多次,当然那感觉已是大不一样了。虽然依依惜别,但却很少有人伤感哭泣。或许都还是少男少女,不谙世事,还没有感受到离别的愁和恨。当时我们都还不知道,这种伤感离别的场景,在以后漫长的人生道路上还会无数次地上演。

记得当时我们坐的是专列,约有 600 多人。据说本来的名额是 600 个,但报名的人数却远远地超过了这个数,更有不少热血青年竟咬破手指写血书,坚决要求到宁夏去。有关领导或许被他们的坚定决心所感动,所以后来走的时候人数就多出了几十个。

汽笛一声长鸣,火车启动了。有谁能知道,这一别对有些人来说将是永远的离别,他们的一生已经注定要在外乡度过,再也回不到故乡杭州城了。

当时我们的专列走的是陇海线。一路上大家有说有笑,无忧无虑,充满了对新生活的憧憬。那时的我对宁夏的认识可以说是零,只是从有关书本上的描述对其有个模糊的印象:蓝天白云,绿草地上跑着牛羊,穿着光板羊皮袄的车把式鞭儿甩得啪啪地响,巍巍贺兰山下苍凉的古战场……年轻人啊,温软的幻想怎敌冷酷的现实。当火车经过安徽、河南,进入陕西地界,就有人开始流鼻血了。干燥的气候对从小生长在江南温暖潮湿气候的少男少女来说,无疑是迎面而来的第一个严峻考验。于是有些人的情绪就开始低落,对更北面的 N 省的气候就有了一点担忧。前面等着我们的是什么样的生活呢?

　　经过了大约四五天漫长的旅程,火车终于停在了宁夏首府银川市。下了火车,就有公交车把我们接到了该市最好的自治区政府招待所,当时的名称叫"交际处"。在"交际处"住了大约三天吧。招待得还不错,菜很丰盛,满满一桌,大家吃得很开心,还体会不到"艰苦"二字的含义。闲着没事就上街去转悠。首府市容的简陋破败使我们吃惊:街道肮脏不堪,两旁的房子还是土坯房,而且大都是平房。一时间感觉似乎倒退了几十年,当时宁夏的贫穷落后可见一斑。首府如此,下面的城镇还能提吗?

　　在"交际处"的第二天,给我们开了欢迎大会,自治区党委马书记作了报告。他说我们到农村来劳动锻炼,这广大的农村就是课堂,我们这就叫"劳动大学",他就是我们的校长。他还说:你们来了,也看到了这里的条件是远不如你们的老家的,艰苦是肯定的,如果有谁知难而退要想回去,现在就提出来。当时我们所受的教育就是要到艰苦的环境里锻炼,在阶级斗争的风口浪尖磨炼自己,谁会在这样的场合公然提出来而被大家视作"逃兵"呢? 然而却真有这样一个人,马书记的话音刚落,他就当场提出要回去。当时我的座位靠前,喊的人在后排,没看清是怎样一个人,但听声音知道是一个男的。你还别说,我还真有点佩服他的勇气。不过当时我们却对他充满了鄙视。马书记绝想不到真有这样的人,只好当场答应了他。后来到底如何,我就不知道了。

　　我们在"交际处"待了三天——确切地说应该是两天半。第三天就被告之要下去了,有公交车把我们送到各个公社(就是现在的乡)去。于是上午就等车,陆陆续续地一车一车地走了。记得我们走时已是午后。从首府到我们要去的县约四十里路程,一个多小时就到了。车停在县城北头。下车一看,还不知道已到县城了,放眼看去,并没有看到可称之为"城"的景象。后来才知道,所谓县城,其实只是一条街,而这唯一的一条街其实就是公路的一段而已。公交车开到县城就不走了。各大队(现在的行政村)就派拖拉机把分给自己的知青接到大队部。当时的大队部就相当于现在的村委会,其简陋寒酸可想而知,只是几排土坯房。到大队部坐了一会儿,队长书记讲了几句话,也就差不多到了吃晚饭的时候了。大队部招待我们吃饭,这饭菜跟首府"交际处"的饭菜就没法比了,菜只有一个:猪肉炖白菜。饭倒是不错,是晶莹洁白的大米饭。这是我第一次吃只有一个菜的饭,江南人的习惯,每餐饭都有好几个菜,即便是最简单的早饭也不会只是一个菜。入乡随俗,年轻人饿了吃什么不香?后来才知道,即便是这样的饭菜也只有逢年过节和款待贵客才能吃到。吃完饭天色已暗,各小队(相当于现在的自然村)派了四套马车来接分给自己队的知青。我们给分到第十二小队,八男四女,原先都是一个学校的。看到了马车,大家好奇地围上去。马和骡子以前根本没见过,江南是只有水牛的。男的胆大一点的,还用手去摸摸马的身体。有女生摸出几块糖给车把式,车把式自己却不吃,剥出一块用手掌托着给驾辕的马吃。当时觉得奇怪,后来才知道车把式对驾车的牲口是有特殊感情的。

天已黑了,我们坐在大车上,颠簸着到了十二队。知青点就在路边:两排土坯房,一排三间,左右两间住人,中间略小一些,一间作厨房,一间当库房。四个女生住一间,八个男生分住两间,还有一间作活动室。住人的房间一半是一副大炕,四个人都睡在上面。因我们是知青,还特别配备了方桌和凳子。普通农民家里是没有的,只有一张四条腿很短的小炕桌,吃饭时放在炕上,无须凳子,直接就盘腿坐在炕上吃饭。大家从大车上取下各自的行李,草草地收拾一下,在炕上铺上各自的被褥。农民(当时叫社员)们都跑来看热闹。他们也很好奇,外地人本来就很少,更何况一下子来了十几个。那时农村还没有电,点的是煤油灯,昏暗的灯光下也看不清谁是谁,只觉得乱哄哄的外面都是人。间或还能听到他们的小声议论,听不太清,但有一个词却好几次钻入我的耳朵,说的是"侉子"、"侉子"。当时不明白是什么意思,后来才知道,这是当地人对外乡人的称呼,带点鄙视的味道,是一种贬称。

第二天小队让我们休息一天,整理各自的行李物品,收拾自己的房间。歇工吃饭的时候,农民们又跑来看我们,他们的好奇心也和我们的一样。看到我们几个年纪小一些的,他们也感到不太理解,纷纷议论:哟,咋还有娃娃呢?当地方言管未成年的孩子叫"娃娃","娃"发去声,可见他们也认为这么小的年纪远离家乡跑到几千里以外的地方是不合情理的。第三天我们就和农民们一样出工了。农村生活也就正式开始了。

纪念杭州第一批知青插队黑龙江

魏 lina

每年的 12 月 23 日都是个特殊的日子。1968 年 12 月 23 日,杭州火车站热闹非凡,到处红旗飘扬,广播喇叭里播放着毛主席的最新指示,锣鼓声、口号声响成一片。欢送杭州第一批知青赴黑龙江抚远县插队落户的仪式在这里举行。

我坐在即将启动的火车上兴奋无比。看着车下满面泪水的妈妈和姐姐,我竟然毫无感觉,心里只有一股冲劲:我要像海燕一样,在乌云和大海之间高傲的飞翔,飞往那海阔的天空,飞到祖国的最北疆。

就这样,我们杭州第一批赴黑龙江的 131 名知青告别了父母、告别了家乡,满怀热诚、高亢激昂地出发了。

我们坐着火车、汽车一路北上,从杭州出发,到达抚远县已是 1969 年 1 月 1 日的晚上了。

抚远县,是我国最东部的县。人口 6.6 万,面积 6264 平方公里。如果说把中国地图比做公鸡,那抚远县就是鸡头,与苏联只有一江之隔。当时到那里去是要边境证的。所以只有我们红五类才可以分到那儿。

天一亮我们迫不及待地来到江边,北风凛冽,江上结着厚厚的冰,一个问题萦绕在我的脑海里。一条江,一半是中国的,另一半是苏联的,难道在江中砌一道墙?我在江面上开始找中苏边界线,可到处也找不着。一问老乡才知道这江上根本就没有什么边境线。他告诉我,江中心肉眼能看到的位置有标尺,当你发现两个标尺重合的时候,就意味着你站在了国境线上。

那时候知青个个革命热情高涨,坚决要求到最边远的生产队锻炼。于是,我们浙大附中和杭二中、外语学校的 38 名知青,被分配到最边远的海青公社亮子里生产队。

我们从公社到生产队坐的是马爬犁,平生第一次坐上马爬犁,我们一行人兴奋无比。没多久遇上斜坡马爬犁翻了,把我们重重地摔在厚厚的雪地上,因为穿得多也不觉疼，我们便趁机在雪地上翻滚着，天真无邪地哈哈大笑。根本没想到后面等待我们的，是那九九八十一的磨难。

北大荒的冬天最冷达到零下六七十度。从亮子口到亮子里，我们深一脚浅一脚地走在冰雪皑皑的雪地上，地上发出咔嚓咔嚓的响声，眼前白茫茫的一片。时间虽然已经过去三十六年，但那双脚在雪地里跋涉的感受依然存在，难以忘怀。

我曾遇到过一次刮大烟泡，漫天风雪冰雹席卷而来，顿时昏天黑地什么也看不见，我们急忙赶往屋里，大概也就十几分钟的时间，一名叫张斌的知青耳朵就差点冻掉了。幸亏老乡赶紧用雪给她搓耳朵。

冬天挑水是我最怕的活。井边没有围栏，只见一个大窟窿，桶放下去要用力摇上来，水摇上来时洒在井沿上立即结成冰，地上滑极了，很容易滑跤。好不容易打起一担水，走几步水桶就滑落下来，踉踉跄跄到了水缸旁只剩下半桶水了。于是干脆自欺欺人，买了包染料把衣服、床单甚至口罩都染成了深色，这下可看不出脏来不用洗了。

北大荒的黑夜是漫长的，没有电灯，点的是煤油灯，住的是茅草屋，睡的是大火炕，知青们四五个住在一起，刚开始不会烧炕，不是这头热就是那头凉，或者把炕席烧焦了无法睡。

东北的农民冬天习惯"猫冬"，但由于我们是去接受贫下中农再教育的，总得给我们找活干。于是，我们上山伐木、劈桦子，男知青们到江上打鱼，我们还修筑公路、挖战壕、割条子，用一种很长的镰刀打草。

春天在一望无际的黑土地上锄草，一天也锄不了一垄地。秋天要割大豆、割麦子，那带刺的黄豆秆使我的手上打满了血泡，我常常被落在后面，仰望苍天欲哭无泪，感到是那么无助和无望；干活时渴了就喝草甸子上的积水，饿了啃一口干涩的玉米饼，什么苦活累活我们知青都经历了。

最难忍的是夏天的蚊子和小咬，要是被小咬咬一口，那可是奇痒无比，立马肿一大包。干活时头顶上黑压压一大片，一巴掌可以拍死五六十个。还有那臭虫跳蚤也特别欺负人，把我身上的皮肤咬得红肿溃烂。

当然，我们也有开心的日子。

春天到了，那漫山遍野的杜鹃花、百合花、紫罗兰、黄花菜散发着阵阵幽香。我们在花丛中奔跑着，所有的疲劳和痛苦全都被抛到九霄云外。我们把采来的鲜花插到茅屋里，小屋顿时熠熠生辉。

秋天我们上山摘采一种叫"嘟噜"的野果子(野葡萄),酸甜的味道好吃极了。

记得亮子口上有一片白桦林,它的树皮可以剥下来成一片片的,我们在上面用圆珠笔写上毛主席诗词,做成书签寄回家,可惜没能保存下来。

因为抚远县是国家一类口岸,与俄罗斯哈巴罗夫斯克(伯力)航道距离仅65公里。水产资源丰富,当地人一直以在黑龙江打鱼为生。我们知青也参与打鱼,我们坐在船上高唱乌苏里船歌,唱苏联歌曲,唱白毛女,唱老歌曲,唱得催人泪下。

虽然我在北大荒的时间只有两年,但它却给了我很多东西,这就是艰苦奋斗、勇于开拓、顾全大局、无私奉献的北大荒精神。我学会了吃苦、学会了忍耐、学会了坚强与拼搏,它是我一辈子取之不尽用之不完的财富。

青春无所愧悔,青春无需祭奠!

我们是我们的纪念碑! 你是你自己的纪念碑!

北去

白蓝

1969年6月5日,这是我生命中一个十分重要的日子。三十多年了,我无法忘怀。我相信,这个日子肯定不仅只对我一个人具有那么不平常的意义。

我是老三届初中毕业生。当年,我从家乡支边,去当时的吉林省的哲里木盟科尔沁左翼后旗金宝屯胜利农场(后来又划归内蒙古)。没有人来动员我,也没有人强迫我。长时间的停课,似乎永不可能停息的武斗、派性,使我觉得无聊;而面对前途,更使我越来越烦躁不安,整日处于焦虑之中。我只是想离开这个环境,我想凭自己的双手,凭自己的劳动,去创造自己的生活,走自己的路。

当时,我的同学中有不少已经下乡、支边插队落户,但她们中的多数人根本不可能凭工分来养活自己。国营农场则意味着集体生活和拿工资,于是我就报了名。没有与任何人商量,也没有查一查要去的地方在地图上的位置。那是1969年6月2日,离我十八岁的生日还有二十几天。父母亲心慌意乱,他们尽可能周到地为我打点好了行装,包括五十斤大米。三天后,我与两个要好的女孩,和整整一列车家乡的老三届知青一起,踏上了北去的路。这两个女孩后来成了我一生中最亲密的朋友,这是后话。

记得那天清晨,天阴沉沉的。我跨出家门,泪眼模糊里,最后回头看了一眼自家的阳台、青石板铺就的平整的院子、高高的围墙,似乎觉得我是再也不可能回来的了,心里一阵阵发痛。已记不清有多少同学和亲友将我送往火车站,只恍惚记得马路上都是人。人们互相拥挤着、冲撞着;不知是谁撞了我一下,又撞了我一下,我根本无心顾及,只是由同学们簇拥着下意识地跌跌撞撞往前走。

我的座位靠窗,天开始下雨。站台上黑压压全是送行的人,可我仿佛只看到妈妈和两个妹妹;几天来她们突然变得那么憔悴,眼睛又红又肿,湿漉漉的头发贴在她们的脸上。临出家门前,父亲紧紧拉住我的手,眼泪毫不掩饰地流着,嘶哑着嗓音说:"爸爸不去车站了,当着这么多人的面难过,不好意思的,如果有机会,爸爸以后去看你。"说完,一步一拖地上楼去了。突然,火车一声长鸣,我平生从没有听到过如此使人绝望的吼叫,我的心几乎要被撕裂!我仿佛看到父亲从床上惊跳起来的情景。眼前的妈妈和妹妹们早已泣不成声,我再也控制不住自己,扑到车窗口,声嘶力竭地喊了一声"妈!……"就呜呜地放声大哭起来。那时才十一岁的小妹,哭喊着冲到车窗下,抓住了我的手,不顾一切地顺着车厢外壁往上爬;列车轰然启动,小妹被悬挂在窗口,泪水、雨水从她仰着的小脸上汩汩地往下流;不知是谁好不容易才将她从我的手里抱了下去,大雨滂沱,站台上哭声动地……小妹啊,此情此景,你可还记得?

列车开出了家乡车站不知多远,一回头,我的两个弟弟和他们的一个同学默默地站在我的身边,他们坚持要送我一程。我不知道这三个男孩后来是怎么回的家,因为直到他们下了车,我才想起他们的口袋里很可能没有一分钱。

火车上,我们三个没有别的熟人。我们哭一阵,笑一阵,累了趴在窗边的小茶几上睡一会儿,饿了就吃一点随身携带的点心,记得我最爱吃的就是水晶月饼。列车是挂的专列,走的时间长,停的时间短,只知道一直往北,往北,渡长江,过黄河,出山海关,直到第三天深夜一点来钟,火车才停下来,说是"到了"。

这是一个很小的小站,铁路到了这里也似乎不再向前延伸。站台上稀稀落落几盏灯昏昏地照着,四下里是漫无边际的黑暗。6月初的天气,我们披上了棉大衣还感觉冷。似梦非梦之间,我觉得自己好像已经来到了天边。后来才知道,这里是东北平(四平)齐(齐齐哈尔)线上一个其实不算很小的车站,叫金宝屯。屯,东北话的意思就是村庄。而实际上我们的农场离此地还有七八十里地。站台上一片嘈杂,来接我们的卡车、拖拉机轰鸣着,人们大呼小叫互相呼应着,召集着自己的伙伴。我们三个人簌簌地发着抖,时而互相紧紧地牵一下手,以此来增加一点应付这陌生环境的勇气。不知听谁的指挥,我们稀里糊涂地爬上了一辆已挤满了人和行李的"铁牛"——一种可以带拖斗的拖拉机。坐在车厢底板上的人们大声地嚷嚷着,拥挤着;我们好不容易挤下身子就地坐下,只听得那边有人喊"啊呀,热水瓶!",这边一位在叫"我的饼干箱子!"。折腾了足有一个多小时,车队终于喘着气出发了,一阵风吹来,不知是谁又突然高呼"帽子!帽子!"。

初夏时节下半夜的辽河边上,黑暗连着黑暗,寒气追着寒气,偶尔远远的有一点灯火,却总是近不到跟前,一晃又不见了;风裹着沙子,刮得人脸上生疼。我有生以来不曾有过内心如此昏暗的感觉,不曾经历过这样的夜。我们迷迷糊糊地挤坐在这颠簸、杂乱的车厢里,至于这铁牛将把我们拉向何处,明天会有怎样的风雨在等待着我们,前途又有多少艰难困苦需要用自己稚嫩的肩头去抗击,我们不知道,又无法想象,此时也都无所谓了。

……

岁月如梭,风风雨雨、坎坎坷坷里,一晃已经几十年!可是每当想起,却还如昨天。从这一天开始,此后若干年的艰难人生,逐渐练就了我对人生的理解、对于苦难的承受力。6月5日,就这样成了我生命中一个十分重要的纪念日。今天,我再一次打开珍藏在心底的这一份苦涩的回忆,将它献给当年和我被同一辆火车头拉到金宝屯以及被不同的火车头拉到别的地方去的同龄人,献给我认识和不认识的老三届知青朋友,为了我们共同拥有的不堪回首却常常回首,希望忘却但永远不能忘却的青春!

叫我一声知青吧

张允武

我是知青,叫我一声知青吧,很容易的。然而从十六岁一直等到六十岁,还是没能听到。

我们是 59 届知青，是从杭州上山下乡到大观山的。因此杭州对我们来说有一种母亲般的亲情，每隔一段时间，我就想去看看。

自从我和王纪仪担任船工，用船到杭州运输垃圾肥料以来，去杭州的机会就多了。

我们俩你摇我歇，我摇你歇，过了祥符桥，岸上的景观便越来越是杭州了。这时，我们便抖擞精神，拉开架势，两人合抱一支橹奋勇向前。我们的船是具有灵性的，最懂主人的意思，这时也会同时抖擞，撒起欢来，摇头摆尾朝前头劈去，用胸膛去砸击水面。船头昂一下、低一下、左一下、右一下，像是个八面威风的壮汉在擂大鼓、大钹——"嘭！嚓！嘭！嚓！"而船尾的橹立即响应，扭动起腰肢，起劲地唱了起来——"咿呀咿——呜哇呜——"——哆声哆气，活脱是个撒娇的小姑娘。我们也合着一起唱，歌词要丰富得多，但潜台词只有一个："母亲啊！您的儿子来啦！来给你梳洗清理啦！"

停在两旁的船觉察到了什么，交头接耳起来，你一晃我一摇从近到远地传递着消息，有的要探头看个明白，有的则侧耳听个究竟。本来嘛，如此矫健骁勇的身影，如此漂亮高超的身手，还能是谁？大观山的知青呗！于是它们一阵欢腾，兴奋地踏起浪来——"劈哩！嚓啦！"又是喝彩，又是鼓掌，就这样夹道欢迎把我们一直送到终点。

但自从出了那件事……

那天，我们在拱宸桥的垃圾平台下，脱光了衣服，只穿条运动裤，一担担地往船上装垃圾。一是因为天热，二是为了珍惜衣服，三是为了展示——那可是小伙子的肌体啊，匀称、柔韧、纯净、完美！经汗水的润泽，在太阳的照射下，发出的是金子的光辉！而它是属于我们的。突然，一大堆垃圾从平台上滑了下来，洒了我们满头满身！只见老头正在翻倒垃圾车。本来只要他道个歉也就算了，他毕竟是我们的同行，但他却像没事人似地继续抖落着剩余的垃圾。

这类事我是最没办法的，因为我既不会打人又不会骂人，甚至连句粗话都不会说。我也知道小王在这方面比我强不了多少，别指望他。但这次他却狂怒了，猛地冲了上去，拦住了那人的去路。

"你做啥！"他大吼一声，由于沾满了垃圾，眼珠和牙齿特别白，白得吓人。

"你做啥？"那人冷冷地反问。

"你做啥!"小王第二次大吼,并垂下了双肩,微微猫起了腰,甚至试着像拳王阿里那样缓缓地移动着脚步。

可那人并不介意,径自收拾着车上的东西,调转了车头,准备走了。

"你——!"小王绝望地嚎叫,声调都变了。我看他这次要骂人了,但他只是用手指定了对方,咬牙切齿地做着努力,以至全身都颤抖起来。

而那人却知道他要说什么,走了几步回过头来说:"我宁做城里的狗,也不做乡下的人!"说话时的那眼神——天哪,我无法描述,只能称其为"垃圾一样的眼神"。

对于这种垃圾佬(他不配称环卫工人),没必要与之较真。但二十多年后,真正较真的事发生了。

传来消息说,要落实知青政策了。知青有一名子女户口可迁回城里,大家争先恐后去办手续时,我却不急——户口迁出来时,不就一个时辰的功夫吗?等到听说办手续要跑多少单位、打多少证明、盖多少章时,我才意识到事情好像有些不妙。

果然,等我赶到杭州去办知青手续时,被告知不办了:"59届没有知青的称法,已混进去的算了,你不能混了!"

我争辩五九届是知青,还是老字辈的;我说董加耕、邢燕子;说当年的决心书、光荣榜、欢送会……我对他们说:"我有知识,我曾经是青年,我上山下乡了!"没用,他们并不在听,我和我的材料并不妨碍他们谈别的话,做别的事。他们只是偶尔朝我一瞥,而在这一瞥中,我吃惊地发现了"垃圾一样的眼神"!

为了获得知青的名分,我跑了一年——从穿着衬衫,直到穿着冬装。不再是为了户口,而是为了尊严,为了正名,为了讨回原本属于我的东西!

我被迫最后一搏,我抛出了所有的材料——我的经历、我的成就、我的获奖作品、我的荣誉证书。就像当年脱光衣服一样,如今我又赤条条地展示在世人面前,我深信那金子般的光辉依然存在——因为太阳依然存在!

当我又穿上那件衬衫时,事情办好了——是按特殊人才处理的。就是说,我是在特殊情况下,用特殊的方式,通过特殊途径,经特殊人物审定为特殊人才,适用了特殊政策才达到目的的。

我并不特殊,也不是人才,我只是个知青,一个普普通通的知青。

护园记

苦乐年华

三十六号地在乔司农场的角落头,钱塘江边上,是一大片寸草不生的盐碱地。远远望去,只见白花花的一层盐霜,难见一丁点儿绿色,大家称其为乔司农场的"西伯利亚"。

兵团成立的第二年,这片不毛之地栽下了百亩梨苗,连队派我等四人看守这片梨园。田头搭建了两间茅草屋,我们被安顿在这里,茅屋边开垦出一小片菜地,米和油盐要到两公里以外的连队食堂去买。

我们辛勤地看护着这片小苗苗,想象着小苗长成大树,枝头挂满了果实,这里成了乔司的花果园。但现实不是这样,树苗的成活率极低,大部分相继死去,少数活下来的顽强挺着纤细的枝叶,在乔司的"西伯利亚"寒风中挣扎着。望着这些苗苗,心里有点凄凉,我们不就像这些苗苗吗?要扎根在农村,滚一辈子泥巴,修一辈子地球。

那一年的冬天很冷。寒风夹着雪花呼啸着掠过乔司大地,小草屋像大海怒涛中的一叶小舟,颠簸着,颤抖着,摇曳着,呻吟着。我们蜷缩在草屋中,望着来回晃动着的油灯,有点恐惧,有点惆怅,有点无奈。想着"文革"风暴,社会动荡,学校没有了课堂;接着是上山下乡,我们来到乔司农场;想着父母含辛茹苦把我们养大,不知何时才有能力报答;想着儿时的玩伴,校园的同学,如今天各一方。心里乱乱的,眼睛有些湿润,难眠的风雨夜啊,那么长,那么长……

早晨,风停了,雪停了,旷野静悄悄。太阳出来了,透过草屋的缝隙,一缕一缕地射了进来。大地银装素裹,一望无际地泛着耀眼的白色的光,稀稀拉拉的几棵梨苗倔强地仰着头,点缀其间。

数月未沾荤腥了。文儿搞来几段钢丝制成许多鱼钩,对我们说:"钓鱼去。"

翻过大坝便是钱塘江,丁字坝像一条巨臂伸向江心,沿着丁字坝走到江边,我们开始放钩,一根尼龙绳,一头系着鱼钩,穿上蚯蚓,放入江中,另一头系在竹签上,竹签插在石缝中,一路放过去,直到鱼钩放光。在江边住长了,知道钱塘江潮水的脾性,这天是晚上潮,我们放心地点了支烟,坐在江边,等鱼上钩。

太阳照在江面上波光粼粼,清风徐徐,水波不兴,一派风平浪静的景象;而江底却涌动着滚滚暗流,到涨潮时裹着泥沙,掀着巨浪,咆哮着往回涌,但最终还是回不了源头老家,成为浩浩东流水一去永不回。

"好收钩了!"文儿的喊叫声打断了我的思绪,我们又一根根地收起鱼钩。居然还小有收获,小鱼小虾在篓里欢蹦乱跳,我们几个也高兴地跑着,叫着,忘却了所有的烦恼。

奇迹没有显现,果园也没有出现。梨树苗所剩无几,我们也回了连队。

这些已是三十多年前的事了,就像梨园的风雪夜一样,过去了,过去了。而乔司的知青也像钱江潮一样,在回城潮中拼命地往回涌啊,甚至发生了"兵团知青大请愿"事件。

乔司啊,当年决然地离开您,连看都不愿意多看一眼,如今却有那么多的眷恋。

我的知青情结

钱文俊

说起下乡,老城是自己想下乡的,似乎更多的人却是被迫无奈下的乡。于是有人联系服兵役,只是忽略了兵役是有期限的,并没有要谁"干一辈子";而且那儿不讲境界,只强调责任,公民的责任。下乡宣传境界,如同法庭强令被强奸的女孩说"我乐意"。

不知何故,我既没有自己想的份,也没有被迫的感觉。那时只有一条路,不下乡你上哪儿去?恰如同小学毕业就要上初中一样,人人都要下乡,你只有随大流。我确实属于不知除了下乡还有什么别的路走的那一类,就像一个牺牲,默默地走上祭坛,没有期盼,没有怨言,也没有抗拒的表现,只有麻木的顺从。

然而也有反潮流的,例如我的同届——镇仕,我们常说他爸爸真的给他起了个好名字:镇压当官的。他就没有下乡,因为他的腿有伤。那是 1968 年 8 月,军队与另一派联合围剿时留下的。结果他被军队关押了三个月，直到释放，才得以进医院检查。那时断了的腿骨已经长合了，但错了位。他二话没说，自己捧起那条腿，咬牙往钢丝床的铁栏上一磕，又断了，重新对正骨位，重新再长合。期间染上骨髓炎，80万单位的青霉素粉剂，直接往骨头里倒。刚痊愈出院，军宣队、工宣队、居委会就轮番强迫他下乡，他回答道：请派一个帮我挑水的，我马上就走。可以说硬赖着顶了过去，终于，连逼他的人也厌烦了。

还有一位——骆水，我们叫他"落水狗"。啥理由也没有，只要有人逼迫，他就逃跑，连家里户口本也带着逃跑。天知道他跑到何处，总之给他躲过去了，直到1977年高考，差一点因为没有插队而失去报名机会。

另一个是我的表妹。这个女孩初中毕业时已经是20世纪70年代，可她还差两个月才满十六岁。看见下乡"光荣榜"上有她的名字，于是找到校长。因为那时有一条不满十六岁不用下乡的规定。革委会主任说："你迟早要满十六岁的，写上光荣榜为什么不可以？"她说："你迟早要死的，干吗不去火葬场报个名？"

后来的压力可想而知，舅母顶不住，苦口婆心劝她听党的话：大家都下乡，你也去吧。她不理会。舅母劝到最后说道："生你养你，多不容易。你怎么就不听话呢？"表妹从被子里跳出来："谁让你生我养我？在学校被欺负，回家也不得安宁。你当我喜欢你生我吗？你把我收回去！我不想生出来。"

至于我自己，反思回去，一生中最无忧无虑的日子恰是插队当知青的时期。农民乡亲对我非常好，没有任何压力。记得刚下乡不久，有一天是阴雨连绵的日子，没吃的了，于是拿起十来斤小麦到村里的石磨去磨面粉。围着磨盘不知转了多少圈，脚下的烂泥简直可以插秧了。生产队的贫协组长杨柄发也来磨面，见我抱磨棍的样子滑稽，便打趣："蛮子，这磨棍抱着，天地可广阔呀？"见我没顾得上，又道："你们这些大学生，在城里舒服得啥样？要跑到这鬼地方来受罪！"我答曰："响应毛主席号召嘛。"他曰："昧！你们咋听他的？他儿来不来？他孙子来不来？让你们来。"我听见一个共产党员兼贫协组长如此教育俺，确实吃惊，也坦诚告之："能不来么？你要敢不来，看咋整你。"他道："我就不信，你们要是都不来，他能咋的？还能用盒子炮押你们来？"这是我接受贫下中农再教育的最初课程。

之所以觉得那时的日子最无忧无虑，是因为我绝了招工、升学甚至结婚的望，也不在乎其他，反正俺的家庭出身不是地富反坏右，只是本人自己自作自受，弄了顶"现行反革命"的帽子，却又"拿在群众手里"，加上本人自己学了些手艺，修理钟表、收扩音机、做木匠、油漆匠都过得去,无论混饭吃混工分都不成问题;间或跑出去投机倒把,在那个极端贫困的年代,自以为俺过的日子比当工人当干部都强。

一旦经济上脱离了生存的挣扎,人就会思考,或享受或发展。马大胡子发现这个定理,于是才发明了计划经济这个法宝。当一切人的生存需求被一只"有形的手"捏住,统治就是绝对稳固的。而任何谋求统治的信念,对于国家的前途和人类的命运,都是次要的。如果招工成了最高理想,理想其实已经死了。

对知青这个群体来说,无论事业有成与否,无论混得满意与否,当过知青就是人生的一个资本。其实,我总在想,人怎样才算没白活一场? 窃以为,人不过就是活一个过程,而非结果。正如马季的相声里说的:"北京市哪儿人口最集中? 火葬场。迟早都得到那儿报到去。"

我确实怀念我的知青时代,只因为那是我生命乐章的一个精华部分,喜怒哀乐都齐全的一个部分。我的履历上记载着:插队十年。这使我的阅历多了一个人人皆知的章节,那里有许多平凡而且可遇不可求的故事,是我的收藏,也是我的宝贝。

十年不是一个短时间,特别是青春年少的十年。忽然记起苏东坡的词句:"十年生死两茫茫,不思量,自难忘。"借过来,权且作为摆在那十年的祭坛上的一束小花吧。

在黑龙江的春夏秋冬

hudsh

三十七年前的今天,离开了那熟悉的、伴我生长了十四年的运河。经过四天三夜的颠簸,来到向往的、又很陌生的地方——黑龙江省依兰县平原公社一个叫新民大队的屯子。

记得到那屯子的当晚,天上没有月亮和星星,天是那般的黑;那地、那房顶是那样的白;还有夹着雪不停地刮着的风。当时的我,又饿又困,坚持听完当地人一个接一个的充满热情的欢迎词和年长的知青大哥大姐们的充满信心的豪言壮语……当时的我可能有点狼狈样,被一个领导模样的人拽到一间冒着热气的屋里 连扶带推地把我整到炕上。直到我睡着了嘴里的饭还没咽下去。

第二天，一阵阵马的嘶叫声使我一打滚地跳下炕冲出门出，在太阳的照耀下，连跑带奔地跟着马群在春天的原野上撒欢儿。好玩！过瘾！像是现在的度假。不久，几个人骑着马赶来，要我跟大队干部回去安排到小队农家入户，当然啰，他们同意我学骑马。那天的骑马使我终生难忘。摔倒了不可怕，可恨的是小屁股被马颠得都烂了，害得我在炕上趴了好几天。

转眼到了夏季，大田里的稻子长势喜人。这是咱知青不怕刺骨的春水光着脚播种的。记得那几天一直下着大雨，知青点里可热闹了，有唱歌的、有吹口琴的、有看书的、有写信的，我们几个正在炕上打牌。突然，队里姓郝的队长来招呼知青们去抗洪排涝，他边挑选着一批知青边对我说：老疙瘩（东北人对家里最小的称呼）就待在屋里帮着烧姜茶，别乱跑。我嘴巴答应着却跟在后面。到了稻田一看：只见一片汪洋！没有动员，没有豪言壮语，没有思考，我连拽带拉拖着两个化肥袋一头扎进水渠的缺口。至今我还记得那水渠里的鱼直往我衣服里钻。

秋天的黑龙江既迷人，还馋人。一天午休，我溜到了果园，帮着刘大爷挑了一担水后就上树玩耍。那沙果真的很香，吃了几个就听郝队长那大嗓门喊上了："老疙瘩！开会了。"我答应过几个伙伴带果子回去的，于是就赶紧又摘了一些果子往上衣里塞并准备往树下跳……"小心！给你梯子。"哈！被队长堵个正着。当我的脚刚落地，郝队长一把拎起我的上衣，藏在用腰带扎起的上衣里的沙果一个接一个像调皮孩子一样到处乱蹦。此时的队长用他那宽大有力的手帮我整理衣服并唠叨着："你这孩子，今儿开会要给你发奖状，别迟到啰。"地上的沙果让刘大爷找面粉袋给装上送到知青点去。当时的我，只能不停地点头。当我在会场上用双手接过奖状时，也不停地向台上和台下的人们点头致谢。

几年后的冬天，我已成为一个大小伙子了。在那里入了共青团，又要准备被发展为共产党员的时候，我却报名入伍了。队里领导要留我，县里工作组的干部支持我当兵。当时的我也很犹豫。当年因为好玩我主动来到北大荒，在北大荒得到了锻炼，我更应该再走出去看看世界。在支书和老队长做我工作时，我狠心摇了头。在公社欢送新兵的大会上，"决不辜负第二故乡人民的养育之恩"是我代表新兵发言的结束语。

三十九年后的今天，我对第二故乡人民的感恩之情，仍久久不能释怀……

知青时代的两次告别

莲子藕粉

在我人生的旅途中,有两次刻骨铭心的告别,让我一生都难以忘怀。

那是在 1970 年 11 月,我初中毕业就响应号召:"到农村去,到边疆去.到祖国最需要的地方去!"

没有离别的痛苦,没有远行的担忧,只有满怀激情的一腔热血。

那时候我太年轻了。

报了名,迁走了户口,父母也为此无奈。母亲忙着给远行的女儿准备着行李。"听说那个地方滴水成冰,吃的馒头冷了像石头一样硬。"她哽咽着,说不下去了,扯过丝棉,把棉袄加了一层又一层。

"还是厚一点好,不好推板("相差"的意思)一点点,要冻死的。"母亲边翻棉袄,边自言自语地说。尽管国家统一发军棉袄棉裤大衣,她还嫌不保暖。

临走的晚上,我久久不能入睡,两眼直直地望着屋顶黑乎乎的瓦片,想到明天将离开这个伴我生长的家了,要离开亲人了,自己要独立生活了,而且那么遥远,心里不免有些惆怅。

父母给我煮着茶叶蛋,又忙着炒花生,那"嚓嚓"的声音一下一下地传进了屋里,那声音沉沉闷闷的,融进了父母对女儿将离开的一份失落之感。我一阵心酸,眼泪夺眶而出。

列车一声长笛,我们告别了故土浙江,告别了家乡父老,告别了兄弟姐妹,踏上了北去征途。

不曾想到,那天的告别之后,竟在东北的黑土地上生活了十年。

"文革"结束后,知青开始陆续返城了,一批又一批的同伴相继走了,宿舍里就剩下我和另一位上海知青霞。

终于我也要走了,走前的那几天,我心里有一种离家的感觉,将和患难的姐妹们永远离别了,觉得难舍难分。瘦小文弱的霞,默默地帮我收拾行李,她低声地抽泣："你们都走了,剩下我一个人该怎么办呢。"我拥着她说:"上海实在进不了,就到我们浙江去。"

我把丝棉袄裤全留下了,因为再没有人替她翻了,头痛脑热的也没有人给她刮痧了,毕竟我们共同生活了十年,有着不同寻常的感情。

我们这批南方姑娘,在艰苦的岁月中成熟起来。我们跟当地的老百姓一样,吃惯了高粱米、窝窝头、生蒜头,讲着东北土话,共同经历了坎坷磨炼。将结束这段蹉跎落寞的知青岁月,我的心情怎能平静? 在这块黑土地上有我的血,有我的汗,有我的青春,有我的足迹,有我的辛酸和快乐。

我乘的是晚上的火车,大家在林区小火车站哭着分了手。霞,远远地向我挥手告别,眼泪迷住了我的双眼,慢慢的我看不清她的身影了。踏上了南去的列车,我最后深情地看了一眼被黑夜包围了的茫茫森林。别了,第二故乡!

我们都是过客,匆匆的过客

哲思者

在近些年大规模的知青下放纪念活动中,我们开会、写书、撰写回忆录,我们倾诉,宣泄,也大声控诉。作为1968年下放的"老三届"知青,我完全理解、赞同,也参加过一些这样的活动。

但在我们这一系列的纪念活动中,却独独缺少了"他们"! 他们是谁? 他们就是兵团、农场中我们走后仍然坚守在那里的人员,老农工、老军工……

几年前,我抽空回了一次插队时的农村,在村口遇见一个锄地的老农,我跟他谈了好久,他知道我,但我却始终想不起他的名字。回来后,在一个偶然的时间,我突然想起在农村割高粱时的情景,那是东北最累的农活之一,每人几条垄往前割,刚开始齐头并进,但后来就拉开差距了,割得快的人一马当先,在满是高粱的大海中开出一条大路来,而割得慢的人就被甩在后边,像拖着一条大尾巴。我虽然身体不错,但由于缺乏技术,所以总被甩在后边,作为身高马大的男子汉,我很汗颜。而几乎每次都是那位老农——其实他年纪跟我一样大,而且也是初中毕业——来帮助我、接应我，使我不致过于难堪，想到这里，我真应该好好感谢他。但现在，我连他的名字都记不起来了，真的太惭愧、太对不起他了。现在终于想起来了，他叫李敏，是富农的孙子，在那个阶级斗争的年代，他的境况可以想见。其实他很聪明，农活干得很好，是个年轻的"把式"，人也很善良，好学上进，他读过初中，喜欢跟我们知青聊天，可以看出，他向往着知识和文明，但他摆脱不了那与生俱来的"出身"，也摆脱不了贫穷落后的农村。对他来讲，这就是宿命。他告诉我，他有一个儿子，一个女儿，都成家了，但都在城里打工，生活是过得去，但毕竟他老了……

我离开插队的地方已经三十多年了，现在生活在南方。我的工作体面、轻松，我每个月的收入，可能比他一年到头从土里刨出来的还要多。作为有点年纪有点经历的人，我经常回忆起下放的那些年月，但我却把他给遗忘了，而且遗忘得如此彻底……离开村子的时候，我望着那些低矮的农舍，那些刻满沧桑的黝黑的脸庞，不禁想到：对于生于斯、长于斯的他们来说，我们都是过客，匆匆的过客。我们在农村经历的苦难、遭到的委屈、经受的历练，比之他们，都算不了什么。

无论怎么说，我们绝大多数都离开了农村，离开了兵团或农场，我们回到了城市，回到了温暖的家。因为我们有家可回，我们拥有城市户口，我们是属于城市的。城市属于我们，但却不属于他们，他们在城市里只能是打工，而且他们的孩子也只能是打工，等老了以后，他们还要回到农村，回到那个生他养他的地方。

今天，我们纪念知青下放四十年，其实我们大部分人在心底里都会感到庆幸，庆幸我们终于脱离了那个贫瘠、落后的农村。我们在报纸里，在杂志上，在影视中，在网络上写着，放着，拍着，向孩子们描述着……是的，我们有文化，我们掌握了话语权。而他们呢？他们是"沉默的大多数"，他们被我们所遗忘，而且遗忘得如此彻底。

我和那个老农李敏的区别，用经济学家的话说，是社会分工，但我说，不！这是社会不公。探讨和纠正这样的社会不公，我想，也许比纪念知青下放更加重要。

走……留……

宋幼章

1979 年的年初,正是大兴安岭一年之中最冷的季节。山上筑路连队里的人少了许多。大部分沪杭知青都已返城探亲,有许多甚至办好了顶职手续,永远离开了这个地方。

李众的回杭顶职调令是三天前到手的。为了这个调令,他和家里人忙了三个多月。终于可以离开这个鬼地方了,他心里有说不出的高兴。不过,在离开之前,他还要再做些事。他的家庭并不富裕,回去后工作和生活都心里没底。况且,他的年纪也大了,要考虑结婚成家。这次返城,地区有规定,每个知青可以携带 0.3 立方米的木板,作为随身行李的包装物。但很少有人会满足 0.3 这个标准。听先回去的人说,这些木板到了南方可以派上大用场,可以做家具甚至干脆卖了换钱。因此,他要带些木材回去。

李众的离职手续已经办好了。在此之前,他是推土机手,并带了个当地青年做徒弟。那天他起了个早,带上了弯把子锯,开着那辆 C－80 推土机,又叫上了徒弟帮忙,直奔驻地旁的那块小山坡——前天他就看好了,那里有两棵不错的樟子松,伐倒后叫火锯班的人帮忙,可以出两方多的板。

一切好像都顺利。两棵树被伐倒,大枝桠也都打掉了。只是第二棵树倒的位置不太好,掉在一堆桦木丛中。李众让徒弟把车开过来,自己拿着钢丝绳套在原条上,然后挥着手要徒弟开车起步。随着车子启动,钢丝绳也一步步的绷紧。突然,钢丝绳滑出了原条,在旁边的桦树上打了下,回头狠狠地砸在了李众的头上。他徒弟看到,吓了一大跳。赶紧把车熄火,跑到李众的身边。只见他已经倒在地上,头上血流如注。这下他徒弟慌了,急忙赶回连队,叫了队长和一些人来,七手八脚把他抬回家;又去拦了辆车,帮着把李众送到了山下的林场医院。但经过医生的检查,瞳孔放大,心跳停止,已经晚了。

当天中午,事故就汇报到了大队。主管安全的钟主任和党委副书记都赶到了医院和现场。事情还很棘手。因为李众的顶职手续已经办完,这个事故可以不算本大队的;但这个人还没有走,推土机也是本大队的,这个责任也只能由本大队来负。为此,李众的家人赶来后,和大队的领导打了好几天的嘴皮子官司。但李众本人却不知道这些了。他最终还是没有离开这个地方。一副白皮棺木,葬在了海莱河畔的小山坡上。

三十多年过去了,一起去的知青伙伴都回了家乡。海莱河畔,春天到了,小山坡上会有稀稀拉拉的达来香;秋天到了,则是遍地的衰草和落叶;冬天呢,就是满眼的白雪和冰凌了。

留下来的李众,你好吗?

记二十年前美国记者柯达德对我的采访

通桥老乡

看标题,也许有人会以为我是一个有来头或有背景的人物。其实这仅仅是一次西方记者与一个普通中国公民——一个下乡十年,又做工十年的中国知青的交流。

事情的由来是这样的,时间倒流到 1984 年,一天上班时间,县办主任和我厂的厂长把我找去,通知我三天后将有美国广播公司(ABC News)北京记者处首席记者柯达德(Todd Carrel)对我采访。初听这个消息,我觉得非常惊讶,但少顷,我就镇定了,我向县办主任提出三点想法,即本次采访非我主动寻上对方,记者主要采访内容要事前告知我,我不接受别人为我制定回答采访的方式、方法和内容。这三条立刻得到县办主任的同意。

随后的三天,很平静。外人并不知道将有美国记者采访我的事,其间,有关领导建议将我家的 14 吋彩电换成 18 吋的,被我谢绝了,我只是同意将我的住房内部重新粉刷一次。

三天后的下午,我家楼下开来两辆小车。轿车上下来的是银川市外办干部陪同的柯达德和他的两个助手(摄像和录音,一对比利时夫妇),北京吉普上下来的是县委书记、县长和县办主任(这是我事先未曾想到的)。我迎出去将这浩浩荡荡的一行人引进家里,顿觉寒舍蓬荜生辉。我这套不算太大的单元房从未聚集过这么多人,因此略显拥挤。大家简单寒暄了几句。

接下来的一幕是我绝对没有料到的。美国人很礼貌地向县委书记为首的一行人做了一个手势,就把他们请进了我的一间六七平方米的小屋,并关上了门。转身,他用纯熟的汉语对我说:"我们开始吧。"当时我唯一的感觉是我们县的两位领导暂时被"软禁"在我家的小屋中了。

我的客间里剩下三个外国人和我们夫妇共五个人,柯达德单刀直入向我阐明了本次采访的两个主题。一、中国的户口制度。二、在60年代末到70年代初,中国有千百万二十岁以下的年轻人从南方,从城里迁移到北方边远地区上山下乡,时间已过去十几、二十年。如今,世界各国有许多人对他们的过去、现状、将来很关心。为此他从东北黑龙江省出发沿我国北部省份一直到西北的新疆,用几个月的时间对亲历者进行采访。

对这次采访所涵盖的两个主题,我们用今天的眼光来看,在1984年绝对是非常敏感的,没有系统的调查研究、分析是难以说清道明的。

柯达德是个貌似相声演员大山的年轻人,他自我介绍在北京大学进修过汉语。听他说中国话,与北京人无异,普通话水准绝对在我之上,简单的开场白后,我们的谈话就切入正题。

柯达德首先要求我取出户口本,他将每一页都摄了像,仔细地看了户口本上的各项栏目,提出了一连串的问题。我现在能回忆起来的问答大致是这样的:

　　问:户口是怎么一回事?

　　答:是一项制度,是国家管理人口的工具和方法。

　　问:户籍和户籍管理是怎么一回事?

　　答:户籍就是人口档案,户籍管理就是档案管理,也就是人口管理,有专门的管理条例。

　　问:户口本是干什么用的?

　　答:是记载户籍资料的,大多以家庭为单位,记录了家庭成员的最基本情况,它的内容和国家公安部门留存的档案是一致的。

　　问:户口有什么用?

　　答:表明户口持有人的真实身份,有些场合可作为证件使用。

问：知道身份证吗？

答：知道，我们国家目前没有身份证制度，听说不久的将来会实行。

问：户口和身份证相同吗？

答：有相同点，更多的是不同点。

问：怎么不同？

答：身份证是随人流动，户口基本上是固定的，人随户口。

问：户口不能流动？

答：也不全是，但得符合一些特定条件，比如，上学、招工、参军、工作调动、上山下乡等等，总之先动户口后走人。

我不曾专门学习和研究过户口知识，可我认为我对柯达德第一个主题的应答是及格的。

随后采访进入第二个主题——过去、现在和将来。经过第一个主题的交谈，我们的交流轻松融洽多了，不再显得枯燥机械，交谈也不再拘于一问一答。

1984年是我们从杭州到宁夏的第二十个年头，我和柯达德谈及了许多活生生的生活经历，劳动经历，谈及风土人情，谈及生离死别，谈及爱情，我们曾有过激情，承受过痛苦，我们怀疑过，抗争过。可一方土地养育一方人，几年后，我们逐渐在语言上、生活习惯上，甚至许多思考问题的方式都已经融入当地社会。但人总是这样的，当人们对某一事物存有期望时，他有动力，当期望破灭了，人们就会唾弃、逃避这个事物。"文革"的后期直到结束，社会的价值取向变了，随着招工、上学、回杭，尽管我们在那里生活了多年，最终大多选择了离开。

柯达德对上山下乡运动的由来、发展、终结所表示的兴趣，我以一个亲历者朴素、肤浅的个人认识给予这样一个归纳：当年全国城镇轰轰烈烈的上山下乡运动，除去其鼓舞人心的口号外，实际上是当局寻求缓解众多城市剩余人口就业压力的权宜之计，等待（或寻找）的某个契机。可是这个运动的倡导者及他们的推行者们低估了青年人对实现自身价值的期望值，同时高估了青年人的忍耐力。当契机迟迟没有出现时，运动最终不得不以失败收场。政府付出了政治和经济的代价，我们牺牲了大好年华。但我们这些人，无论是自愿或不自愿，毕竟是经历了，无论是正面的或负面的，够我们受用一生。

当柯达德关心我对今后有什么打算时，我很坦率地告诉他，虽然我在宁夏下乡十年，做工十年，工作稳定，生活平静，但内心从没断过回故乡的念头。俗话说亲不过爹娘,好不过家乡,中国人的故土情难断难了。我向这个年青的美国记者做了一个比方:你从老远的美国来中国工作,甚至来到我国西北边远地区采访,工作之余,你肯定思念远在美国的亲人,几年后你肯定会回美国,回到你的亲人跟前,这是人之常情。更何况我们中华民族,从来讲究的是忠孝仁义,我们十六七岁离家几千里,失去了那么多我们本来应该享有的,我们的父母亲人承受了那么多他们难以承受的。如今我们人近中年,他们已年老多病,难道我们不应该待在他们身边照顾他们,还他们天伦之乐吗?我们中国人还有一句非常形象的老话——叶落归根。就是这个理——我们也该给自己寻一个归宿。

访谈至此,柯达德问了我最后一个问题:"如果你现在回到你的家乡,你会有户口吗?"这是这次访谈中我唯一没有正面回答他的问题。因为我不知道今后会怎样。

二十年前的这次采访在我的记忆中已渐渐淡薄,但有一个场景我却记得特别深刻:采访结束后,柯达德在领导们陪同下驱车参观纳家户清真寺,当车经过纳家桥时,他下车站在古老的汉延渠边,背对历史悠久的清真大寺,录下了这么一段话:"在中国,60年代末、70年代初有千百万青年离开家乡、亲人,到北方边远地区上山下乡,如今,他们中大都已回归原地,对于遗留下来的一些问题,中国政府正在解决之中。"

2　千里之外

回家的故事

二妹子

　　记不得是哪个年份了。为欢度春节,连队排了几个小节目,在大年二十九演出,我们几个要回家的"演员"只能在年三十的中午乘汽车赶往火车站。由于早晨起来忙着收拾东西,也没顾得上吃早饭,准备到了镇上再吃。车到镇上已过中午。我们急忙就近找了一家饭馆准备吃饭,但被告知不营业了,要放假了。我们急忙转身奔向另一家,情况和上一家一样。那时除了国营饭店,没有别处可吃饭。

　　我们饥肠辘辘地来到火车站,在候车室里买了一点瓜子,想用那小小的仁心来垫垫我们的空肚子。可一直吃到舌尖发麻,肚子还是咕咕直叫。这时唯一的希望就是快快赶到佳木斯,到那里就能有吃的了。

　　火车到达佳木斯已是傍晚时分,下车后我们一行人直奔站前饭店。虽说是大年三十,但在外面往家赶的人还不少。站前饭店里熙熙攘攘,座无虚席,每人吃的都是热气腾腾的饺子,开票的队伍也排得长长的。

　　我们一阵兴奋,排队的排队,等座的等座。看着他们吃得那个香呀,更觉得肚子饿得不得了。也是啊,我们已经一天水米没粘牙了。看着离开票的台子越来越近,我们都高兴了,可就在这时,出来一个服务员报了一个数,说只有这么多了,卖光了就没有了。我们的高兴劲一下子全没了,伸长脖子点着人数计算着我们有没有可能买到。

　　忐忑中终于轮到我们了。服务员说:"只有半斤了"。那时这可是我们一个人的饭量,可我们有五六个人呐!但有半斤总比没有强,我们每人吃了个把饺子,连什么味道都没尝出来就下肚了,然后每人要了一碗饺子汤,喝完赶到火车站,踏上回家的旅途。

　　这就是我知青岁月中的一段经历。这个饿了一天肚子的年三十,留在我的记忆中永远不会忘。

从北走到南，只花二十元

相宜

1970年冬天，我很想家，就不顾一切地从遥远的北部边陲——黑龙江回到山清水秀的江南故乡杭州看望思念中的父母，一路上只花了二十多元人民币。但在当时，这并不是什么稀奇事，有许多像我这样的知青，创下了花钱更少，安全到家的记录。

1969年的春天里，我去了北疆，在那陌生的地方当了一年农民。由于南北两地的生活和气候反差太大，我尚不能完全适应，所以，每天都在乡愁的思绪中度过。我非常想念江南的山山水水和亲人，可是插队的现实是每年年底结算时的"倒挂"，每天的工分只有四角钱的收入，非但养不活自己，连口粮也得不到保证。

在当时，从边境的生产队到县城有180多公里的公路，从县城坐火车到杭州，中途要在牡丹江、哈尔滨、上海转好几次车，票价是五十多元，这对我来说，简直是一个天文数字了！要知道，我第一年辛勤劳动非但一无所有，还因为生了一场病动手术而欠了生产队五十多元的医药费尚无着落，想回家探亲似乎是个梦。

在北大荒插队快一年了，生活的艰苦和气候的不适应使我更想家了，家乡常常在我梦中出现，我决心要在1970年的元旦想办法回一趟家，赶上春节和杭州的父母弟妹们团聚。

决心已下，就要付诸行动。我向知青战友打听了许多应付列车员的办法，心想，只要有决心就一定能够完成回杭州探亲的壮举。我决定和同一个生产队的女知青盛小水结伴同行，因她也和我一样，口袋里虽然没钱，回家的愿望却十分强烈。

经过盘算，我俩一共拥有五十元人民币，我们一定要设法用这笔钱顺利到达杭州。照理说，总该带一点东西给家人吧，可哪有钱给亲人准备礼物。我将在秋收时偷偷藏起来的几斤赤豆和大约十斤黄豆装在一只帆布书包里，和毛巾牙刷等简单的生活必需用品放在一起，就和小水结伴从边疆出发了。

第一步，到县里的车票不必担心，根据以往经验，只要恳求货车司机，多叫几声

"师傅"搭上便车就行了。这个办法果然奏效。到了县城火车站,我俩买了两张一元三角钱的票就大模大样地上了车。

这是一趟开往哈尔滨的列车,车上不太拥挤,还有座位,我们坐下来后,一路上总是担心列车员来查票,可是过了几个小时并不见动静,心放了下来。就餐时间到了,要尽量节约开支,路还长着哪!一人就吃了个带来的馒头,喝了一点水。

天色渐渐暗了,车窗上结满了厚厚的霜花,看不见窗外的景物,那外面是天寒地冻的世界。车上的人们都昏昏欲睡,我俩也忍不住打着瞌睡。也不知几点钟了。

在朦胧中,只听见有人在叫"查票,查票!",这声音似雷鸣般的惊人,将我俩吓醒,只见列车员已经来到面前,让我们出示车票。根据他们的经验,一眼看到我们知青特有的服装——统一的黄绿色棉衣,就知道肯定是逃票的穷知青,这种情节每天都在车上不断地演绎着。一声令下,我俩只好低着头和一伙乞丐、盲流们一起被赶到没有暖气的餐车内等候发落。我心中在想着怎样应付这些可恨的列车员,他们会搜身吗?我的钱已经藏在牙膏壳和短裤内,不知会不会被查收去?心中不由有些慌乱。

胖胖的"猪头"列车长神气活现地坐在桌旁,大声命令着,让依次走过的人补票,没钱的被毫不留情地赶下车去。大部分逃票者都不能逃脱厄运,我俩自然在其中。

下车后抬头一看,只见冷清的月台上竖着一块站牌,这是一个小站,"一面坡"三个字在夜色中孤独地站立着,看不见一个旅客的影子,候车室内空荡荡的,只有被赶下车的逃票者向四处散去。这时,大约是后半夜一点多吧,北风吹来,在阴冷刺骨的寒风中,不禁打着寒战,我们怎么能甘心屈服呢?在这个冷僻的小站上一定会被冻死的,要想办法再次登上列车。

一辆列车在这个小站加水,我们发现有一个车厢地门开着,便悄悄地贴着列车向前走,避开列车员的视线,趁他不注意,快速溜进了车。列车终于又出发了,我俩真是额手称庆。天无绝人之路也!

到了哈尔滨,我们在车站找到水龙头,随便梳洗了一番。一路上的个人卫生问题,都是这样利用停车的几分钟,匆匆到车站的水龙头解决。这时我想起朋友们的忠告,不要走出车站,因为没有火车票,出站肯定要被捉,设法找到开往南方的车,先上了车再说。

我们沿着一条条的过道找寻着车上的指示牌,看到有一列开往沈阳的车,正停在站台上,也不管它几点开车,就先爬上去再说。

真是运气不错,过了半个多小时,上来了许多旅客,只听一声长长的汽笛声,列车启动了,离目的地又近了一段。有了第一次的经验,小水和我的胆量都大了许多,一路上商量着怎样对付下一次要来临的查票。

正当我们说着杭州话小声讨论对策,引起了旁边两位中年男子的注意,他们是正宗的东北汉子,对南方话一点也听不懂,但能看出来我们是南方知青,就向我们搭起话来,询问我们的去处和在农村的情况。我看他们不像坏人,就将真实情况告诉他们,以取得他们的同情和帮助。

这两位工人老大哥很同情我们的遭遇,就主动提出在关键时刻帮我们一把,并且还大发慈悲,送给我们四元钱,让我们买一些食品充饥。我心中不由得一阵感动,这真是雪中送炭、雷锋再现啊!在当时的低收入年代里,这无疑也是一笔不小的资助了。

我再三询问他们的姓名、地址,打算到杭州后寄还给他们,可这两位师傅却怎么也不肯说,其中一位说:“你们这么大老远地来到北大荒,真不容易,出门在外,我们帮一点忙,算不了什么!祝你们一路平安,早日到家。”就这样,我和小水的胆量也大了不少,安心坐在位子上,一边和这两位大哥交谈着。列车载着我们向南方驰去。

不出所料,查票的“瘟神”又来了,列车员这一次在白天来查票,虽说有人为我们壮胆,可是想到上次的经历,心中总有些害怕,表面上还是强装镇定。只见那位大哥将手中的两张票主动交给列车员检查,列车员似乎对他们这两位出差的常客很放心,随意看了一眼,就转过身去查对面的票了。拿票的那位大哥装着将车票放回行李包,乘列车员查看别人时,背转身迅速将车票塞入我的手中,等列车员回身时,我将手中的票递上前去请他察看,他看了看,终点站是沈阳,就将票还给了我。

他大概想不到,这两位东北人会和我们南方的知青有什么瓜葛。就这样,这段路上只查了一次票,火车就准时到达了沈阳站。我们告别了两位好心的大哥,踏上了沈阳的土地。我还要去继续找寻开往大连的列车,在大连坐船到上海再回家。

这回我和小水决定走出车站去看看列车时刻表,免得找错车浪费时间。可是手中没有车票,出站台势必被捉住无疑。有了前两天的经验,小水说“我们沿着铁路找一个出口,再买两张短途票,从前门进去”。我俩就从车站边上的小路上沿着铁轨向前走,走了六七分钟,突然看到前方桥边的围墙处有一个仅能容一人过去的缺口,真是天助我也!看看四周无人,我们迅速地穿过了这个缺口,走在了沈阳的大街上。

我无心观赏这城市热闹的街景,快步向车站走去,去找寻当天开往大连的车次。排队买了两张最低价的短途票,大约两三元钱的价格。

坐上这趟车,真是运气好得很,竟然一帆风顺,畅通无阻。没有出现查票的麻烦事,听到播音员说已经经过普兰店、瓦房店,列车将准时抵达终点站,我和小水心中不由得一阵高兴,以为又逃过了一劫,能平安抵达了。谁知可怕的事还在后面呢,我们却浑然不觉。

在黄昏时分,火车稳稳地停在月台上,车上的旅客提着行李全部下车,我和小水也各背着一包黄豆走入人群中。手中的票是短途票,肯定出不了站,只好故伎重演,想用老办法,爬出站去。

这大连可不是沈阳,我的一只脚刚跨出外面,谁知大连站的工作人员经验丰富,防守严密,见状后,一举将我俩拿下,训斥几句,就关进了一间大屋子里。大约这是他们每天的必修课,总是有人前赴后继地逃票和被抓。

进屋一看,大约有七八十个人之多,大都是北方的农民和乞丐,肮脏不堪的衣服和面孔挤在一起。我想这下子完了,似乎情况比上两回严重得多,我和小水低声商量一下,哭吧!只有这个办法了,想想也实在伤心,经过几天的旅途,担惊受怕,又困又饿,父母亲倘若知道女儿这般处境,不知会如何伤心呢!泪水就不由自主地落了下来。

对我们的审讯开始了,哭泣中,不忘及时呈上了"边境居民证"以证明身份,本人确系好人不是"刁民",又编了一套父母生病之类的话。这时,只见一位清瘦、干部模样的中年男子走过来,看看我俩,说道:"你们跟我来!"我和小水心中直打鼓,这一去不知是祸是福?

旁边就是车站派出所,会处罚吗?跟着这位干部走上二楼,只见一间宽敞的办公室内,室内温暖如春,男子让我们坐在沙发上,自我介绍是火车站的副站长。他仔细的询问了我们的情况,并告诉我们:"去上海的船是隔天开一班,船票要凭到大连的火车票的票根才能购买。我知道你们是知青,经济上有困难,逃票的事就算了。"他还答应帮我们搞两张票根,用于第二天买船票,还让我们夜里在沙发上休息。

这真使我们大喜过望,看起来,我们又碰上了大好人,好人还是不少啊!这时,车站派出所的一位民警慢慢地踱到我们面前,我俩不由得有点紧张,只见这位民警和颜悦色地对我们表现出友好的态度,并自我介绍姓徐,这一天他值夜班,并和我们聊了起来,我向他介绍了边境农村的情况和杭州的风景,他很有兴趣地和我们谈着。

天渐渐亮了,火车站有船票售票处,那位站长同志果然是热心人,给了我们两张火车票根,这次坐船是无处可逃的,只好老实买票。统舱的票九元一张,我顺利地买了两张船票,回到小水身边。

只见那位姓徐的民警走过来对我们说:"我已下夜班了,送给你们五元钱路上用,祝两位姑娘一路平安!"说着拿出一张五元钱来,这真出乎意料,我连忙谢绝,可他执意要给,我俩推辞不过,一定要他留下姓名,以便日后归还,他总算是答应做个朋友,留下了姓名,我想车站派出所是他的工作单位,以后寄还给他就是(回杭后已寄还)。

我们坐的船是上海航运公司的客轮,一年来满耳听到都是东北话,这时听到船员们的吴侬软语,心中不由得倍感亲切,仿佛家乡又近了几分。上午十点,船准时起航了,将在第二天下午到达上海。

现在看来,我真是"福星高照",一路上又有好人相助,心中非常知足了。将近黄昏,海上的落日又是一道亮丽景色,我的拙笔自然无法描述,我只知道肚子饿了,想吃饭。

船上餐厅食物的价格比火车上要便宜一些,因是上海客轮,供应的自然是大米饭。有一年没有吃过大米饭了,东北的玉米面和小米粥都吃腻了,大米的诱惑力可真不小。我禁不住和小水商量,打破计划去吃一餐大米饭吧,买一份最便宜的菜,上海人称之"百叶(千张)炒雪菜",这样,我俩走到餐厅买了两碗米饭和一个菜,就像饿了一个星期似的,就着没有多少油水的雪菜千张,将这碗米饭狼吞虎咽,一扫而光,却还没有吃饱过瘾的感觉。

第二天上午,又到甲板上去看风景,只见海水变成了黄色,已经进入了黄海,离家乡越来越近了,迎面吹来了温暖的小风,下午就可到达黄浦江口了。我仿佛已经闻到了家乡的气息,急切的心情使我坐卧不宁。不时站在甲板上眺望,下午,终于看见了远处的建筑,上海到了,离杭州还会远吗? 我和小水兴奋地整理物品,早早地站在船舷旁,等待上岸。

我们的船终于靠岸了,踏上了上海的土地,就像回到家乡一样令人激动。我们快步走向码头的火车售票处，买了到杭州的车票。久别的亲爱的父母和弟弟妹妹们，你们好吗？我多么地思念你们。列车窗外掠过一片片江南的田野和村庄，灯光在夜幕中闪闪烁烁，空气中带着熟悉的温暖和湿润的气息，和北大荒凛冽刺骨的寒风截然不同，这才是我应该生活的地方。当初为什么要感情冲动地远离这块土地呢？真是太幼稚了。"到了！到了！杭州到了!"我和小水激动万分，一起喊了起来。列车带着一声响亮的鸣笛声驶入杭州站。

从城站乘上电车，听到电车上人们用杭州话交谈着，议论着，乡音使我感到既亲切又陌生，毕竟离开已经一年了，假若再过几年，杭州就会把我们这些人渐渐淡忘了。我们这些户口在边疆的农民，要永远扎根在那里了。以后再回杭州，就会应了"笑问客从何处来"这句诗了。

告别了患难之友小水之后，大约在晚上九点多，我终于拖着疲惫的步伐，背着一袋黄豆，站在自己家门口。

我举手敲门，少许，只听见一声成年男子的嗓音问道："谁呀?"那肯定不是父亲的声音，我不禁愕然，难道家中另有生人吗？只见大弟方秋来开了门。原来在这一年中，十六岁的弟弟已经长高发育成了大小伙子，声音由少年变成了成人。望着弟弟高大的身影，觉得自己确是离家很久了。父母和弟妹们都欢迎我回家，母亲看到我，不禁泪水盈盈，嘘寒问暖。到了家中，我顿时感觉身心得以松弛，经过一个星期的舟车劳顿，没有躺下睡过一觉，两只脚肿胀得像馒头样，人也感到分外疲倦，梳洗了一下，立即就钻进温暖的被窝睡着了。

这次回杭，我口袋中还有两三元钱，总算没有到弹尽粮绝的地步，两个人共花了四十多元钱，平安地到达了杭州。我要感谢上苍，感谢这些路途中的好心人，虽然已经过去了三十多年，但这是我人生中一段难以忘怀的往事。

邮票

冲锋号

下乡知青与家人相距遥远，他们的同学更是散布在各地，写信是唯一的联系方式。有人竟能一天写十几封信,收到信当然更令人高兴。

那时寄一封平信需要贴八分钱的邮票,但就这八分钱邮票的信寄多了,对不少知青来说也是一笔不小的开支。于是有人想出了绝招,就是在邮票正面刷胶水,干后再贴在信封上,这样在邮票的表面就形成了一层透明的胶膜,邮戳也就盖在了这层胶膜上,收信人只要将邮票用水洗下来,同时洗去邮票表面的胶膜,邮票上盖着的邮戳就会被洗掉,这张邮票晾干后又能重新使用了。有时好几个来回的信件用的是同一张邮票。有人更加明目张胆,生怕收信人不明白,干脆在邮票旁的信封上写上"再生"二字,还画了一个箭头指向邮票。我既用过这一招,也收到过这样的信,信封上的邮票是"毛主席去安源"。

不知邮局职工是真不懂其中奥秘还是有心放一马,反正贴这种邮票的信总能顺利寄到收信人手中。

永远的书信

桥工一片松柏

回城之后,写给家人和朋友的封封书信,成了我的珍藏。

平生第一封信是写给父母的。那年放下书包,怀着上山下乡的热情和还没有褪去的稚气,发出"为了天下人民不吃苦,宁把人间苦吃尽"的豪言壮语,我雄赳赳、气昂昂地踏上了建设边疆、保卫边疆的征途,来到了大兴安岭。

也许是水土不服,也许是不习惯北方的生活,到了大兴安岭我老是想家,就经常给家里写信。我奶奶和母亲不识字,我的信是父亲读给他们听的,母亲总是问这问那,生怕错过了信中的细节。而只读过几年书的父亲,总能把信写得清清楚楚,而且没有错别字,让我看后感到很惊讶!

记得有一回,我已经有很长时间没有收到家书了,心里老惦记着,同时心里也产生了不祥的预感。果然,那天去食堂吃饭,从通讯员手里接过一封沉甸甸的书信,当我打开一看,只觉眼前一黑,天哪!这是一块"孝布"!顿时我傻眼了,我的奶奶带着遗憾去世了,我的心一下子揪紧了。现在想起来,心里还是挺酸楚的。

　　朋友在异地,相聚不易,彼此思念,便寄一封信。浓浓的友情洋溢纸上。在我的抽屉里,至今还珍藏着家书和朋友的信,闲来无事,泡上一杯清茶,翻阅一页页记载着朋友之间真诚友谊的书信,心底就会漾起一片温暖。

　　家书和朋友的来信中,有我在大兴安岭上的甜酸苦辣咸的日子。现在虽然有电话、手机、伊妹儿、QQ 等便捷的通讯工具,但那些旧时的书信却成为了我永久的回忆!

3　又见青山

没有狗吠的谢屯

曹晓波

　　谢屯听不到狗吠,屯里人似乎已有预料,总会有这么一天,养狗和养鸡一样,只是一种美食。所以,当狗被偷得绝了吠声的时候,已经学会染发的年轻人总会听父母提起,三十多年前来过这里连耗子都敢吃的浙江知青。

　　这是一个没有月亮的晚上,却有城里无法比拟的星空,银河璀璨得近乎失真,于是村道也有了星的清辉。小蔡带我去一家小卖店,推门,与当年一样,热气裹藏着柜台,随时等待寒冷的来临。一个胖女人,三十左右,一件背心,裸露的臂膀白得晃眼,当然也不全是灯管的亮炽。这女人好像知道我应该在这时出现,以她的富态,显示殷实,没有一句客套。倒是炕上的老妇,惊愕,她说,上炕啊。老妇肥胖得赘肉累累,叼着烟卷,她问:是何某某吧? 我说不是。施某某? 我说也不是。我说出自己的名字,她"哦——"了一声,悠长,说还是想不起来。

　　我们就这么对话,渐渐,就这么从记忆中走出两个人来:一个是全屯最帅的小伙,另一个是全屯最靓丽的姑娘。上地、收工,他们跟在知青的后面,学着我们的玩世不恭,肆无忌惮,恩爱得流出蜜的样子。

　　我说:"有一个姓殷的,男的,当年全屯最帅的,还在吗?"老妇枯涩的眼睛突然有了亮色:"你说的是殷学友?"我说:"那你就是何玉香!"突然蹦出的名字,我自己反倒惊得毫无防备。酒窝,小嘴,甜甜的声音,丰韵的身子,全出来了。我曾说过,宋室北掳,坐井观天,后宫的妃子流落依兰,我最初的感性认识,就是何玉香。我说:"你还记得'方块 K'吗?"老妇摇头。我相信,她的摇头只是因为我吐字不清。我一字一句:"那一年,我剃了一个光头,因为怕生虱子,你一见我,就说我是扑克牌上的'方块 K'。"老妇摇头,她说记不得了。

　　窗外黝黑,如同开启的空间。老妇何玉香说,殷学友死了,二十多年了,这是闺女。你是——还是记不起啊。我说,有个女的,G 某。她说,记得啊。我说,有个男的,第一年就走了。她摇摇头,歉意。我知道我还能说出许多:收工、下地,他俩在我俩的后面,搂在一起,嘻嘻地笑,她说:"方块K,唱一个!"G某在这屯里过了六个春秋,我才过完了一个严冬。就这么短短十一个月,留给我的,却是生命中最长的记忆。

谢屯的夜空飘着白云,久看,像是星星在蔚蓝中行走。也是这样一个夜晚,我们从大队部出来,我突然蹲了下来,装一声狗吠,捏了女生某某的裤脚。接下来的就是一阵撕心裂肺的哭喊,夹了没心没肺的欢笑。油灯,点起,女生某某撸起裤腿,屋子里有酸菜的气味,还有香皂擦过的毛巾。烧洗脚水的大饭锅掀起了盖子,雾气腾腾,遮盖着我们幼稚的嘴脸。那一排知青的房屋,还在,衬着背后幽幽北山,早没了狍子的出没。

三十五年前的谢屯,夜空中飘着收割后豆秸的腥味,还有冰的清新,伸手可及。那一夜,我在阅读,从十九页一下子翻到了五十三页。在谢屯的晚上,我极力地连接着其中的故事,或许并不是最精彩的段子,只是因为页数的失落,才使我久久眷念,弥为珍贵。

山茶花

劭秋儿

1976年,我在淳安农村插队。附近的山上常常看见山茶花。与云南茶花不同,它多野生,但在院里也能生长。它树干挺拔、光滑,枝叶繁茂。秋冬季节叶片黛绿色,叶片上面油光光。春天嫩芽成淡绿色,芽心嫩似蛋黄。紫红色的花瓣叠成一朵朵玫瑰般大的花儿。春天刚来,那一朵朵山茶花最先向人们报春;春末季节她又告诉人们她要走了。村里人就称其为红花茶,可与云南茶花媲美。

山茶花只开花不结果,过去没什么用处,山里人连烧火都不要,就随它自生自灭了,但它的适应性很强,无论是贫瘠还是肥沃的土壤,都能扎根开花。我不会欣赏花,但我特别喜欢山茶花。感觉这花和我们飘零的命运一样。劳动余暇,我总喜欢采几朵山茶花带回房间里,点缀一下心情。

一天,村里要在禁区山上开禁砍柴,因为平时不准上禁山砍柴,所以开禁的三天里,村民们不管男女老少大家都拼命在砍柴。我跟随房东上山砍柴,要走几里山路,他每一担柴至少有一百四十多斤,而我只能担上六七十斤,中间我还要歇上好几回。就这样还是压得我两个肩膀头红红的,痛得要命,磨破了皮,不敢沾扁担。

下午收工,我看见山路旁有几株开得特别鲜艳的山茶花,就挖了几株小心翼翼地捧回家,移植在房东家的院子里。房东挑着柴也到家了,他一只手拿着一根柴冲,另一手拿着搭柱(柴冲就是农民用来挑柴的两头尖尖的木棒,搭柱是挑柴休息时用来顶柴冲的木棒)。这时,他看见种在院子里的山茶花,顺势就把手里的柴冲向山茶花砸去。

"干什么……"我惊呼一声,赶紧跑过去用手去护。话还没说完,房东手中的柴冲尖头不小心划到我手上,顿时手被划掉一块皮,鲜血直流。余怒未消的房东对我说:"你知道吗?这院子能抵一分地,从六○年起我每年种粮带种菜,收获够一个人吃三个月。种了花又不能饱肚,顶什么用?"

这时,房东的老婆赶紧跑过来打圆场:"你这是干吗!她是知青,知道个啥!"或许是见我流了血,或许是她为我说了情,房东悻悻地住了手,这几株山茶花总算没有再被毁掉。

一年"三八节",我带着外甥女青青回到阔别三十年的农村探望房东。一进村子就看见大片种植的山茶花。来到房东家,只见满院山茶花,那花约尺把高,密密匝匝,唯有我用鲜血保住那棵最大,它大约两米高,叶片缝里生长出稠密的花,花瓣在绿叶的衬托下格外鲜艳。

房东领着我到屋旁的花圃去参观,满面春风地介绍:"这山茶花可是聚宝盆,别看这小小的山茶花,在城里每株能卖三到五元钱哩!你们看到的咱家的电风扇、彩电、电视、沙发……都是花圃里山茶花换来的。"

这时幼小的青青双手拔起一株小山茶花,走到房东前面伸出手说:"外公,你看这小花真好看呢!"房东看见青青手中的山茶花,笑着说:"青青,这山茶花可不能拔。"接着又心疼地把它种下去。

房东种下山茶花,起身回首看见我手上当年被他划的疤痕。两人相视,心领神会地笑了。大家也都跟着笑起来。那一片山茶花也摇曳着笑了。

我从北大荒带回了稻穗

饶力河

我去过那个地方,十个年头。回城之后很长一段时间,有时从梦中醒来,好像又回到了那个地方。从迎春下了火车,敞篷的卡车又拉了我们一个晚上,天亮时,终于到了我们的目的地——三师五十八团,现在被称为红旗岭农场的地方。

那是一个什么地方?那是一种什么样的生活?

生活从一顶帐篷开始。那是一场人与自然最原始的较量,灵与肉最本能的挣扎,命运与现实最无奈的抗争。

多年之后,当我们行将离去的时候,路有了,房子有了,地开垦出来了,农业机械也基本配套了,场部也有了一些加工厂及相应的生活设施了,因为知青的存在,城市文化也影响了当地的一代人。

然而,1979 年知青的"胜利大逃亡",让这一切,终成了一段被凝固的历史。

回城之后,忙忙碌碌,很长一段时间,根本不想回忆那过去的岁月,甚至那曾流淌我内心痛楚的日记,也被视如魔盒而尘封于角落。

但毕竟随着岁月的流逝,蹉跎已不再是我们的专利,痛并快乐着亦成为新的时尚。正当北大荒情结离我渐行渐远时,突感有一种思念在日益萌动,那边,北大荒还好吗?红旗岭还好吗?那些生活在那里的人还好吗?

我终于得到了一个机会。浙江知青组织赴黑龙江回访团,当年同是知青的我们两口子立马报了名,从杭州成行。

专列到了佳木斯之后,各个团的人分别活动了。别的农场都是事先联系好了的,所以半夜也有农场派人来接站的。而红旗岭只有我们二人,也没想打扰任何人,只想悄悄地来,看一下就行了,没曾想,刚一出站就听有人在打听"红旗岭的人在哪"。仿佛听到乡音,原来场部接到总局通知,特意派人来接了,这让我们大感意外。

九月的天,真正的天高云淡。久违了的东北大地,一望无际,满眼是无垠的庄稼地,北大荒将其最动人的一面展现在我们眼前。

别梦依稀中的五十八团,在车轮的颠簸中出现在前方。还是砂石路,上得坡来,便到了红旗岭。一个铺着地砖的大广场豁然出现在路边。招待所正在重建,邮局门口俨然成了繁华的十字路口,各式商店、农贸市场立于路边,全没了过去单调、冷清的模样。

我迎头遇上了我们第一任的连长,这个我们当年称之为"土匪"的连长,全没了当年的"匪气":明天要排水了,他今天会一个人去干一天,然后不分男女老少,给你一个定额,你干也得干,不干也得干。倒是一大帮子人中有老同志说了"这拨小年轻,当年什么苦都让他们吃了"。言语间,听起来恍如隔世,大家一时语塞。

而后绕过团部中学,上了后山的制高点,满眼是金黄色的一片,从陪同我们的朋友颇感自豪的眼神中,可以看出五十八团总体形势还是不错的:"如今我们全种上水稻了"。这在北大荒无疑是一场革命。我不禁感慨,这江南稻乡般的模样,还是过去的北大荒吗?

然后往连里赶,还是那土路,还是一路颠簸,只是那路边当年栽下的树已成林了。在连队的路口,见到老刘家的,竟相视半天,互不敢认。我们一家家地串门,那些家属想不到我们竟还会见面,她们迎上前来,有抹泪的,有哽咽的,还有相拥呜呜哭的,久别重逢后的情感迸发,只因生活留给了我们太多的艰辛。

记忆中的连队已不复存在,一排排的知青宿舍已荡然无存。那熟悉的小道也无影无踪,站在其间,过去的辛甜苦辣涌上心头,一个个鲜活的场景挥之不去,众人的音容笑貌如一个个闪回,被定格在这陌生的边远小村。

在一定意义上来讲,改种水稻的成功拯救了那里的人们。论单产,水稻是大豆的三倍,家庭承包一百亩地,利润也在三万元以上。虽然种水稻比较辛苦,但农忙时可以雇工,农业机械也能通过租赁使用。最主要的问题是灌溉,这当然得益于过去的水利基础。听说当初谁也不敢种水稻,知青走后,土地承包开始,就有转给外地人耕种的,而在东北不乏有种"东北大米"的能人,这得益于农场领导的开放、支持。现在当地人已从过去的不敢种,到争着承包种水稻。更有雄心壮志的,添置了不少农机具,目标是集约化、家庭农场。我想这部分人是将来农场更大发展的方向所在。

当年知青的大返城,无疑给当地经济带来了极大的冲击。一夜间,拖拉机停了,甚至某些岗位的领导也缺失了,然而最痛苦的时期显然已过去,北大荒人走出了一条自己的路。

在团部,我们有幸受到场领导的接待,席间,那深埋内心三十多年的惆怅和着浓烈的北大荒酒,口无遮拦,话说当年。场长一手举着酒杯,一手拉着我的手对我极诚恳地说:"知青在当年还是有很大功劳的,可以这样说,没有当年的知青,就没有今天的红旗岭。"

少小离家的老人回故乡,被称为寻根问祖,五十开外的人重游故地,是否也该称为寻找被丢失的青春呢?我的北大荒之行找到了我那"流淌在白桦林里的青春"了吗?不管怎么说,我的心复归平静。

临别时,我采下了一束稻穗,一束产自北大荒的稻穗,带回了杭州,以志此行永久的纪念。

万水泉,我青春的记忆

沙漠隐泉

我们不会忘记那个年代刺骨的寒冷,不会忘记寒冷中的苍凉,不会忘记苍凉的青春怎样在寒冷中瑟缩。然而,是斯德哥尔摩情结也好,是记忆的悖论也罢,当我们在生命的秋天凝眸回望的时候,却发现那些曾经的苦难,那些青春的苦涩,那些寒冷的日子,都已经变得不那么重要了,留在心灵最深处的,是对生命的感恩,是对青春岁月的亲切怀恋。

于是,我一次又一次地踏上内蒙古的土地,一次又一次走进万水泉的怀抱,为心头难解的情结,为生命中最珍贵的遗失。

随着车窗外"万水泉"三个字的不断出现,我的心开始变得不平静,那些过往岁月的画面,那些青春的亮丽或灰暗,激情与迷惘,那些和青春相伴的记忆,如潮水般汹涌而来,我不想控制自己的情绪,任眼泪肆意流淌,任思绪飘向远方,任那些快乐的日子,那些忧伤的日子,那些和战友们一起相伴走过的日子——走近……

是偶然的相遇,还是命运的必然,万水泉,这个在祖国版图上难以找到的小小角落,就是这样和我的生命有了无法切断的链接,无论是在什么时候,无论是在什么地方,只要想起它,只要提到它,心里就会一阵悸动,就会涌上难以言说的情愫。在我们的生命中,会有一些重要的人,影响你的生活,也会有一些重要的地方,和你的生命不能分离,万水泉就是这样一个让我一辈子梦魂萦绕的地方,这个诗意而让人遐想的名字,伴随我走过青春岁月,在我的记忆中留下了永恒。

我们刚去的那几年,正如地名描述的一样,在万水泉荒沙野滩的坡梁下,有许多大大小小的天然水泉,泉水纵横交错随意流淌,最大的一个泉眼在火车站附近,旁边有一棵很古老的柳树,据说还是史书上有记载的著名景点。在连队附近的沙坡上散步,常常会一不小心,就踩到汩汩往外冒出来的清泉,晶莹清冽的泉水很甘甜。因此,我们从来都不缺水,而且压上来的水是可以直接饮用的,夏天时都喝凉水消暑解渴,如果把西瓜黄瓜在水里浸过,就如冰镇过的一般。有一次农业团来了朋友,没有好东西招待,就用煤油炉为他做了碗拌面,把面条在泉水里过了几遍,害他龇牙咧嘴地倒吸凉气,说从来就没吃过这么凉的凉拌面。

后来泉眼慢慢地消失了,地下的水源也逐渐干涸了,也许是造纸厂的生产,抽干了地下的泉水,破坏了原有的生态,现在想起来真的是很可惜,那些在地下流淌千年的清泉,竟然都变成污水流入车间的地沟,还污染了周围的环境和土地。可是,在那个生命都被漠视的年代,环境又算得了什么呢!

在清晨或黄昏,伴随着太阳的升起或落下,当林子被染上斑驳的色彩的时候,总会看到有人读书或散步的身影。雨后的树林,空气如洗一般,我们会说笑着去林子里采蘑菇;大雪过后,我们会嬉闹着在林子里踩出深深浅浅的脚印。而夏日的黄昏,林子里常常充满吉他声和欢笑声,星光月光下的树林,更是浪漫而迷离,远处会传来轻柔的歌声:月儿像柠檬,淡淡的挂在天空,我俩悠悠荡荡,散步在月色中……你如果不小心,还会撞散了相依相偎的恋人。在爱被禁锢的岁月,小树林却始终敞开着怀抱,以一片浓荫庇护着那些相爱的恋人,不知道接纳了多少次温情的约会,演绎了多少情感故事,也不知道装下了多少九连人的快乐或忧伤。

第一次重回万水泉的时候,战友们问得最多的一句话就是:那片小树林还在吗?那些树一定很大了吧?因为修筑铁路,树林被全部砍去了,只留下稀稀落落的几个树墩。对于九连的战友来说,最大的遗憾莫过于小树林的消失,仿佛心里的某个地方突然失去了什么。唉!小树林,你见证了我们的青春和成长,你是与我们生命相伴的一抹色彩,是我们心中的一个港湾,是荒芜中的一处绿洲,是战友们心头永远的牵挂,然而,你却消失得无影无踪。

在树林的后面,穿过京包铁路,是一片连绵起伏的沙坡,看起来有点沙漠的感觉,沙坡上四季都很荒凉,只记得有一种草叫寄生草,有一种花叫大蓟花。寄生草没有根,需要攀附在别的植物上才可以生存,常常缠绕成一团,被大漠的风吹来吹去;大蓟花是一种淡紫色的球型野花,花朵和叶子都很大,它算不上美丽,却极其耐旱。这两种植物似乎很有象征意义,它们被我们写进日记里,都希望自己是根植于土地的大蓟花,而不愿意做依附别人的寄生草。那时候和我同住一屋的阿美喜欢画画,数不清有多少个夏日的黄昏,我们一起走过树林穿过铁路,坐在起伏的沙丘上,她写生作画,我看书写日记,累了就吹吹口琴,或者静静地欣赏落日晚霞,身边陪伴我们的,就是丛丛簇簇的大蓟花,这野性的花儿,给苍凉的荒原平添了几分温柔,也给荒芜的青春岁月揉进了几分诗意。但是,当我们再去寻找的时候,却找不到它的踪影了,莫非那花也随我们的青春一起消逝了吗?

连队的前面是空旷的荒野,空旷到可以看见相连的地平线,对于我们这些从没见过草原的人来说,那一片辽阔的荒芜就是草原,一到夏天,荒原一片绿色,原野上长出不算茂盛的野草,绿色中还有星星点点的野花,偶尔也会有牧羊人赶来羊群,蓝天白云下羊群悠闲的样子,就成了我们心中最初的草原。

这片荒漠在我心里最美丽的一幅冬日图画,是一场大雪过后的早晨,天很冷,宿舍的窗户结着厚厚的冰凌,起床的时候,并不知道外面下了一夜的大雪,内蒙古的雪总是悄无声息的。打开房门就有厚厚的雪随着进来,宿舍前的那片旷野全被白雪覆盖了,那茫茫的纯净世界是那样的美丽,让你惊叹得无法用语言表达。慢慢地抬头向远处眺望,竟然看见更美丽的图画:宁静的雪原上,悄无声息的有一队行进的骆驼,正朝着缥缈的天边走去,这是一个怎样让人感动的画面啊!仿佛心弦被轻轻地拨动了,我就这样怔怔地站在那里,直到驼队消失在视线里。

无遮无拦的荒野只是大漠的一角,它的荒芜和苍凉伴随着我们走过孤独和寂寞,也让我们懂得了什么是博大和深邃。当时并不知道,万水泉的历史可以追溯到战国时期,那时的万水泉属于赵国的九原郡,著名的秦直道正从这里通过。在离我们连队不远的麻池,还有一座战国秦汉时期的古城,麻池古城保存完好,周边是一个很大的汉代墓葬群。

两千多年过去了,古城的断壁残垣见证着当年的壮烈,静穆的墓群依然述说着历史的沧桑。而我们呢?当我们的生命消逝了以后,一代人的青春是否还会被记起? 在这片土地上,是否还能够寻找到曾经的痕迹?

后 记

杭州图书馆自 1958 年成立以来,便一直在公共文化服务这片广阔天地中积极开拓、精耕细作,将服务内涵从单一的文献服务拓展到了整个文化建设上,在传播文化、延承文脉等方面作出了独特的贡献。

在杭图馆藏资源建设中,自主编辑出版是非常重要的一部分。2010 年,杭州图书馆策划并开始实行"'口述历史 民间记忆'资源库建设计划",旨在记录那些来自民间的声音,还原历史长河中被忽略、被遗忘、被掩盖的真实,并对其进行加工整理。多形式、多渠道地搜集和保存地方文献,这是图书馆的责任也是图书馆的义务。

"口述历史 民间记忆"计划第一阶段的时间区域设定于 1949—1979 年,"知青"是最先被提炼出来的主题,于是就有了《迁徙的人生——杭州知青往事》。书中文稿全部由知青创作,他们的叙述平实、朴素又不乏生动优美,那是岁月酿成的酒,散发独特韵味。

此书的编辑与出版,得到了杭州市委宣传部的高度重视,被列入年度"文化精品工程"。我们要感谢"浙江知青网"的大力支持,版主们的一呼百应让人不得不叹服"知青"二字的凝聚力和向心力。还要感谢那些通过各种渠道获知"口述"计划的人们,无论是远在黑龙江的殷辛龙还是近在咫尺的杭图老馆员莫凡,正是他们的支持与鼓励,使我们始终能以饱满的热情投入到这次寻访与记录中。最后,还要特别感谢周祖德先生,这位民进老会员也是知青出身,他在最炎热的夏天为本书专门写了第一部分内容"杭州知识青年上山下乡史实"(定稿时改为"杭州知青回望")。

八十二段知青口述,不仅是为了回忆,更是希望成为过去与现在交流的桥梁,给当下的年轻人或者未来的人一个审视与思考的窗口。

王恺华
2013 年 4 月